MORD?

Ein Schweden-Krimi

Die Stockholm Detektive
(Band 3)

Christer
Tholin

Lektorat: Charlotte Kliemann
Umschlaggestaltung durch Anne Gebhardt

ISBN: 978-91-985795-2-9

Für meinen Sohn Alexander

Inhalt

PROLOG
JULI 2016

Ihre Hand fühlte sich so gut an in seiner. Er war immer wieder begeistert, wie zart und zierlich ihre Hände waren. Er schaute sie an, wie sie neben ihm herlief. Sie war so hübsch mit ihren kräftigen blonden Haaren, den grünen Augen und den hohen Wangenknochen. Aber irgendetwas bedrückte sie heute, er hatte es schon am Morgen bemerkt. Gleich nach dem Frühstück war sie im Bad verschwunden, und seitdem war sie verändert. Nicht so fröhlich und aufgekratzt wie die letzten Tage. Er hatte sie gefragt, was denn mit ihr los sei, aber sie hatte gesagt, es sei nichts.

Er war einfach verrückt nach ihr, er hätte es sich nie träumen lassen, dass eine so hübsche, junge Frau sich für ihn interessierte, ja sich sogar in ihn verlieben konnte. Und nun waren sie dabei, ein gemeinsames Leben anzufangen, es war wie ein Traum. Seit drei Tagen lebten sie in der Hütte, und es war total harmonisch zwischen ihnen. Ja, und der Sex war fantastisch, er war so ausgehungert gewesen, und sie wusste genau, was sie mit ihm machen musste.

Der Waldweg, den sie in den letzten Tagen schon einmal gelaufen waren, näherte sich seinem Ende und der Spaziergang damit seinem Höhepunkt. Der Weg führte nämlich zu einer Stelle, wo es vor einigen Jahren einen Erdrutsch gegeben hatte. Dort ging es viele Meter steil bergab, und man hatte einen wunderschönen Blick über eine große Waldwiese mit Felsen, Gestrüpp und oft mit Tieren, die gar nicht bemerkten, wenn man dort oben stand und ihnen zuschaute. Beim letzten Mal hatten sie Rentiere beobachtet, und sie war ganz begeistert gewesen, sie hatte noch nie zuvor Rentiere gesehen, zumindest nicht in freier Wildbahn.

Sie hielten an. Er wandte sich ihr zu, sie starrte über den steilen Abhang, aber heute strahlte sie nicht wie beim letzten Mal.

„Was ist denn los? Habe ich irgendetwas Falsches gesagt?“

„Nein, es ist ... ich weiß nicht.“ Sie ließ ihn los und machte einen Schritt von ihm weg. Sie sah ihn an, er konnte ihren Blick nicht deuten. Da war viel Traurigkeit, aber auch etwas wie Angst. Nun riss sie die Augen auf. Was hatte sie nur?

Er holte Luft und wollte sie gerade noch einmal fragen, da nahm er hinter sich eine Bewegung wahr. Er dachte, es müsste ein Tier sein, und drehte sich um. Er erkannte einen riesigen, muskulösen Mann, der direkt auf ihn zustürmte, schon war der Mann bei ihm, ein heftiger Schreck fuhr ihm in die Glieder, er taumelte, machte einen Schritt zur Seite, aber da war nichts, da war nur der Abgrund, sein Fuß trat ins Leere, er verlor das Gleichgewicht, er hörte, wie Natalia aufschrie. Seine Hände griffen in die Luft, er fiel, fiel immer tiefer. Fast mit dem Kopf voran ging es den Abhang hinunter. Mit der linken Hand bekam er einen Strauch zu fassen, die Dornen schnitten in sein Fleisch, aber der Strauch war zu klein und konnte seinen Fall nicht bremsen. Der Zweig riss ab, und er fiel weiter.

Sein letzter Gedanke, bevor er unten aufschlug: Natalia.

TEIL I
AUGUST 2016

1

Liv öffnete die große Eingangstür.

„Herzlich willkommen, Christina. Komm herein!“ Liv trat beiseite.

„Hej, Liv. Toll habt ihr es hier“, antwortete Christina, sie sah sich bewundernd um.

Liv betrachtete ihre ehemalige Mitarbeiterin verstohlen. Da stimmt doch etwas nicht, schoss es ihr durch den Kopf, diese Schatten unter den Augen, sie wirkt so müde, irgendwie betrübt. So kenne ich sie gar nicht.

Doch Liv behielt ihre Vermutung für sich. „Ja, du weißt, alles von meinen Eltern geerbt“, lachte sie. Es war ihr schon fast peinlich, so groß und luxuriös war das Anwesen. Es lag mitten im Stockholmer Schärgarten, umfasste mehrere Gebäude, hatte einen eigenen Strand und einen großen Anlegesteg, an dem ihr Motorboot vertäut lag.

„Eigentlich ist es schade, dass wir es so wenig nutzen, die meiste Zeit steht es nur leer. Aber so haben wir eine Bleibe in der Nähe von Stockholm und können es gleichzeitig für den Urlaub nutzen." Es war das erste Mal, dass sie sich hier aufhielten, seit Liv im Januar mit ihren Kindern nach Berlin gezogen war.

„Hej, Christina. Ich bin Martin. Freut mich, dich zu treffen." Martin war aus dem Wohnzimmer gekommen und schüttelte ihr die Hand.

„Hallo, Martin. Du sprichst ja super Schwedisch."

„Ja, so langsam wird es. Auch wenn ich öfters nachfragen muss." Martin war Deutscher, aber hatte fleißig seinen Schwedisch-Unterricht besucht, seit er mit Liv zusammen war. Außerdem sprachen sie auch zu Hause immer mehr Schwedisch.

Aus dem Garten stürmten drei Kinder herein.

„Hier kommen die Kinder. Sagt ihr ‚Guten Tag' zu Christina?" Liv stellte die beiden Großen vor. „Das ist meine Große, Saga, und ihr Bruder Hampus. Saga ist elf, und Hampus wird bald neun." Beide Kinder reichten dem Gast artig die Hand. Hinter ihnen stand noch ein kleines Mädchen, das etwas ängstlich guckte.

„Und das ist Lara, Martins Tochter. Sie ist fünf und spricht noch nicht so viel Schwedisch, versteht aber fast alles." Lara hob die Hand und lächelte schüchtern.

„Wollt ihr mit uns Kaffee trinken, oder wollt ihr lieber ein Eis?", fragte Liv.

„Ein Eis", rief Saga, Hampus und Lara nickten eifrig.

„Gut, dann geht zum Gefrierschrank und sucht euch eins aus. Wir haben ja gestern erst reichlich aufgefüllt." Der Eiswagen von Hemglass fuhr einmal in der Woche auf der Nachbarinsel herum, dort hatten sie ihn am Vortag abgepasst. Die Kinder liefen, sich gegenseitig schubsend, in die Küche.

„Lass uns auf die Veranda gehen, dort können wir uns in Ruhe unterhalten." Liv führte Christina durch das große Wohnzimmer hindurch zur Terrassentür. Dort eröffnete sich ein herrlicher Ausblick: Das Grundstück senkte sich langsam zum Wasser ab, grüner Rasen mit einigen großen Felsen dazwischen, umrahmt von Kiefern und Eichen, und dahinter die unbeschränkte Sicht auf die See. Das Wasser glitzerte in der Sonne, die Inseln leuchteten grün mit ihren Bäumen und Wiesen, dazwischen lugten meist rote Häuser hervor, und davor kreuzten einige Boote.

„Was für ein fantastischer Blick. Schöner geht es ja gar nicht." Christina schien begeistert zu sein, doch Liv fiel wieder die merkwürdige Müdigkeit auf, die Christina umgab, und ihre hängenden Schultern.

„Ja, wir genießen es jeden Tag", sagte Martin. „Vor allem für mich ist es fantastisch, ich bin ja das erste Mal hier. Letztes Jahr habe ich eine Bootsfahrt durch den Schärgarten gemacht, da konnte ich noch nicht mal davon träumen, dass ich jemals in so einem Haus Urlaub machen würde."

Liv dachte an diese Zeit zurück. Damals war Martin allein in Stockholm gewesen, und zwar auf der Suche nach ihr. Sie hatten sich im Süden Schwedens kennengelernt, wo Martin ein Ferienhaus gemietet hatte. Sie hatten sich miteinander verabredet, aber dann war Liv entführt worden. Martin war in großer Sorge gewesen. Er hatte herausgefunden, dass Liv mit ihrer Familie in Stockholm lebte und war dorthin gefahren. Mithilfe zweier Privatdetektive hatte er sie schließlich finden können. Allerdings war die Geschichte damit noch lange nicht zu Ende gewesen ...

Alle drei nahmen Platz, auf der Veranda befand sich unter einer Pergola ein großer Holztisch, rundherum standen bequeme Gartenstühle mit dicken Polsterauflagen. Martin schenkte Kaffee ein; Liv schnitt den Kuchen auf, den sie am Vormittag zusammen mit Saga und Lara gebacken hatte. Sie sprachen eine Weile über das Wetter und ihre Urlaubspläne, während sie den Kaffee tranken und den Kuchen genossen.

„Hast du denn schon Urlaub gehabt?“, fragte Liv schließlich.

„Nein.“ Christina schüttelte traurig den Kopf. „Mir ist auch gar nicht danach. Mein Mann ist nämlich verschwunden. Deshalb wollte ich auch mit euch sprechen.“

Sie kämpfte mit den Tränen, und Liv strich ihr tröstend über den Arm. Ich habe doch geahnt, dass etwas nicht stimmt, dachte sie.

Sie schaute Martin an, ja, damit kannten sie sich wirklich aus.

„Erzähle mal!“, bat Liv sanft.

Christina räusperte sich. „Er ist vor fünf Wochen von einem Tag auf den anderen verschwunden. Es war ein Freitag, er ist wie immer zur Arbeit gefahren, aber nicht zurückgekommen. Ich habe dauernd auf seinem Handy angerufen, aber da lief nur der Anrufbeantworter. Am Samstag bin ich dann zur Polizei und habe Patrik als vermisst gemeldet. Nur tun die ja leider überhaupt nichts. Ich verstehe das alles nicht und weiß überhaupt nicht mehr weiter."

„War er denn an dem Tag bei der Arbeit?", fragte Martin.

„Ja, er ist wohl relativ früh gegangen, aber das war nicht ungewöhnlich, es war ja Freitag."

„Und warum macht die Polizei nichts?", fragte Liv.

„Sie sagen, dass kein Hinweis auf ein Verbrechen vorliegt. Sie glauben, dass Patrik sich selbst entschieden hat, zu verschwinden. Ich soll einfach abwarten, in den meisten Fällen würden die Menschen nach einiger Zeit von selbst wieder auftauchen."

„Warum glauben die das? Gibt es irgendwelche Hinweise?" Martin schaute sie prüfend an.

„Die glauben das, weil Patrik seinen Pass und sämtliche Kreditkarten mitgenommen hat. Außerdem ist auch sein Auto nicht wieder gesehen worden."

„Verstehe." Martin nickte.

„Warum wolltest du ausgerechnet mit uns darüber sprechen, Christina?", fragte Liv.

„Ja, also ... vielleicht liege ich ja falsch, aber in der Firma gehen so Gerüchte um, wegen der Vorkommnisse im letzten Jahr, also ich meine, bevor du die Baufirma verkauft hast. Dein früherer Mann ist ja unter etwas mysteriösen Umständen ums Leben gekommen, und man erzählt sich da etwas von einer Entführung. Es stand ja nicht viel darüber in der Zeitung, aber da war wohl ein Privatdetektiv mit im Spiel, der euch geholfen hat?“ Christina schaute Liv unsicher an.

Liv suchte Augenkontakt mit Martin, der zuckte die Schultern und nickte.

„Du hast recht, Christina. Das ist eine lange Geschichte, und wir haben versucht, so viel wie möglich davon unter dem Deckel zu halten, was uns auch recht gut gelungen ist.“

Christina nickte. „Das verstehe ich. Ihr müsst mir das auch gar nicht anvertrauen, wenn ihr das nicht wollt. Ich will aber nur sagen, dass ich es natürlich mit Verschwiegenheit behandeln werde, falls ihr mir davon erzählt.“

„Ja, das glaube ich dir. Du hast ja auch in der Firma viel mit vertraulichen Daten zu tun.“ Christina war Personalchefin in der Grundstücksverwaltungsfirma, die Liv gehörte. Liv war zwar nicht mehr in das operationale Geschäft der Firma eingebunden – sie hatte einen Geschäftsführer eingesetzt und saß selbst nur im Aufsichtsrat –, aber sie hatte bis zum Ende des letzten Jahres mit Christina zusammengearbeitet und sich immer darauf verlassen können, dass sie vertrauliche Informationen entsprechend behandelte.

Liv lehnte sich zurück. „Die Geschichte ist ja jetzt vorbei, aber wir wollen natürlich nach wie vor nicht, dass dies alles in größerem Rahmen breit getreten wird. Also, ja, wenn du es für dich behältst, kann ich das bestätigen. Es hat letztes Jahr zwei Entführungen gegeben, erst betraf es mich selbst, und dann wurde Saga gekidnappt. Ich habe es Martin zu verdanken, dass wir beide heil wieder zurückgekommen sind. Er hat auch die Privatdetektive engagiert, die letztlich alles aufgeklärt haben."

Christina starrte Liv bestürzt an. „Zweimal. Das hört sich ja schrecklich an. Ist euch dabei etwas passiert?"

„Nein, wir sind beide heil wieder aus der Sache herausgekommen. Aber Saga knabbert immer noch daran, sie hat oft Albträume und ist nicht gern allein. Es hat ihr aber gutgetan, dass wir nach Berlin gezogen sind – die neue Umgebung hat ihr geholfen, das Geschehene zu vergessen. Wir waren etwas besorgt, wie sie reagieren würde, wenn wir jetzt im Urlaub wieder in Schweden sind, aber das ist zum Glück bislang kein Problem." Liv klopfte mit dem Knöchel auf den Holztisch.

„Ein Glück, da hat sich doch noch alles zum Guten gewendet", sagte Christina.

„Ja, wirklich, wir fühlen uns in Berlin sehr wohl, die beiden Kleinen können schon prima Deutsch, und Martin und ich passen super zusammen." Liv nahm Martins Hand und strahlte ihn mit ihren blauen Augen an.

„Ja, der Stress hat sich gelohnt", schmunzelte er.

Liv wandte sich wieder Christina zu. „Die beiden Privatdetektive können wir dir wärmstens empfehlen. Sie sind gut – vertrauenswürdig, angenehm in der Zusammenarbeit und stellen wirklich etwas auf die Beine."

„Es wäre ja so toll, wenn die mir auch helfen könnten." Christina war wieder den Tränen nahe.

„Mach dir keine Sorgen", tröstete Liv sie, „du wirst sehen, es wird alles wieder gut."

Christina putzte sich die Nase. „Könnt ihr mir die Telefonnummer der Detektive geben?"

„Ich schlage vor, dass ich die beiden anrufe und ihnen deine Nummer gebe", sagte Martin. „Sie arbeiten nämlich für eine Firma mit mehreren Mitarbeitern, und du willst ja unsere beiden zugeteilt bekommen. Außerdem wissen sie dann schon mal, worum es geht, und ich kann dich entsprechend einführen. Ich hatte sowieso vor, mich bei Lars zu melden, während wir hier sind."

„Danke, das ist lieb von dir. Ich wollte mich nicht an irgendeine Detektei wenden, es ist ja viel besser, wenn man jemanden empfohlen bekommt, mit dem ein anderer bereits gute Erfahrungen gemacht hat."

„Ja, das verstehe ich. Und Lars und Elin sind wirklich gut – da kannst du nichts falsch machen", sagte Liv. „Christina, hast du denn irgendeine Vermutung, was mit deinem Mann passiert sein könnte?"

Sie schüttelte verzweifelt den Kopf. „Nein, ich zermartere mir jeden Tag den Kopf. Ich kann es überhaupt nicht verstehen. Wir hatten es gut zusammen. Wir wollten im Juli nach Norrland in unser Sommerhaus fahren. Als er dann verschwand und ich ihn nirgends erreichen konnte, bin ich hochgefahren, um zu sehen, ob er vielleicht dort ist. Aber das war natürlich Unsinn, im Sommerhaus war er auch nicht. Auch wenn ich den Eindruck hatte, dass er vielleicht kurz dort gewesen war."

„Warum glaubst du das?" Martin sah sie neugierig an.

„Ja, du weißt, man packt ja im Herbst alles zusammen, wenn man die Hütte für den Winter einmottet. Und es standen einige Möbel so, als wenn sie gerade benutzt worden wären. Oder zumindest meine ich, dass wir die Hütte anders zurückgelassen hatten."

„Das ist wichtig. Solche Dinge musst du den beiden Detektiven unbedingt erzählen."

„Ja, das werde ich natürlich tun. Ich danke euch beiden. Bitte sagt ihnen, dass sie sich schnell bei mir melden sollen! Jetzt muss ich aber los, damit ich die Fähre noch bekomme."

Alle drei erhoben sich, Liv und Martin begleiteten Christina zur Tür und verabschiedeten sie. Sie sahen ihr nach, wie sie sich in ihr Auto setzte und von der Auffahrt auf die Straße abbog.

„Arme Christina", seufzte Liv. „Ich kann es ihr nachfühlen. Ein Glück, dass ich Saga schon nach wenigen Tagen wiederhatte. Fünf Wochen hätte ich nie ausgehalten."

„Ja, nun ist ihr Mann ja erwachsen. Aber klar, die Ungewissheit ist natürlich das Problem."

„Glaubst du, er hat sie verlassen?"

„Schwer zu sagen. Die Hübscheste ist sie ja nun nicht gerade ..."

Liv verdrehte die Augen. „Also wirklich", rief sie, „du meinst, weil sie ein bisschen mollig ist. Aber sie kleidet sich immer sehr adrett, außerdem ist sie wirklich nett."

„Du kennst sie aber auch nur als Personalchefin, ist vielleicht nicht gerade die objektivste Art, jemanden zu beurteilen, oder?"

Liv zuckte mit den Schultern. „Ja, vielleicht nicht. Aber genauso kannst du nicht nur nach Äußerlichkeiten gehen, es gibt ja auch noch innere Werte."

„Zugegeben, vielleicht ist sie ja eine Granate im Bett ..." Martin lachte.

Liv stieß ihn mit dem Ellbogen in die Seite. „Ihr Männer – zählt denn nur Aussehen und Sex?"

„Du weißt genau, wie wir sind. Zum Glück stimmt bei dir beides."

Liv warf ihre blonde Mähne nach hinten. „Da bin ich aber froh", sagte sie sarkastisch.

Doch dann legte sie die Arme um ihn und küsste ihn zärtlich.

„Wann wirst du Lars anrufen?"

„Jetzt gleich. Ich hoffe nur, er ist nicht im Urlaub. Es ist ja schließlich August, und die Kinder hier haben noch Ferien."

„Ich drücke die Daumen.“

Liv ging auf die Terrasse, um den Tisch abzuräumen. Das Gespräch hatte sie mehr aufgewühlt, als sie zugeben wollte. So lange lag das alles noch nicht zurück, es war leicht, alles wieder lebendig werden zu lassen, was im letzten Jahr passiert war. Martin und sie hatten mehrfach diskutiert, ob sie wirklich schon in diesem Jahr nach Schweden fahren sollten; sie hatten beide befürchtet, dass die alten Wunden damit wieder aufgerissen würden, insbesondere bei Saga. Aber Hampus wollte unbedingt hierher, er wollte Wasserski fahren und jeden Tag baden. So hatten sie es riskiert, und bisher war es gut gegangen. Liv war ja in den vergangenen Monaten bereits ein paar Mal allein in Stockholm gewesen, da sie an den Sitzungen des Aufsichtsrates teilnehmen musste. Jedes Mal war sie froh gewesen, wieder nach Berlin und zu Martin zurückkehren zu können. Doch hier im Schärgarten, zusammen mit ihrer Familie hatte sie fast gar nicht an die Entführungen des letzten Jahres gedacht. Bis heute, bis zu diesem Gespräch - jetzt hatte sie alles wieder plastisch vor Augen, vor allem ihre Angst um Saga. Und wie glücklich sie gewesen war, als sie sie wieder in die Arme schließen konnte. Ihr kamen die Tränen, sie musste sich zusammenreißen. Am besten sah sie mal nach den Kindern, sie brauchte jetzt die körperliche Nähe zu ihnen.

2

Lars betrachtete seine beiden Töchter, wie sie am Beckenrand saßen und den Delfin streichelten. Sie waren beide total fasziniert, besonders Olivia, seine Jüngste, konnte ihr Glück nicht fassen – sie hockte direkt neben dem Delfin, der seine lange Schnauze in ihre Hand gelegt hatte. Noch einmal küsste sie den Delfin auf die Nase. Jetzt rutschte das Tier wieder ins Wasser, verschwand kurz und tauchte mit einem lauten Schnattern wieder auf.

„Kommt er noch mal wieder?", fragte Stina.

„Ja, bitte, bitte", bettelte Olivia. „Ich will ihn noch einmal streicheln."

„Nein, jetzt ist Schluss für heute. Ihr habt schon eine Extrarunde bekommen. Luna muss nun ein bisschen ausruhen", sagte die Tierpflegerin.

Damit war ihre Stunde um. Lars hatte die Führung im Delfinarium für die ganze Familie gebucht, und es war wirklich das Highlight des Tages geworden. Die Pflegerin hatte die vier überall herumgeführt, dann mussten sie sich Neoprenanzüge anziehen, und danach konnten sie direkten Kontakt mit den Delfinen aufnehmen. Luna war besonders zutraulich, und Lars war sicher, dass Olivia noch lange von dem Erlebnis mit dem Tier erzählen würde.

Lisa, seine Frau, sah ihn glücklich an. „Das war toll. Die Kinder sind ja wie aus dem Häuschen. Super Idee von dir."

Die Kinder hopsten am Beckenrand herum, sie waren immer noch ganz aufgedreht und konnten sich kaum beruhigen. Lars hatte sich den Tag freigenommen, da in der Firma nicht viel los war und Stina diese Woche noch Ferien hatte. Sie waren nach *Kolmården* gefahren, dem großen Tierpark circa 140 Kilometer südlich von Stockholm, so ein bisschen als Ferienabschluss.

Nachdem sie sich der Neoprenanzüge entledigt hatten und wieder draußen in der Sonne waren, gingen sie noch zum Eisstand.

Olivia hängte sich an ihn: „Papa, gehen wir hier bald wieder hin? Ich will Luna streicheln!"

„Oh ja. Bitte, bitte, Papa", stimmte Stina ein.

„Mal sehen, meine Süßen." Lars lächelte säuerlich - der Spaß hatte fast viertausend Kronen gekostet, und das war nur für die Führung durch das Delfinarium, die Tickets für den Tierpark, das Mittagessen und so weiter kamen noch dazu. Das konnten sie sich nicht so oft leisten.

Er hatte gerade für das Eis bezahlt, da klingelte sein Telefon.

„Ja? Lars."

„Hallo, Lars. Hier ist Martin."

„Oh, Martin, hallo. Und sogar auf Schwedisch?"

„Ja, es geht mittlerweile ganz gut damit. Wie geht es dir?“

„Danke, prima. Ich war heute den ganzen Tag mit meiner Familie im Tierpark. Wir kommen gerade vom Delfin-Streicheln und wollen jetzt ein Eis essen.“

„Dann störe ich dich wohl? Soll ich später noch mal anrufen?“

„Nein, das geht schon. Lisa kümmert sich solange um die Kinder.“ Er sah Lisa fragend an. Die nickte. Lars ging einige Schritte beiseite und setzte sich auf eine Bank.

„Wir sind hier eigentlich mit dem Programm durch und werden nach dem Eis nach Hause fahren. Wie geht es dir?“

„Oh, super. Wir sind alle hier im Schärgarten, und machen Sommerurlaub in dem Anwesen von Liv. Vielleicht können wir uns ja mal treffen, solange wir hier sind. Wir fahren erst Ende August wieder nach Berlin.“

„Ja, gerne. Würde mich freuen, euch alle mal wiederzusehen. Habt ihr euch gut eingelebt in Berlin?“

„Ja, für mich war Berlin ja nicht neu, aber das Zusammenleben mit Liv und den Kindern funktioniert bestens. Und sowohl Liv als auch die Kinder fühlen sich wohl. Die Kinder sprechen inzwischen schon ganz prima Deutsch.“

„Das freut mich. Sollen wir einen Termin suchen?“

„Ja, du kannst mir ja ein paar Vorschläge per E-Mail oder SMS schicken. Vielleicht will Elin auch mitkommen?“

„Bestimmt. Ich frage sie und schicke dir ein paar Daten im August."

„Toll, so machen wir das. Du, Lars ... da wäre noch eine andere Sache. Das ist etwas dringender."

„Lass hören, Martin."

Lars hörte intensiv zu, während Martin von Christina und ihrem verschwundenen Mann erzählte. Aber er vergaß auch nicht, sein Eis zu essen, und als Martin mit seinem Bericht fertig war, war von dem Eis nicht mehr viel übrig.

„Ja, hört sich interessant an. Können wir natürlich übernehmen. Im Moment ist noch Urlaubszeit, da ist nicht so viel anderes im Gang, sollte also kein Problem sein. Schicke mir doch die Telefonnummer von dieser Christina, dann setzte ich mich mit ihr in Verbindung."

„Mache ich. Es ist nur wichtig, dass du und Elin das persönlich übernehmt – Christina war sehr daran gelegen, dass sie es mit jemandem zu tun bekommt, der ihr empfohlen wurde. Ich weiß allerdings nicht, wie das mit Elin ist, sie war ja nicht so richtig als Detektiv angestellt, oder?"

„Ja, das stimmt, aber das hat sich gerade geändert. Elin hat vor dem Sommer einen fantastischen Fall gelöst, und jetzt ist sie vollwertige Detektivin bei Secure Assist. Darüber erzähle ich dir mehr, wenn wir uns treffen."

Sie verabschiedeten sich, und Lars legte auf. Wieder einmal kam Martin mit einem Fall für ihn, Lars fühlte sich ins letzte Jahr zurückversetzt, als Martin gleich zweimal einen Auftrag für ihn hatte. Lars hatte dabei so einige Blessuren davongetragen, und wäre Elin nicht gewesen, hätte es noch übler für ihn ausgehen können. Deshalb würde Lisa sicher etwas allergisch reagieren, wenn sie hörte, dass Martin etwas von ihm wollte, sie würde glauben, dass er wieder im Krankenhaus landen würde. Er hielt es daher für das Beste, ihr erst einmal nichts von dem Fall zu erzählen.

Er ging zu den Kindern zurück, die inzwischen ihr Eis aufgegessen hatten.

Lisa sah ihn fragend an: „Martin?“

„Ja, er macht Urlaub im Schärgarten, zusammen mit Liv und den Kindern, und wollte sich gern treffen. Werde mit Elin mal hinfahren und hören, wie es ihnen so geht.“

Lisa nickte erleichtert, sie schien beruhigt.

3

Elin sah fasziniert zu, wie das Protokoll auf dem Bildschirm ablief. *Metasploit* war wirklich ein ausgefeiltes Programm, damit kam man schon in sehr viele Server hinein.

„Kann nicht mehr lange dauern", sagte Carl, der gerade eine Pizzaecke in sich hineindrückte.

Elin bekam vor Ekel eine Gänsehaut auf dem Rücken. Der Typ war wirklich schon schmierig genug mit seinen ungewaschenen langen Haaren und dem stinkenden T-Shirt, jetzt kam noch die fettige Pizza hinzu. Carl hatte ihr auch etwas angeboten, und obwohl die Pizza vom Lieferservice kam, hatte Elin abgelehnt. Sie würde in diesem Loch lieber nichts essen. Aber das war der Deal mit Tobias, ihrem Chef, gewesen: Wenn sie bei Carl in die Lehre ging und sich zum Profi-Hacker ausbilden ließe, würde sie fortan als vollwertiger Detektiv bei ihm arbeiten können. Sie hatte sofort eingeschlagen - da hatte sie noch nicht gewusst, was für ein Typ Carl war und wie unangenehm es werden würde, stundenlang neben ihm zu sitzen. Naja, sie waren fast durch mit dem Ausbildungsprogramm, viele Sessions würden es nicht mehr werden. Natürlich musste sie zugeben, dass Carl das mit dem Hacken echt drauf hatte, er kannte sich mit den verschiedenen Programmen aus und wusste genau, wie man die Algorithmen ändern musste, um sich der jeweiligen Situation anzupassen. So auch hier bei *Telia*, dem größten Mobilfunkanbieter in Schweden. Das war besonders interessant für Elin, da man, sobald man sich in deren Server eingehackt hatte, alle Gesprächs- und Triangulationsdaten individueller Nummern herunterladen konnte. Damit wusste man genau, wo sich ein Telefon zu welchem Zeitpunkt befunden hatte, das brauchte man recht oft in ihrem Job. Als Privatdetektiv hatte man keinen offiziellen Zugang zu diesen Daten, wie die Polizei, und da musste man sich die Daten eben auf anderen Wegen beschaffen. Secure Assist, Tobias' Detektei, hatte sich in der Vergangenheit Carls Kompetenz zunutze gemacht, aber der durfte diese illegalen Sachen jetzt nicht mehr machen, denn IT Experts Support AB – die Firma, bei der er arbeitete – hatte da einen Riegel vorgeschoben. Dieser Ausbildungskursus für Elin war das letzte Zugeständnis, sozusagen aus Kulanz für einen guten Kunden. Tobias schlug natürlich wieder zwei Fliegen mit einer Klappe, er bekam nicht nur eine neue Privatdetektivin, sondern gleichzeitig die Hacker-Kompetenz mitgeliefert. Aber das konnte Elin nur recht sein, ihr innigster Wunsch war es, als vollwertige Detektivin zu arbeiten. Deshalb hatte sie auch vor mehr als zwei Jahren als Sekretärin bei Secure Assist angefangen. Tobias hatte ihr in Aussicht gestellt, dass sie so allmählich mit in die

Detektivarbeit hineinrutschen würde, aber dieses Versprechen dann nicht wirklich umgesetzt. Wenn ihr Kollege Lars sie nicht zweimal im letzten Jahr angefordert hätte, hätte sie wohl nur am Schreibtisch gesessen. Aber so war sie in zwei Entführungsfälle involviert worden und hatte einen nicht unmaßgeblichen Beitrag zur Auflösung geleistet. Allerdings hatte sie danach wieder ihren Sekretärinnenjob übernehmen müssen, und Tobias hatte keine Anstalten gemacht, daran etwas zu ändern. Also hatte sie vor dem Sommer eine eigene Firma gegründet und einen ersten Auftrag angenommen, der so spektakulär endete, dass Tobias es vorgezogen hatte, sie in der Firma zu behalten, um die gute Presse seiner Firma gutschreiben zu können. Da sie mit der Annahme des Auftrages gegen ihren Arbeitsvertrag verstoßen hatte, hätte Tobias ihr ohne Schwierigkeiten kündigen können, sogar mit unmittelbarer Wirkung. Aber Lars hatte sie bei der Verhandlung mit Tobias unterstützt, und so hatte man sich geeinigt: Erstens musste Elin gegenüber der Presse kommunizieren, dass sie den Auftrag im Rahmen von Secure Assist ausgeführt hatte und nicht über ihre eigene Firma - so behielt sie ihren Job -, und zweitens bekam sie die Chance, als vollwertige Detektivin angestellt zu werden, wenn sie diesen Hacker-Kurs absolvierte. Alles in allem ein gutes Geschäft für alle, eine typische *win-win* Situation.

Der PC piepte, sie hatten sich im Server von *Telia* eingeloggt. Carl stopfte den letzten Bissen Pizza in seinen Mund, dabei fielen ein paar Krümel auf die Tastatur vor ihm. Das störte ihn aber nicht, stattdessen fing er an zu tippen – mit seinen vor Fett triefenden Fingern. Verdammt, war das eklig – hoffentlich musste sie diese Tastatur nicht auch noch benutzen.

Carl zeigte ihr, wie man in dem Server manövrieren musste, um an die verschiedenen Datensätze heranzukommen. Dazu jonglierte er zwischen drei verschiedenen Fenstern auf dem Schirm hin und her. Elin schoss ein paar Fotos mit ihrem Smartphone und machte sich Notizen. Schließlich forderte Carl sie auf, den ganzen Prozess selbst zu wiederholen.

„*Learning by doing*“, grinste er. Elin sah, dass er noch Pizzareste zwischen den Zähnen hatte.

Sie griff sich die andere Tastatur, die zu dem zweiten PC gehörte und startete *Metasploit.*

„Warum willst du das an dem machen? Mein PC hier ist doch schon vorbereitet.“ Carl sah sie verwundert an.

„Ja, aber so kann ich noch mal auf deinen Schirm gucken, falls ich nicht weiterweiß. Außerdem habe ich keine Lust auf einer Pizza zu tippen.“ Carl klappte vor Erstaunen das Kinn herunter, dabei fiel ihm ein großer Käsekrümel aus dem Mund, der natürlich auch auf der Tastatur landete.

„Siehst du. Genau das meine ich“, sagte Elin angewidert.

Carl wischte mit dem Ärmel über die Tastatur. „Sorry. Bist wohl Sauberkeitsfanatiker, was?“

Elin schüttelte nur den Kopf und startete den Angriff auf *Telia*.

Eine halbe Stunde später waren sie mit der Session fertig, Elin hatte bis auf einen kleinen Fehler alles richtig gemacht und Carls Angriff reproduzieren können. Jetzt trat sie aus dem Bürogebäude, das in Kista, einem Vorort im Norden von Stockholm, lag. Sie würde jetzt die U-Bahn nach Hause nehmen; sie wohnte in der Innenstadt, auf *Kungsholmen*, einer der sechzehn Inseln in Stockholm. Hier in Kista waren so ziemlich alle Firmen vertreten, die im Bereich Technik und IT tätig waren. Sie passierte gerade das große Gebäude von Siemens, als ihr Telefon klingelte. Das Display verriet ihr, dass Lars anrief.

„Hallo, Lars."

„*Hej*, Elin. Alles gut?"

„Jetzt ja, bin gerade aus diesem Drecksloch von Hackerbude heraus. Mir fehlt bloß noch ein Waschbecken zu meinem Glück, oder noch besser eine Badewanne. Kann nur hoffen, dass bei der U-Bahn-Station keine Hygienekontrolle vorgenommen wird, sonst werde ich wegen des Infektionsrisikos nicht mitgenommen."

„Oh, so schlimm?"

„Du müsstest das wohl wissen, du bist doch schon so oft bei Carl gewesen, oder? Hättest du mich da nicht vorwarnen können, bevor ich Tobias das Okay zu diesem Deal gegeben hab?"

„*Nej*, so oft war ich da nicht, bloß ein paar Mal, und das jeweils nur kurz. Da hab ich dann nur herumgestanden und zugeschaut. Dass es so dreckig ist, war mir aber gar nicht aufgefallen."

„Männer. Ihr pinkelt ja auch im Stehen", schimpfte Elin verächtlich.

Es gab eine kurze Pause, dann sagte Lars: „Gut, sollen wir dieses Thema jetzt weiter vertiefen, oder willst du hören, weswegen ich eigentlich angerufen habe?"

„Hat der Nikolaus einen Bart? Klar will ich das wissen."

„Also gut. Wir haben einen neuen Auftrag. Der unterschriebene Vertrag ist gerade reingekommen. Es ist etwas eilig, deswegen will die Auftraggeberin sich möglichst noch heute mit uns treffen. Hast du Zeit?"

„Wie? Jetzt gleich? Und heißt das, ich bin dabei?"

„Ja und ja. Das Treffen möglichst heute noch, ich könnte dich in Kista abholen, in etwa einer halben Stunde. Die Klientin hat ausdrücklich uns beide verlangt – auf Empfehlung von Liv und Martin. Ich erzähle dir später mehr."

„Super. Klar. Ich suche mir hier jetzt eine Waschgelegenheit, und dann warte ich auf dich."

Sie besprachen, wo Lars sie aufgabeln würde, und beendeten das Gespräch. Elin lief weiter zur *Kista Galleria*, einem großen Einkaufszentrum und besuchte dort die Toilette. Das war zwar auch nicht die sauberste Stelle Stockholms, aber um Längen besser als bei Carl.

Kurze Zeit später kam Lars und fuhr mit ihr zu der neuen Klientin. Während der Fahrt erzählte er, worum es bei dem Fall ging und wie das Ganze mit Liv und Martin zusammenhing.

„Bedeutet das, dass ich jetzt als Detektivin arbeite?"

„*Yes*, Tobias hat das abgenickt. Unter der Bedingung, dass du den Kurs mit Carl zu Ende bringst."

„Geil." Elin war happy, dass ihr der Durchbruch endlich geglückt war. Maja, ihre Freundin, würde stolz auf sie sein – das musste heute Abend gefeiert werden.

„Aber, Elin?" Lars sah sie eindringlich an.

Sie konnte sich schon denken, was jetzt kam. Trotzdem fragte sie unschuldig: „Ja?"

„Keine Alleingänge! Du sprichst alles mit mir ab – und zwar bevor du irgendetwas in die Tat umsetzt. Klar?"

„Ja, ja."

„Nein, nicht einfach ‚ja, ja' – ich will mich auf dich verlassen können. Ich habe die Verantwortung für diesen Fall, und ich kriege den Ärger mit Tobias, falls irgendetwas schiefläuft. Außerdem willst du doch wohl nicht gleich bei dem ersten Fall als Detektivin schon wieder eine Diskussion mit Tobias, oder?"

„Ist ja gut. Tobias hat mir das auch eingeschärft, ich hab's ja kapiert."

Das war eine weitere Bedingung gewesen, als Tobias ihr die Chance als Detektivin eingeräumt hatte.

Elin war sich nicht sicher, ob sie sich immer daran würde halten können, manchmal musste man einfach schneller vorangehen und konnte nicht darauf warten, dass alle anderen auch damit einverstanden waren, aber sie würde sich allergrößte Mühe geben. Und Lars hatte ja recht, sie wollte nicht schon bei ihrem ersten Fall als Detektivin wieder aus der Reihe tanzen.

„Indianerehrenwort – ich spreche alles mit dir ab. Aber das gilt dann auch umgekehrt, oder? Du weihst mich in alle Fakten und Aktivitäten ein, ja?"

„Selbstverständlich. Wir arbeiten als Team, und jeder von uns muss alle Informationen haben. Dazu werden wir uns regelmäßig zusammensetzen."

„Okay. Danke. Wo fahren wir jetzt hin? Wo wohnt die Frau?"

„Die Frau heißt Christina Lindblom und wohnt in Täby." Täby war ein Vorort im Nordosten von Stockholm, wo Leute wohnten, die eher gut situiert waren. *Täby* hatte eine gute Lage – nicht weit weg von Stockholm, mit guter Pendelzuganbindung. Im Osten war das Meer, auf der anderen Seite Wälder und Seen.

Lars folgte den Anweisungen des Navis. Sie bogen von der Autobahn ab, passierten die Abzweigung nach *Täby Centrum* und kamen schließlich in eine Siedlung mit vielen Reihenhäusern.

„Sehen fast genauso aus wie die Häuser, wo du wohnst. Nur grün statt gelb", sagte Elin.

„Ja, aber wahrscheinlich doppelt so teuer."

„Echt? Bloß weil die in Täby liegen?" Elin wusste, dass Wohneigentum im Großraum Stockholm teuer war und dass die Preise ständig stiegen. Ansonsten kannte sie sich nicht weiter damit aus, sie wohnte bei Maja zur Miete, sodass sie sich bis jetzt nicht mit dem Problem hatte befassen müssen. Vielleicht wollten sie irgendwann einmal etwas Größeres, aber das war zur Zeit nicht aktuell.

„Japp. So, hier müssen wir wohl parken.“ Lars fuhr in einen Parkbereich und stellte sich auf einen der Besucherplätze. Sie stiegen aus und gingen zu den Reihenhäusern. Elins rechter Oberschenkel schmerzte etwas nach dem Sitzen im Auto, und sie humpelte deshalb für einige Schritte. Sie musste schmunzeln – das sah bestimmt komisch aus neben Lars, der sein linkes Bein nachzog. Zwei Privatdetektive, der eine groß und kräftig, die andere klein und zierlich, aber beide lädiert. Allerdings waren Elins Blessuren, die von dem letzten Fall im Juni herrührten, schon fast abgeklungen – sie hatte sich einen Muskelriss und eine Prellung zugezogen, während Lars infolge einer alten Schussverletzung im Knie während seines Polizeidienstes das Humpeln wohl nie loswerden würde.

Schnell fanden sie die richtige Hausnummer und klingelten am Eingang. Sie hörten Schritte, und dann öffnete eine kleine, etwas dickliche Frau die Tür. Sie war in ein elegantes braunes Kostüm gekleidet und hatte ein orangefarbenes Seidentuch um. Sie schaute sie freundlich an und bat sie hinein.

Nachdem sie sich kurz vorgestellt hatten, setzten sie sich in ein gemütlich eingerichtetes Wohnzimmer;

Christina servierte Kaffee. Elin beobachtete sie, die Frau war gut gekleidet und geschminkt, aber trotzdem nicht gerade attraktiv. Nicht nur, dass sie eindeutig zu dick war, auch ihr Gesicht war, wenn auch nicht hässlich, so doch auch nicht sonderlich hübsch. Die Haare waren gut geschnitten und relativ kurz.

„Also, wir wissen bereits, dass du deinen Mann Patrik vermisst. Wann genau ist er verschwunden?“ Lars hatte einen Block hervorgeholt, um sich Notizen zu machen.

„Am Freitag, dem ersten Juli, fuhr er wie immer zur Arbeit, aber kam nicht mehr nach Hause.“ Christina sah die beiden verzweifelt an. „Seitdem habe ich nichts mehr von ihm gehört.“

„War er bei der Arbeit?“

„Ja, wie immer, auch wenn er etwas früher gegangen ist, wie ich von seinen Kollegen erfahren habe.“

„Wo arbeitet er?“

„Bei der Versicherung *If*. Er ist eigentlich Krankenpfleger und ist dort für Krankenversicherungen zuständig.“

Elin sah, wie Lars dies notierte.

„Wie lange seid ihr schon verheiratet?“, fragte Elin.

„Etwas über acht Jahre.“

„Kinder?“

Christina schüttelte den Kopf.

„Wolltet ihr keine?“

„Ja, anfangs hatten wir das schon geplant, aber dann waren wir beide beruflich so eingespannt, und schließlich haben wir uns darauf geeinigt, dass wir auch ohne Kinder glücklich sind." Das konnte Elin verstehen, aber es war eher ungewöhnlich in Schweden, insbesondere wenn man verheiratet war. Viele Paare lebten ohne Trauschein zusammen, sogar noch, wenn die Kinder schon da waren.

„War das mehr sein Wunsch oder eher deiner?", fragte sie deshalb.

„Ja, ich ... nein, wir waren uns da ziemlich einig. Ich hätte mir schon Kinder vorstellen können, aber es war mir nicht so wichtig."

Lars setzte fort: „War denn irgendetwas anders in den Wochen vor seinem Verschwinden? Hat er sich ungewöhnlich verhalten? Kamen merkwürdige Anrufe?"

„Nein, ich habe schon dauernd darüber nachgedacht, aber mir ist überhaupt nichts aufgefallen."

„Trotzdem hat er seinen Pass an dem Tag mitgenommen. War das normal? Ich meine, ich trage meinen Pass nicht mit mir herum."

„Nein, ich habe meinen Pass im Schlafzimmer in einer Schublade, und soweit ich weiß, war Patriks sonst in seinem Schrank. Es hat mich schon überrascht, dass er den offenbar mitgenommen hat."

„Fehlt sonst noch etwas? Kleidung, Computer, Kreditkarten?" Lars schaute sie fragend an.

„Nein. Wir haben einen Laptop, den wir beide benutzen, der steht hier. Ich habe seinen Schrank durchgesehen, und ich kann nichts finden, was fehlt. Kreditkarten hat er immer alle bei sich gehabt."

„Habt ihr ein gemeinsames Bankkonto?"

„Nein, jeder sein eigenes. Ich habe auch gar keinen Zugang zu Patriks, aber die Polizei hat sein Konto überprüft, es gab keinerlei Abhebungen seit seinem Verschwinden, auch die angeschlossenen Kreditkarten wurden seitdem nicht verwendet."

„Wie ist es mit Patriks Familie? Eltern, Geschwister – haben die etwas gehört?"

„Patriks Mutter ist vor einigen Jahren an Brustkrebs gestorben. Der Vater lebt in Göteborg, Patriks Bruder auch. Seine Schwester wohnt mit ihrer Familie hier in Stockholm, bei keinem von ihnen hat Patrik sich gemeldet."

„Wie sieht es mit Freunden aus? Oder Kollegen, mit denen er sich privat trifft?"

„Ja, da gibt es ein paar. Mit denen habe ich natürlich auch gesprochen – keiner wusste etwas."

„Was hat er für Hobbys? Macht er irgendwelchen Sport?"

„Ja, er spielt Golf, hier im Täby Golf Club. Dort hat man ihn auch nicht mehr gesehen."

„Gut." Lars lehnte sich zurück. „Wir brauchen die Namen und Telefonnummern von allen diesen Leuten: seinem Vater, seinen Geschwistern, Kollegen und Freunden, Arbeitgeber und so weiter. Kannst du das bitte für uns zusammenstellen?"

Christina nickte.

„Dann würden wir uns gerne den Laptop anschauen. Kann Elin den mal überprüfen?“

„Ja, bitte. Aber Patrik hat sein eigenes Benutzerkonto, und ich weiß sein Passwort nicht. Ich habe schon so einiges durchprobiert, aber bin nicht auf das richtige gekommen.“

„Das kriege ich schon hin“, sagte Elin. „Aber ich müsste ihn mir ein paar Tage ausleihen. Geht das?“

Christina nickte wieder.

„Die Polizei hat sich den nicht vorgenommen?“

„Nein, die haben gar nicht danach gefragt.“

„Haben die denn überhaupt irgendetwas gemacht?“

„Sie haben Patrik als vermisst gelistet, dann sein Bankkonto überprüft und mit seiner Arbeitsstelle gesprochen. Außerdem haben sie alle Krankenhäuser überprüft, da war er glücklicherweise nicht. Trotzdem mache ich mir solche Sorgen, dass ihm etwas passiert ist. Und ich hatte erwartet, dass die Polizei viel mehr unternehmen würde.“

Lars nickte. „Ja, es liegt kein Hinweis auf ein unfreiwilliges Verschwinden vor. Keine Lösegeldforderung, kein Gewaltakt. Da tun die leider nicht viel.“

„Die Handydaten haben die nicht überprüft?“, fragte Elin.

„Ach ja, richtig, das haben sie nicht sofort gemacht, aber nach ein paar Wochen. Das ist ja ein Firmenhandy, und Patrik hat es offenbar am Tag seines Verschwindens noch im Büro ausgeschaltet und seitdem nicht mehr benutzt."

Lars stand auf. „Können wir uns noch seinen Schrank ansehen?"

„Ja, natürlich. Sein Zimmer ist oben."

Elin und Lars folgten Christina die Treppe hinauf. Sie öffnete eine Tür auf dem Flur, in dem Zimmer standen ein Schreibtisch, eine Kommode, ein Kleiderschrank und ein Bett.

„Ach so, habt ihr getrennte Schlafzimmer?" Elin reagierte auf das Bett.

„Ja und nein. Wir haben ein gemeinsames Schlafzimmer, doch dann hat jeder sein eigenes Zimmer. Wir haben ja genügend Räume in diesem Haus. Das Bett hat er manchmal benutzt, wenn er spät Fernsehen geguckt hat."

Elin sah, dass an der gegenüberliegenden Wand ein großer Flachbildfernseher angebracht war. Sie fragte sich, ob Christinas Version stimmte und Patrik hier wirklich nur ab und an geschlafen hatte.

„Elin, schau dir mal das Zimmer an, ob du etwas Auffälliges findest. Ich gehe mit Christina durch den Rest der Wohnung." Lars verschwand mit Christina.

Elin wandte sich als Erstes dem Schreibtisch zu. Die Schreibfläche war praktisch leer, abgesehen von ein paar Golfmagazinen und einigen Stiften. Sie ging systematisch die Schubladen durch, aber hier gab es nichts Interessantes, nur Büromaterial.

Der Kleiderschrank war gut gefüllt, soweit Elin sehen konnte, war alles da, was man so brauchte:

Unterwäsche, Hosen, Hemden, T-Shirts, Pullover, Sweatshirts, Jacketts und Sportkleidung. Es schien nichts zu fehlen, nur zwei leere Bügel hingen an der Stange.

Blieb die Kommode. Obendrauf standen mehrere Golfpokale - Patrik schien recht gut in diesem Sport zu sein. Die Kommode hatte drei große Schubladen. In der ersten waren eine ganze Reihe Ordner, Unterlagen zum Haus, Versicherungen, Garantieurkunden, Dokumente vom Golfklub und über Abonnements. Das sollte man vielleicht noch einmal in Ruhe durchsehen, sie würde Christina fragen, ob sie die Ordner mitnehmen konnte.

In der zweiten Schublade lagen jede Menge Kabel und eine externe Festplatte - die würde sie auch mitnehmen. Elin fragte sich, ob Patrik wirklich keinen eigenen Laptop hatte oder ob er alle diese Kabel für den gemeinsamen Laptop benutzt hatte.

In der dritten Schublade waren alte Ausgaben des Golfmagazins und von einem weiteren Sportmagazin.

Als Elin unter das Bett guckte, um zu sehen, ob sich dort noch etwas befand, kam Lars in das Zimmer zurück. „Na, was gefunden?"

„Eine Reihe Ordner mit allen möglichen Unterlagen und eine Festplatte. Beides würde ich gern mitnehmen. Bei dir?"

„Nichts weiter, aber ich habe herausgefunden, dass die beiden eine Hütte in Norrland haben, in der Nähe von Östersund. Den Schlüssel habe ich schon, die genaue Adresse bekomme ich noch."

„Okay, schwirren wir ab?“

Lars nickte. Sie gingen nach unten und klärten mit Christina, ob sie die Sachen mitnehmen konnten. Elin fragte noch einmal nach einem weiteren Computer, aber Christina blieb dabei, dass sie nur den einen Laptop hatten. Patrik hatte natürlich noch einen von der Firma, aber der war laut Aussagen der Kollegen am Arbeitsplatz. Außerdem hatte Patrik den nur selten mit nach Hause gebracht. Sie verabschiedeten sich und luden den Laptop, die Festplatte und die Ordner in Lars’ Auto.

„Was hältst du von der Geschichte?“, fragte Lars, nachdem er losgefahren war.

„Tja, ich weiß nicht. Ist schon komisch, dass der so einfach verschwindet. Aber ich glaube irgendwie nicht, dass die Beziehung zwischen den beiden so toll war.“

„Warum? Weil sie keine Kinder haben?“

„Ja, auch. Aber es gibt noch so weitere kleine Punkte, die mich stören. Das eigene Zimmer, getrenntes Schlafen und die fehlende Zugriffsberechtigung auf sein Konto. Jedes für sich nichts Besonderes, aber zusammengenommen scheint es mir, als wenn beide ziemlich für sich gelebt hätten. Außerdem ist Christina ja auch nicht gerade der Brüller.“

„Wieso? Die war doch sehr nett.“

„Ja, du weißt doch: „Nett“ ist der kleine Bruder von „Scheiße“. Das reicht nicht.“

Lars sah sie an: „Gut, aber wir kennen Patrik nicht, der war vielleicht auch nur nett."

„Richtig, und danach können wir ja seine Umgebung fragen. Entweder passten die beiden zusammen, oder da gab es ein Problem - wird in dem Fall ja hoffentlich jemand gemerkt haben."

„Genau. Wir werden die Personen zwischen uns aufteilen und befragen, sobald wir die Liste bekommen haben. Christina will das noch heute Abend zusammenstellen. Dann denke ich, wir werden uns auch die Hütte in Norrland anschauen. Die zwei wollten dort eigentlich im Juli Urlaub machen; der Freitag, an dem Patrik verschwand, war sein letzter Arbeitstag vor dem Urlaub, in der Firma hätten die ihn also nicht so bald vermisst. Christina ist dann zwei Wochen später allein dorthin gefahren und meinte, dass die Möbel anders standen als beim letzten Mal, als sie da gewesen waren. Patrik ist also möglicherweise dort gewesen."

„Das hört sich interessant an. Das hast du mir gar nicht erzählt, dass Patrik nach seinem Verschwinden eigentlich Urlaub hatte."

„Nein, ich wusste das auch nicht, Christina sagte es mir erst vorhin, als wir auf die Hütte in Norrland zu sprechen kamen."

„Du hast recht, wir sollten unbedingt dort hinfahren." Das würde eine längere Fahrt werden, Elin schätzte, dass es mit dem Auto bestimmt sechs Stunden dauern würde.

„Sag mal, was hat Patrik eigentlich für ein Auto?"

„Einen 93er Saab, Kennzeichen kriegen wir auch."

„Und den hat auch niemand gesehen?"

„Nein, und das spricht natürlich für die Theorie, dass er sich freiwillig abgesetzt hat."

„Ausgerechnet nach Norrland. Naja, du kommst ja auch von dort oben."

„Nein, nicht richtig, nicht ich, sondern mein Vater kommt von dort, und zwar noch weiter nördlich. Aber ich war als Kind oft im Sommer dort. Und wir haben immer noch unser Sommerhaus dort oben."

„Na, dann freust du dich bestimmt, wenn wir dort hinfahren müssen."

„Sagen wir mal so: Ich habe nichts dagegen." Lars zwinkerte.

Lars brachte Elin nach Hause und sie verabredeten sich zu einer Besprechung am nächsten Vormittag. Elin hastete die Treppen hoch und freute sich auf den Abend. Es gab noch eine Flasche Sekt im Kühlschrank – die war heute fällig. Endlich war sie vollwertige Detektivin.

4

Elin saß zusammen mit Lars in dem kleinen Besprechungsraum des Büros, um die Ergebnisse der ersten Nachforschungsrunde durchzugehen. Sie hatte die erste Stunde des Arbeitstages mit dem Laptop von Patrik verbracht und schon etwas Interessantes gefunden. Aber sie wollte erst mal abwarten, was Lars zu erzählen hatte. Sie sah ihn erwartungsvoll an.

Lars legte seine Notizen auf den Tisch und begann. „Also, ich kann ja mal anfangen. Ich habe erst mit Patriks Vater telefoniert. Er scheint mir schon etwas älter zu sein, auf jeden Fall hört er nicht gut, und das Telefonat war deshalb etwas diffizil. Er kann sich überhaupt nicht vorstellen, was mit Patrik passiert ist. Er hatte noch am Wochenende vor dessen Verschwinden mit ihm gesprochen, und da hatte Patrik davon erzählt, wie er sich auf den Urlaub in Norrland freut. Er hatte wohl ziemlich Stress in der Firma. Der Vater konnte auch nichts zu eventuellen Problemen in Patriks Beziehung sagen, war sich aber auf der anderen Seite nicht sicher, ob Patrik ihm in dem Fall davon erzählt hätte. Seine Frau, die ja schon tot ist, war wohl immer traurig darüber gewesen, dass

Patrik keine Kinder in die Welt gesetzt hat, und das wurde offenbar öfter zur Sprache gebracht, aber Patrik war da sehr resolut und hat jedes Mal deutlich gemacht, dass er keine Kinder wolle. Der Vater hat das wohl akzeptiert und hat seine Frau damit zu trösten versucht, dass die anderen beiden Kinder ihnen ja genug Enkel geschenkt hätten. Mehr war bei dem Vater nicht zu holen – insgesamt eine volle Bestätigung von Christinas Bericht."

Lars blätterte in seinen Aufzeichnungen. „Als Zweites habe ich mit dem Bruder telefoniert. Er heißt Ingmar Lindblom und wohnt wie der Vater in Göteborg. Ingmar ist verheiratet und hat drei Kinder. Nach seinen Aussagen war der Kontakt zu Patrik nicht besonders intensiv, sie haben sich im Wesentlichen bei den Eltern anlässlich von Familienfesten getroffen. Sie haben wohl auch nicht über intime Themen miteinander gesprochen. Das letzte Mal hat er Patrik auf der Geburtstagsfeier des Vaters im April gesehen, seitdem kein Kontakt mehr."

Wieder sah Lars auf seinen Block, Elin hörte weiter aufmerksam zu. „Gestern war ich dann bei der Schwester, die ja hier in Stockholm wohnt. Sie heißt Cecilia und ist die Jüngste der drei Geschwister, ich denke so Anfang Dreißig. Cecilia wohnt mit ihrem Mann im Stadtteil *Enskede* in einem kleinen Haus. Sie hat gerade ihr zweites Kind bekommen und war deshalb auch nicht bei der Arbeit. Ihr Kontakt mit Patrik war gut, sie haben sich offenbar regelmäßig getroffen, meist kamen Christina und Patrik zu ihnen, aber sie waren auch gelegentlich bei Patrik in Täby, außerdem haben Patrik und Cecilia sich alle paar Monate zum Mittagessen in der Stadt getroffen, meistens im *Gondolen*, weil das für sie beide gut mit der U-Bahn erreichbar war und ungefähr in der Mitte lag."

„Kann ich verstehen, da gibt es gutes Essen und die Aussicht ist natürlich unschlagbar." Elin war ein paar Mal dort gewesen, man fuhr mit dem Fahrstuhl *Katarinahissen* nach oben, und dann saß man in einem lang gestreckten Raum, der aus dem Gebäude herausragte, von dort konnte man aus mehr als dreißig Meter Höhe auf der einen Seite die Ostsee und auf der anderen Seite den Süßwassersee *Mälaren* überblicken, dazwischen die Altstadt und rundherum viele der anderen Inseln von Stockholm.

„Ja, das war sicher auch ein Grund. Jedenfalls haben sie über alles und jedes gesprochen, auch wenn vielleicht die Themen von Cecilia etwas stärker im Vordergrund standen. Ihre Kinder, ihr Job und so weiter. Patrik hat aber auch von seiner Arbeit erzählt, da gab es wohl eine größere Umorganisation in der Firma, wovon er stark betroffen war."

„Kann ich bestätigen. Davon haben sowohl sein Chef als auch seine Kollegen berichtet."

„Gut. Cecilia konnte allerdings nichts unbedingt Negatives über Christina oder Patriks Ehe sagen. Zwar hat Patrik im Allgemeinen nicht über seine Ehe gesprochen, und Cecilia hatte das Gefühl, dass in der Beziehung nicht mehr so viel los war. Dass Patrik

Christina aber einfach so verlassen würde, konnte sie sich überhaupt nicht vorstellen. Dazu ist Patrik in ihren Augen zu ehrlich und pflichtbewusst. Cecilia ist übrigens die Einzige, die sich wirklich Sorgen um ihren Bruder macht. Sie ist bereit, uns auf jede erdenkliche Art zu unterstützen, damit wir ihn wiederfinden. Sie hat natürlich große Angst, dass ihm etwas passiert ist."

„Okay, der große Bruder war nicht so eng mit Patrik, das verstehe ich, aber der Vater?"

„Ja, am Telefon kam es zumindest nicht so rüber, als wenn er sich um seinen Sohn Sorgen machen würde. Aber vielleicht lag das auch daran, dass das Gespräch wegen seiner Hörprobleme etwas anstrengend war." Lars sah noch einmal seine Notizen durch. „Das war alles. Wie lief es bei dir?"

„Ich war gestern bei dem Golfklub, da gab es überhaupt nichts Interessantes, außer dass Patrik mindestens einmal die Woche gespielt hat, im letzten halben Jahr aber wohl etwas weniger. Er war offenbar richtig gut, er hat ein Handicap von minus acht. Ich spiele ja kein Golf, aber die haben mir gesagt, dass alles unter minus zehn wohl wirklich klasse ist."

„Hast du erfahren können, mit wem er gespielt hat?"

„Ja, zum einen mit seinem Arbeitskollegen Ivar Stenberg, dann mit einem Freund von ihm, Mattias Liljequist. Den hatte Christina auch auf der Liste. Außerdem hat er mit verschiedenen Gruppen aus dem

Klub gespielt. Mit dem Kollegen habe ich in der Firma gesprochen, Mattias habe ich noch nicht erreicht."

„Und was hat dieser Ivar erzählt?"

„Nichts Besonderes. Die haben sich über die Arbeit, über Golf, Politik und Technik unterhalten. Typische Männerthemen halt. Der wusste nichts von irgendwelchen Beziehungsproblemen bei Patrik, allerdings hat er bemerkt, dass Patrik in den letzten Wochen viel privat telefoniert hat. Er dachte aber, das wäre mit seiner Frau gewesen – müssen wir mit Christina abklären."

Lars schrieb das auf die Liste mit den Aufgaben.

„Noch etwas in der Firma?"

„Nicht wirklich. Die waren alle unter Stress, die Abteilungen sind Anfang des Jahres durcheinander gewürfelt worden, und der Chef ist neu. Der Chef kannte Patrik deshalb auch nicht besonders gut, das Einzige, worüber der sich Sorgen machte, war, wann er denn die Stelle neu besetzen kann, wenn Patrik nicht wiederkommt. Patriks Urlaub ist ja nun vorbei, sie überlegen, ihn wegen Nichterscheinen abzumahnen und ihm dann zu kündigen."

„Nett."

„Naja, kann ich irgendwie verstehen. Die Arbeit muss ja gemacht werden, und nach der Umorganisation ist das wohl noch wichtiger, da sie zur Effizienzsteigerung so einige Stellen eingespart haben."

„Prima, Elin. Gute Arbeit." Lars nickte ihr anerkennend zu.

„Warte, es gibt noch mehr."

„Aha, lass hören!"

„Mir ist es gelungen, das Passwort zu dem Computerkonto von Patrik zu knacken."

„Super. Und gibt es was Interessantes auf dem Laptop?"

„Damit bin ich noch nicht durch. Aber das Passwort war interessant."

Lars sah sie gespannt an, aber Elin wollte ihn zappeln lassen – sie lächelte verschmitzt.

„Na, sag' schon!"

„Das Passwort lautet ‚Natalia15'."

„Und das sagst du mir erst jetzt?"

„Ja, das Beste zum Schluss." Elin gluckste.

„Interessant. Und du glaubst jetzt, dass er eine fünfzehnjährige Freundin hat?"

„Noch glaube ich gar nichts, und die Fünfzehn kann ja alles Mögliche bedeuten. Aber ich habe so ein Gefühl, dass das eine Spur sein könnte."

„Deine Intuition in allen Ehren, aber das könnte völlig harmlos sein. Vielleicht heißt eine seiner Nichten so, oder seine Mutter hatte diesen Namen. Wir werden Christina fragen, ob der Name ihr etwas sagt." Lars machte eine weitere Notiz.

„Natalia mit ‚a' hinten ist ja nicht gerade ein üblicher schwedischer Name. Glaube ich nicht, dass der in seiner Familie auftaucht."

„Damit kannst du recht haben, aber wir müssen es überprüfen. Vielleicht ist es ja auch eine Kollegin, mit der er gerne zusammenarbeitet."

„War zwar nicht bei den Kollegen dabei, die ich getroffen habe, aber ich rufe seinen Chef noch mal an und frage.“

„Okay, Elin. Ich werde mit Christina sprechen, du durchforstest seinen Laptop und redest noch einmal mit Patriks Chef. Aber sei diskret mit dem Namen, nicht dass wir da ein Gerücht in die Welt setzen, dass Patrik eine minderjährige Freundin hat. Das wäre sicher nicht in Christinas Interesse.“

„Für wie blöd hältst du mich? Natürlich werde ich das vorsichtig angehen.“ Elin war entrüstet – traute Lars ihr einen solchen Anfängerfehler zu?

„Reg dich nicht auf! Ich wollte es nur noch mal sagen. Du machst das schon.“ Lars hob entschuldigend beide Hände. „Was ist mit diesem Mattias, dem Freund von Patrik, soll ich den übernehmen? Du bist ja bestimmt länger mit dem Laptop beschäftigt.“

„Und nicht zu vergessen, mit den Ordnern. Ja, das wäre gut. Ich schicke dir seine Nummer.“

„Gut, dann legen wir mal los.“ Lars erhob sich und wünschte ihr viel Erfolg.

Elin ging in ihr Büro und wandte sich dem Laptop der Lindbloms zu. So wie sie es sah, war der Name Natalia ihre einzige richtige Spur. Bevor sie in die Besprechung mit Lars gegangen war, hatte sie deshalb auf dem gesamten Laptop eine Suche nach diesem Namen gestartet, die müsste eigentlich langsam fertig sein.

Sie bewegte die Maus, und der Bildschirm leuchtete auf. Ja, die Suchaktion war abgeschlossen, jedoch ohne einen einzigen Treffer. Das hatte sie nicht erwartet. War es doch ein Name einer Verwandten oder Kollegin, der ansonsten nichts zu bedeuten hatte? Wie auch immer, sie würde jetzt den Browser-Verlauf und die gespeicherten Dokumente durchgehen, da war hoffentlich etwas dabei, was sie weiterführte.

Elin entschloss sich, vorher noch bei Patriks Chef anzurufen, vielleicht wusste der etwas über den Namen Natalia. Sie wählte die Nummer und hatte Glück, er meldete sich sofort.

„Oskar Solin."

„*Hej*, Oskar, hier ist Elin. Wir hatten uns gestern getroffen und über Patriks Verschwinden gesprochen."

„Ja, genau. Gut, dass du anrufst. Ich wollte mich sowieso bei dir melden."

„Wieso? Gibt es etwas Neues?"

„Ja, wir haben seinen Schreibtisch aufgebrochen." Das hatte Elin ganz vergessen, Lars zu erzählen. Die Schubladen von Patriks Schreibtisch waren verschlossen gewesen, und den Schlüssel musste Patrik mitgenommen haben. Man hatte noch diskutiert, ob und wie man den Schrank öffnen sollte. Elin hatte Oskar darin bestärkt, dies möglichst bald vorzunehmen.

„Und was war drin?"

„Eigentlich nichts Besonderes, ein Teil vertrauliche Unterlagen, aber nichts Privates. Doch ganz oben in der Schublade haben wir sein Handy gefunden. Das war natürlich ausgeschaltet, der Akku war leer."

„Super. Das ist ja interessant. Kann ich mir das abholen? Wir würden sein Telefon gerne untersuchen." Merkwürdig, dass Patrik das Handy in der Firma gelassen hatte, das kam Elin sehr ungewöhnlich vor.

„Ich weiß nicht, ob wir es herausgeben dürfen. Das ist ja irgendwie ein Eingriff in Patriks Privatsphäre."

„Darüber haben wir doch gestern schon gesprochen. Patrik ist verschwunden, und wir müssen alle Spuren untersuchen, die uns helfen können, ihn wiederzufinden. Das ist nicht nur im Interesse seiner Frau, sondern auch wichtig für euch als Arbeitgeber. In dem Handy könnte etwas Wichtiges gespeichert sein, was uns den entscheidenden Hinweis gibt."

„Mm, ja, aber das Handy ist mit einem Code gesichert. Wir haben es geladen und eingeschaltet, aber konnten es nicht entsperren."

„Das lass mal unsere Sorge sein, das lösen wir schon."

„Okay, ich rede noch mal mit der Personalabteilung. Wenn die einverstanden sind, stellen wir euch das Handy für ein paar Tage zur Verfügung."

„Gut, danke. Gib mir Bescheid, sobald ich das Telefon abholen kann." Elin räusperte sich. „Etwas anderes. Bei unseren Nachforschungen ist ein bestimmter Name aufgetaucht. Wir wissen noch nicht, ob der überhaupt irgendetwas bedeutet, aber würden natürlich gern wissen, zu wem der Name gehört. Sagt dir der Name ‚Natalia' etwas? Gibt es vielleicht jemanden bei euch in der Firma, der so heißt?"

„Natalia? Nein, sagt mir gar nichts. Aber warte mal, ich gehe mal in unser Mitarbeiterverzeichnis und suche dort." Elin hörte, wie Oskar auf der Tastatur tippte.

„Nein, gibt es bei uns nicht. Wir haben nur eine Natali, also ohne das ‚a' hinten, die arbeitet aber in Malmö, nicht hier in Stockholm."

Elin bedankte sich und legte auf. Sie war sich mehr und mehr sicher, dass Natalia der Schlüssel zu Patriks Verschwinden war. Dass Patrik nun auch das Handy zurückgelassen hatte, verstärkte ihren Verdacht nur. Patrik hatte mit Sicherheit noch ein zweites Mobiltelefon – wer kam heutzutage schon ohne aus?

Sie rief Lars an, um ihn über die Neuigkeiten zu informieren – sie wollte, dass er Christina darauf ansprach, aber dort war besetzt. Deshalb schickte sie ihm eine SMS. Dann wandte sie sich wieder Patriks Laptop zu. Vielleicht ließ sich dort etwas über ein zweites Telefon finden.

5

Lars musste mehr Kraft anwenden als üblich, um die Tür zu dem libanesischen Restaurant zu öffnen, sie war etwas schwer aufzuziehen. Er ging durch den kleinen Korridor nach rechts in den Speisesaal. Er schaute sich um, aber Christina war nicht zu sehen, er war allerdings auch ein paar Minuten zu früh. Rechts gab es eine Theke mit einer reichen Auswahl an Gerichten, geradezu stand ein halbes Dutzend Tische, die zum großen Teil besetzt waren, und zu seiner Linken war die Kasse. Dahinter stand eine orientalisch aussehende junge Dame, die ihn freundlich und erwartungsvoll anlächelte. Lars bestellte das Mittagsbüfett, da war alles mit drin, was auf der Theke stand, plus Getränke und Kaffee.

Er nahm sich ein Tablett, Teller, Besteck und Glas, dann versorgte er sich mit Vorspeisen. Es gab das sogenannte Meze, das waren alle möglichen kleinen Gerichte, unter anderem auch Humus. Er nahm von jedem einen Klecks und ein Stück Fladenbrot, dann noch etwas gegrilltes Gemüse, und schon war sein Teller voll. Er würde für das Hauptgericht eine zweite Runde machen müssen. Lars suchte sich einen kleinen Tisch in der Ecke aus, goss sich etwas Wasser ein und wartete auf Christina. Er hatte sie nach der Besprechung mit Elin angerufen und ein persönliches Gespräch vorgeschlagen, denn er wollte sehen, wie sie auf seine Fragen reagierte. Inzwischen hatte er auch Elins SMS erhalten, er würde Christina also auch mit der Neuigkeit konfrontieren müssen, dass Patrik sein Handy in der Firma zurückgelassen hatte.

Christina arbeitete in der Firma von Liv, die ihren Sitz in Solna hatte. Solna war ein nördlicher Vorort von Stockholm, wo sich viele Firmen angesiedelt hatten, hier gab es jede Menge Büroraum. Christina hatte ein gemeinsames Mittagessen in diesem Restaurant vorgeschlagen, das in Fußweite ihres Büros lag.

Da kam sie auch schon, sie winkte ihm zu und machte Zeichen, dass sie sich auch erst ein Essen holen würde. Kurze Zeit später war sie an seinem Tisch und setzte sich.

„*Hej*, Lars. Hoffe, das Essen ist nach deinem Geschmack, ich gehe hier sehr gern hin."

„Ich denke schon, es sieht sehr lecker aus und riecht gut." Er nahm den ersten Löffel von dem Aubergine-Dip, ja, sehr cremig und intensiv.

„Ich bin schon ganz gespannt. Du wolltest mir ja am Telefon nichts sagen. Habt ihr etwa schon eine Spur?"

„Nein, tut mir leid, damit kann ich nicht dienen. Aber wir sind auf ein paar Sachen gestoßen, zu denen ich dich befragen wollte."

„Okay, kein Problem. Worum geht es?" Christina tauchte ihr Brot in eine der Cremes und nahm einen Bissen.

„Als Erstes wollen wir wissen, ob Patrik außer seinem Firmenhandy noch ein weiteres Mobiltelefon hat?"

Christina schüttelte den Kopf. „Nein, die Nummer hätte ich euch sonst natürlich mitgeschickt. Warum?"

„Ja, wir waren bei ihm in der Firma, und dort haben sie sein Handy in einer seiner Schubladen gefunden."

Sie schaute ihn ungläubig an. „Was? Dann hat das da seit Wochen gelegen? Kein Wunder, dass ich ihn nicht erreichen konnte. Aber warum haben die erst jetzt nachgesehen?"

„Die Schublade war verschlossen, und sie haben sich da nicht ran getraut. Erst als wir gedrängt haben, wurde die Schublade geöffnet."

„Verstehe. Nur warum hat Patrik das Telefon dort gelassen? Das hat er sonst nie getan." Christina hatte aufgehört zu essen. Lars befürchtete, dass seine nächsten Fragen ihren Appetit auch nicht verbessern würden.

„Ja, darüber wundern wir uns auch. Oder wollte er das Telefon im Urlaub vielleicht absichtlich nicht dabeihaben? Um nicht mit dienstlichen Angelegenheiten gestört zu werden?"

„Das ... das kann ich mir nicht vorstellen. Er hat es immer dabeigehabt, ich kann mich an keine Gelegenheit erinnern, bei der er das Telefon nicht mitgenommen hat. Ich meine, das ist ja auch völlig normal. Es war ein Samsung-Smartphone, auf dem auch seine private E-Mail einging. Er hat das Telefon ja sowohl dienstlich als auch privat genutzt. Er hat oft gesagt, dass er mittlerweile keine Nummer mehr auswendig kann und ohne sein Telefon völlig aufgeschmissen wäre."

„Deshalb meine Frage nach einem zweiten Telefon."

Christina schüttelte nachdenklich den Kopf. „Nein, ich habe nie ein anderes Telefon bei ihm gesehen. Ich habe auch keine andere Nummer. Aber was bedeutet das - hat er das Handy in der Firma vergessen?"

„Das ist natürlich möglich. Das wäre allerdings ein unglückliches Zusammentreffen." Lars war natürlich sicher, dass Patrik das Handy absichtlich dort gelassen hatte.

Christina sah ihn verzweifelt an: „Ja, das bedeutet ja auch, dass er sich gar nicht melden konnte, wenn ihm etwas passiert ist."

Lars war der Meinung, dass es da noch andere Wege gab, wollte das aber lieber nicht weiter vertiefen.

„Schwierig, ja." Er wandte sich wieder seinem Essen zu, diese Cremes waren vorzüglich, eine besser als die andere. Nun war er bei dem Tzatziki angelangt. Er schaute Christina an, die angestrengt vor sich hin starrte, es war ihr anzumerken, dass sie darüber nachgrübelte, was das alles zu bedeuten hatte. Konnte er ihr die anderen Fragen zumuten? Ja, es half nichts, sonst kamen sie nicht weiter.

Er wartete noch einen Moment, während er die Vorspeisen vertilgte und fragte dann: „Christina, wie oft habt ihr beide miteinander telefoniert? Ich meine, tagsüber, während Patrik bei der Arbeit war."

Christina schien ihn nicht gehört zu haben, wandte sich ihm aber schließlich zu. „Wie? Was? ... Wie oft wir telefoniert haben? Nicht oft, wir haben ja morgens gemeinsam gefrühstückt und meistens die Abende zu Hause verbracht, da hatten wir genug Zeit, zu reden. Also, natürlich gab es mal etwas Spontanes zu besprechen, wegen einer Einladung oder wer was einkauft. Aber das war eher selten. Warum?"

„Das bedeutet, ihr habt normalerweise nicht jeden Tag telefoniert und dann eher nur zu einer kurzen Abstimmung? Und das war auch in den letzten Wochen vor seinem Verschwinden nicht anders?"

Christina nickte, sah ihn aber zweifelnd an. „Ja, das stimmt. Warum willst du das wissen?"

Lars zögerte. „Einer seiner Kollegen meinte, dass Patrik in letzter Zeit viele längere Privatgespräche geführt hat. Aber das kann natürlich falsch sein, vielleicht war es doch dienstlich, und Patrik wollte die Gespräche lediglich vertraulich behandeln."

„Bestimmt. Wenn er nicht vielleicht mit seiner Schwester telefoniert hat? Oder es ging um den Golfklub."

„Ja, möglich. Ich hoffe, wir bekommen das Handy zur Untersuchung, dann finden wir in jedem Fall heraus, mit wem er telefoniert hat."

Christina nickte abwesend. Lars überlegte, ob er sich jetzt die Hauptspeise holen sollte oder lieber erst seine verbleibende Frage abschoss. Er entschied sich für Letzteres, er hatte den Eindruck, dass zumindest seine Klientin nichts mehr essen würde.

„Eine letzte Frage, Christina." Sie sah ihn angstvoll an, sie schien zu ahnen, dass noch ein Schlag kommen würde.

„Sagt dir der Name Natalia etwas?"

„Natalia? Wer soll das sein? Nein, ich kenne niemanden mit diesem Namen. Hat er etwa mit dieser Frau telefoniert?"

„Wie gesagt, wir wissen noch nicht, mit wem Patrik telefoniert hat. Also noch mal, niemand in Patriks Familie trägt diesen Namen? Zum Beispiel eine seiner Nichten?"

„Auf keinen Fall. Was ist das denn für ein Name? Wie kommst du auf den?"

„Wir haben an eurem Laptop gearbeitet, und sein Passwort war ‚Natalia15'. Deshalb dachten wir, das könnte vielleicht eine seiner Nichten sein, die gerade fünfzehn Jahre alt ist."

Christina sah ihn fassungslos an. „Sein Passwort? Warum hat er diesen Namen genommen? Verstehe ich nicht. Nein, er hat keine fünfzehnjährige Nichte, sein Bruder hat drei Kinder, und der Älteste ist dieses Jahr dreizehn geworden, die älteste Nichte ist sechs, die hat gerade in der Schule angefangen."

Lars verzog innerlich das Gesicht. Warum musste Elin immer recht haben mit ihrer Intuition? Sie würde bestimmt auftrumpfen, wenn er ihr das erzählte. Auf der anderen Seite war der Name natürlich ein guter Hinweis, auch wenn Christina diese Spur wohl gar nicht gefallen würde. Ja, und wie er an ihrer nächsten Frage merkte, hatte sie das auch schon realisiert.

„Lars, bitte, was bedeutet das? Ist Patrik mit einer anderen durchgebrannt? Mit einer Natalia? Die erst fünfzehn ist? Das kann ich nicht glauben." Christina war völlig entsetzt.

„Christina, lass uns das nicht überbewerten! Er kann irgendwo etwas über eine Natalia gelesen haben und den Namen deshalb als Passwort verwendet haben. Und die Zahl fünfzehn kann alles Mögliche bedeuten, vielleicht der fünfzehnte des Monats oder eine Hausnummer. Wir wissen es nicht. Wir hatten gehofft, dass du den Namen kennst. Jetzt werden wir den weiteren Umkreis absuchen und hoffentlich dort einen Hinweis finden."

Er schaute Christina an, sie saß völlig entgeistert vor ihrem Essen und schüttelte immer wieder den Kopf. Es war offensichtlich, dass sie die Neuigkeiten erst verdauen musste.

„Ich glaube, ich gehe und hole mir den Hauptgang. Soll ich dir etwas mitbringen?" Lars versuchte sie etwas abzulenken, scheiterte aber kläglich.

„Nein, ich kann jetzt nichts essen. War noch etwas anderes? Ich glaube, ich muss gehen."

„Nein, das war alles von meiner Seite."

„Es tut mir leid, Lars, dass ich dich jetzt allein lasse, aber das hat mich doch etwas geschockt. Das gefällt mir alles überhaupt nicht."

„Kein Problem. Tue mir nur bitte den Gefallen und interpretiere nicht zu viel in diese Dinge hinein. Es gibt immer jede Menge alternativer Erklärungen."

Sie nickte, aber schien nicht überzeugt. Nach einem kurzen Handschlag ging sie gesenkten Hauptes zum Ausgang des Restaurants, ihren Teller hatte sie einfach stehen gelassen. Naja, den würde Lars natürlich wegräumen. Er ging zur Theke und sah sich die Hauptgerichte an – es gab ein Fischgericht mit Reis, Hühnchen mit Bulgur und eine Art Gulasch mit viel Gemüse. Er entschloss sich alle drei zu probieren und nahm von jedem eine kleine Portion.

Während er die Gerichte kostete, dachte er zurück an das Gespräch. Er hatte nicht gerade erwartet, dass Christina Freudenschreie über ihre Entdeckungen und die damit verbundenen Fragen ausstoßen würde, aber ein bisschen Anerkennung hatte er sich schon erhofft. Immerhin hatte er ihr einige vielversprechende Ergebnisse präsentieren können. Andererseits war ihm auch klar, dass er unter diesen Umständen nicht mit einem Lob von Christina rechnen konnte. Nachdem er jetzt wusste, dass sie nicht ständig mit Patrik telefoniert hatte und Natalia kein für sie bekannter Name war, setzte sich das Puzzlebild langsam zusammen. Patrik hatte möglicherweise eine andere Frau kennengelernt und sich deshalb abgesetzt. Das wäre kein Einzelfall, aber für Christina brach natürlich eine Welt zusammen. Sie schien nichts dergleichen bemerkt oder auch nur geahnt zu haben. Sie tat ihm leid, aber deshalb musste er sich nicht das Essen vermiesen lassen - es schmeckte ausgezeichnet hier, das Restaurant musste er sich unbedingt merken, es lohnte sich wirklich, hierherzukommen.

6

Elin lehnte sich zurück und schüttelte den Kopf. Es war zum Mäusemelken. Sie konnte nichts finden, weder der Laptop oder die externe Festplatte noch das Smartphone von Patrik gaben irgendeinen Hinweis auf sein Verschwinden. Elin hatte so gehofft, dass der Name Natalia irgendwo auftauchen würde, im Adressbuch, der Anrufliste oder im E-Mail-Programm. Nichts, *nada.* Genauso wenig gab es einen Hinweis auf ein zweites Telefon.

Aber noch etwas anderes war merkwürdig. Sie hatte den Eindruck, dass zumindest auf dem Laptop Daten gelöscht worden waren. Die Verlaufsliste des Browsers war praktisch leer, es gab nur eine Liste von ungefähr einer Woche - der Woche vor Patriks Verschwinden. Und diese Liste enthielt überhaupt nichts Auffälliges. Golf, Autos, Versicherungen - nichts, was Elin bedeutsam fand. Aber die älteren Daten wären sicher interessant gewesen. Auch bei den gespeicherten Dokumenten und Bildern konnte sie nichts Besonderes finden. Entweder hatte Patrik den Laptop nicht viel benutzt, oder er hatte so einiges gelöscht. Um dies herauszufinden, hatte Elin den Laptop an ihren PC angeschlossen und ein Recovery-Programm gefahren, das gelöschte Daten auf der Festplatte wiederherstellen konnte. Das hatte eine gute Stunde gebraucht, aber das Ergebnis war umso verblüffender gewesen: Das Programm hatte nichts zum Wiederherstellen gefunden - NULL! Das konnte nur eines bedeuten: Jemand hatte eine spezielle Software verwendet, um die Festplatte vollständig sauber zu putzen oder zumindest den Teil, der zu Patriks Konto gehörte. Und seitdem hatte niemand mehr Patriks Konto auf dem Laptop angerührt. Da hatte sich jemand wirklich Mühe gemacht, denn viele der Löschprogramme, die man gratis bekommen konnte, waren nicht so gründlich, sie ließen zumindest einen Teil der Daten so stehen, dass sie doch wiederhergestellt werden konnten, auf jeden Fall mit einer guten Software wie Elin sie hatte. Die Tatsache, dass gar nichts zu finden war, bedeutete, dass ein richtig professionelles Säuberungsprogramm zur Anwendung gekommen war.

Patriks Smartphone hatte sie sich am Morgen bei seinem Chef abholen können, und den vierstelligen Code hatte sie schnell geknackt, dafür hatte sie ebenfalls eine Software. Der Code bestand aus den letzten vier Ziffern von Patriks Personennummer. Die schwedische Personennummer besteht aus dem Geburtsdatum und zusätzlichen vier Ziffern am Ende. Diese hatte Patrik für den Code verwendet, nur in umgedrehter Reihenfolge. Leider gab der Code deshalb keinen Hinweis auf etwas anderes als Patrik selbst. Das Telefon enthielt eine Menge Adressen, die aber leider nichts mit einer Natalia zu tun hatten. Sie würde Christina und Patriks Chef bitten, die Liste einmal durchzugehen, aber sie vermutete, dass es sich ausschließlich um normale private und geschäftliche Kontakte handelte. Die Anrufliste zeigte nicht, dass mit irgendeiner Person ein ständiger Kontakt gehalten wurde, und die SMS-Nachrichten waren auch völlig unauffällig. Bilder gab es nur sehr wenige, ein paar vom Golfen, ein paar von seiner Schwester und einige Naturaufnahmen.

Elin fragte sich, ob auch auf dem Telefon Daten gelöscht worden waren. Hier war zumindest nicht *Tabula rasa* gemacht worden wie auf dem Laptop, aber vielleicht waren selektiv bestimmte Daten entfernt worden. Sie wusste aber nicht, ob und wie man an solche Daten herankommen konnte. Deshalb rief sie Carl an, der sich sofort meldete.

„Ja."

„Carl, hier ist Elin."

„Mm."

„Bist du beschäftigt, oder kann ich dich kurz was fragen?"

„Ja, schieß los!"

„Kann man bei einem Smartphone gelöschte Daten wiederherstellen?"

„Klar, im Prinzip schon."

„Okay, was bedeutet das?"

„Was für ein Telefon ist es denn? iPhone oder Android?"

„Es ist ein Samsung, also Android."

„Dann kannst du es einfach über die USB-Buchse an den PC anschließen und eine entsprechende Software laufen lassen. Ich schicke dir einen Link zu einer Gratis-Software, die den Job machen kann."

„Super, danke. Wie viel von den Daten kriege ich damit zurück?"

„Das kommt darauf an, wann die Daten gelöscht wurden und wie viel davon schon wieder überschrieben wurde. Der Telefonspeicher funktioniert genau wie der PC. Wenn man ein Dokument löscht, wird lediglich der Eintrag im Index gelöscht, so dass die Programmoberfläche des Telefons die Datei nicht mehr finden kann. Das Dokument ist dann nach wie vor im Speicher, kann aber von neuen Daten überschrieben werden. Das heißt, wenn du dein Telefon nach dem Löschen der Datei nicht mehr benutzt, hast du eigentlich eine Garantie, die Datei wiederherstellen zu können. Wenn du dein Telefon allerdings nach dem Löschen kräftig angewendet hast, sind deine Chancen gering. Der Speicher beim Telefon ist ja sehr viel kleiner als beim PC, deshalb hast du nur ein kurzes Zeitfenster."

„Verstehe. Gibt es auch eine Möglichkeit die Daten auf dem Telefon vollständig zu löschen, sodass sie nicht wiederherstellbar sind?"

„Ja, das geht. Gibt's auch Software für. Dann ist aber alles weg."

Elin bedankte sich und legte auf. Carl hatte ihr den Link bereits geschickt, und sie installierte die Software. Das Telefon war noch am PC angeschlossen.

Sie rief das Wiederherstellungsprogramm auf und klickte sich durch die Einstellungen, dann drückte sie auf „Run“. Es dauerte keine zwei Minuten und schon war der Durchlauf fertig. Merkwürdig, das Programm hatte nur eine einzige Datei gefunden, die war allerdings ordentlich groß - über zwanzig GB. Es war ein Video. Sie öffnete den Windows-Mediaplayer und spielte die Datei ab.

Zu sehen war ein Schreibtisch und dahinter eine Wand. Es passierte rein gar nichts, Ton gab es auch nicht. Elin wählte den schnellen Vorlauf. Keine Veränderung, nur der Schreibtisch und die Wand. Sie spulte bis zum Ende durch, aber es änderte sich nichts. Das Video war über zwei Stunden lang und in HD-Qualität aufgenommen worden. War das eine versehentliche Aufnahme? Und deshalb wieder gelöscht worden? Oder wozu sollte man sonst so ein Schwachsinns-Video drehen?

Elin klickte auf den Button „Eigenschaften“ der Video-Datei, um zu sehen, wann die Datei erstellt und gelöscht wurde. Sie sah sich die Daten an und stutzte. Dann ging ihr ein Licht auf.

7

Martin schenkte allen Kaffee ein. Zusammen mit Liv hatte Martin ein Drei-Gänge-Menü gezaubert, das wirklich gut gelungen war und den Gästen sehr geschmeckt hatte. Skagenröra auf Toast als Vorspeise, gebratener Lachs mit Kartoffeln und Dillsauce als Hauptgang und ein Fruchtsorbet zum Abschluss.

Martin freute sich, dass Lars und Elin gekommen waren, sie hatten sich viel zu erzählen. Die beiden interessierten sich dafür, wie es Liv und ihren Kindern in Berlin ging und wie sie alle zusammen jetzt dort wohnten. Liv zeigte eine Reihe Fotos von ihrer Wohnung am Potsdamer Platz. Martin wohnte erst seit Kurzem fest mit Liv zusammen, sie hatten ein halbes Jahr gewartet, bis sie sich entschieden hatten, zusammenzuziehen. Martin war sowieso fast jeden Tag bei Liv und den Kindern gewesen, sodass es letztlich keinen Sinn machte, seine eigene Wohnung zu behalten. Eigentlich war er nur noch dorthin gefahren, um seine Kleidung zu wechseln. Liv hatte die Wohnung gekauft, sie bestand aus zwei Stockwerken, das obere für die Kinder, das untere für Martin und Liv, und hatte genügend Platz für alle, auch seine Tochter Lara hatte dort ein eigenes Zimmer bekommen. Lara lebte bei ihrer Mutter, sie kam nur jedes zweite Wochenende zu Martin, aber in letzter Zeit war sie immer öfter bei ihm gewesen, da sie sich so gut mit Livs Kindern verstand – schließlich hatte ihre Mutter nachgegeben und sogar diesem dreiwöchigen Urlaub in Schweden zugestimmt. Sie waren jetzt seit einem Jahr geschieden, Martin musste daran denken, dass dies der Anlass für seinen Schwedenbesuch gewesen war, er hatte zu sich finden und überlegen wollen, wie der Neuanfang für ihn aussehen sollte. Und dann hatten sich die Ereignisse überstürzt, er hatte Liv nur zweimal kurz getroffen, aber es hatte gleich zwischen ihnen gefunkt, und als er Liv bei ihrem ersten richtigen Date nicht hatte antreffen können, hatte er nicht locker gelassen und sich auf die Suche quer durch Schweden begeben. Es war richtig gefährlich geworden, ja, es hatte sogar Tote gegeben, aber Martin hatte es nie bereut, er hatte etwas Tolles dabei gewonnen: eine große Liebe und eine neue Familie, sein ganzes Leben hatte sich dadurch verändert. Dazu kam noch die schwedische Dimension, diese großartige Landschaft, die schwedische Mentalität und die Sprache, für die Martin sich begeisterte. Auch in Berlin gingen Livs Kinder auf die skandinavische Schule, sie sprachen zu Hause immer schwedisch, und jetzt hatten sie ihren ersten gemeinsamen Urlaub hier im Schärgarten von Stockholm erlebt, der nun leider seinem Ende entgegenging. Martin hatte es in vollen Zügen genossen, er liebte diese Mischung aus Wasser, Felsen, Wald und Holzhäusern. Es war entspannend und aufregend zugleich. Gerne hätte er die Jacht, die unten am Steg lag, mehr genutzt, aber er hatte leider keine Ahnung, wie man so ein Ding fuhr. Auch Liv traute es sich nicht allein zu, die Elf-Meter-Jacht zu bedienen. Zum Glück war das Nachbar-Ehepaar zweimal mitgefahren, der Mann hatte das große Boot gekonnt manövriert. Diese zwei Tage waren fantastisch gewesen, sie waren zwischen den Inseln herumgeschippert und hatten in Gästehäfen oder bei Restaurants angelegt, um dann nach einem tollen Essen weiterzufahren. An einem der beiden Tage waren sie nach Sandhamn gefahren, das war die äußerste bewohnte Insel des Schärgartens, wo es ein kleines Städtchen mit Hotel, Restaurants und tollen Sandstränden gab. Dort hatten sie sich einen halben Tag aufgehalten, die Vegetation war anders als im inneren Schärgarten, und man hatte von der Ostseite der Insel einen weiten Blick über das Meer. Martin hatte sich schon vorgenommen, unbedingt zu lernen, wie man ein solches Motorboot steuern musste, damit sie beim nächsten Urlaub auch allein losfahren könnten; offensichtlich brauchte man hier noch nicht einmal einen Führerschein, bei Booten bis zwölf Meter Länge war das lediglich freiwillig.

Er freute sich auch, dass Lara sich so wohl gefühlt hatte. Sie hatte kein Heimweh gehabt, und das war gut, denn dies war die erste längere Trennung von ihrer Mutter gewesen. Die anderen beiden Kinder hatten sie mitgezogen, und ihr schien es hier im Schärgarten zu gefallen.

Lars und Elin hatten ebenfalls einiges zu erzählen, vor allem von Elins letztem Fall, der sogar Schlagzeilen in den hiesigen Zeitungen gemacht hatte. Sie hatten eine Bande von Kinderschändern ausgehoben, und dabei war es extrem gefährlich geworden: Elin hatte so einige Blessuren davongetragen und war nur knapp mit dem Leben davongekommen.

„Wie geht es denn dem kleinen Mädchen, das ihr gerettet habt?“, fragte Liv gerade.

„Sie hat jetzt endlich angefangen zu reden“, antwortete Elin. „Allerdings bis jetzt nur mit ihrer Mutter und mir. Aber das ist ein großer Fortschritt, und die Ärzte werten es als Durchbruch.“

„Wird sie sich wieder vollständig erholen?“, fragte Martin.

„Also ehrlich gesagt, glaube ich das nicht. Sie wird für immer ein Trauma davontragen, auch wenn sie hoffentlich lernt, damit zu leben. Dieser eine Tag mit diesen Dreckskerlen hat ihr das ganze Leben zerstört.“ Elin biss die Zähne zusammen, sie hatte Tränen in den Augen. Es war ihr deutlich anzumerken, wie sie dieses Thema mitnahm.

Liv legte die Hand auf ihren Arm. „Das muss auch für dich eine schwere Situation sein. Schließlich musst du deine eigenen Erlebnisse verarbeiten und wirst durch den Kontakt mit dem Mädchen immer wieder daran erinnert. Ist es denn gut für euch beide, dass ihr euch immer noch trefft?“

Elin schüttelte den Kopf. „Ja, das ist schon in Ordnung. Ich habe meinen Teil der Geschichte ganz gut weggesteckt, mir ist ja auch nichts wirklich Schlimmes passiert. Aber Ebba tut mir unendlich leid. Ich habe sie richtig lieb gewonnen und treffe sie zweimal in der Woche. Die Ärzte hatten das befürwortet, weil Ebba in mir ihren Retter sieht und ihr das hilft, die positive Entwicklung zu verstärken. Es war dann auch zusammen mit mir, dass sie das erste Mal gesprochen hat. Das war schön, ich hatte wirklich das Gefühl, ihr geholfen zu haben.“

„Was hat sie denn gesagt? Wenn man das fragen darf“, sagte Martin.

„Oh, es war eigentlich gar nichts Besonderes. Ich hatte ihr aus einem Pippi Langstrumpf Buch vorgelesen, und sie hat mich gebeten, noch ein weiteres Kapitel zu lesen, als ich aufhören wollte. ‚Noch ein Kapitel!‘ hat sie gesagt. Das war gar nicht so einfach für mich gewesen, kann ich euch sagen. Ich war so gerührt, dass sie endlich gesprochen hatte, ich habe sie in die Arme genommen und habe vor Freude geheult. Es hat bestimmt zehn Minuten gedauert, bis ich wieder lesen konnte.“

Die anderen nickten, das konnten sie gut verstehen. Martin sah, dass Liv ebenfalls feuchte Augen hatte, sie hatte nah am Wasser gebaut, da war es klar, dass sie hier Mitgefühl entwickelte. Aber bevor das Ganze zu rührselig wurde, wollte er lieber das Thema wechseln.

„Na, das geht ja zumindest in die richtige Richtung. Wir drücken die Daumen, dass es so weitergeht, Elin. Aber etwas ganz anderes - wie läuft es denn mit dem Fall von Christina? Sie hatte Liv kurz mitgeteilt, dass ihr ihn angenommen habt. Konntet ihr ihren Mann aufspüren?"

Lars und Elin sahen sich an, Lars räusperte sich. „Ja, eigentlich dürfen wir ja nichts über unsere Fälle erzählen, ihr wisst ja, wie das ist. Auf der anderen Seite habt ihr uns den Fall ja zugeschanzt, und wir haben ein gegenseitiges Vertrauensverhältnis, da machen wir mal eine Ausnahme. Also, dass ihr das hier nicht weitererzählt, ist ja klar, aber es wäre mir auch wichtig, dass Christina nichts von unserem Gespräch erfährt, kriegt ihr das hin?"

Martin nickte, Liv sagte: „Ja, ich stelle mich dann unwissend und lasse sie erzählen, falls sie sich noch mal bei mir meldet."

„Gut. Ja, also, aufgespürt haben wir den Mann nicht. Es sieht doch alles danach aus, dass er sich freiwillig abgesetzt hat."

„Echt? Warum glaubt ihr das?" Martin war neugierig.

„Er hat ziemlich gründlich hinter sich aufgeräumt", antwortete Lars. „Wir haben sowohl sein Handy als auch seinen Laptop, aber können darauf keinen einzigen Hinweis entdecken. Elin, du kannst die technischen Einzelheiten besser erklären, glaube ich."

Elin lehnte sich vor. „Ja, das stimmt. Er hat auf beiden Geräten wahrscheinlich eine ganze Menge gelöscht, sodass nur Belangloses zu finden ist."

„Ich dachte, so was kann man mit Spezialprogrammen wieder sichtbar machen?" Martin war kein IT-Spezialist, aber man sah so etwas ja oft in Fernsehkrimis.

„Stimmt. Aber das ist eben genau das, was uns misstrauisch macht. Auf dem Laptop hat er offensichtlich eine Software benutzt, die radikal alles gelöscht hat, was wir nicht sehen sollen, das lässt sich auch mit dem besten Programm nicht wiederherstellen. Und auf dem Handy war er ganz raffiniert. Er hat erst alles gelöscht, was er geheim halten wollte, dabei verschwinden die Daten aber nicht, sondern es wird lediglich der Name der Dateien aus dem Inhaltsverzeichnis radiert. Allerdings können die Daten dann neu überschrieben werden und genau das hat er gemacht. Der gute Mann hat ein Video von seinem Schreibtisch aufgenommen und damit alle unbenutzten Daten auf seinem Smartphone überspielt. Dieses Video hat er zwar wieder gelöscht, aber damit war dieses Video auch das Einzige, was man wiederherstellen konnte - über zwei Stunden Stillbild."

„Aha, so macht man das also. Gut zu wissen", lachte Martin.

Liv sah ihn schmunzelnd an. „Wieso? Hast du auch Pläne, dich abzusetzen?"

„Gott bewahre! Bestimmt nicht! Aber ich finde diese technischen Tricks trotzdem interessant."

„Das heißt, ihr habt überhaupt keinen Hinweis, wo der Mann sich aufhalten könnte?" Liv wandte sich Elin zu.

„Doch, einen haben wir." Elin schaute zu Lars. Der nickte. „Das Passwort für sein Laptop-Konto war ‚Natalia'. Dieser Name lässt sich niemandem in seinem Bekanntenkreis zuordnen, deshalb glaube ich, dass eine andere Frau hinter seinem Verschwinden steckt."

„Oh." Liv zog die Augenbrauen hoch. „Was sagt Christina dazu?"

„Sie war am Boden zerstört", antwortete Lars. „Es gibt inzwischen so viele Belege, dass ihr Mann sein Verschwinden sorgfältig vorbereitet hat, dass sie das nicht mehr ignorieren kann. Und dieser Frauenname gibt dem Ganzen natürlich einen üblen Beigeschmack."

Martin dachte nach, das mit dem Passwort verwunderte ihn. „Aber sagt mal, ist das nicht merkwürdig? Wenn der Mann soviel Energie darauf verwendet hat, seine Dateien zu löschen, warum hat er nicht das Passwort geändert und mit irgendeinem unauffälligen Code ersetzt?"

Lars nickte. „Ja, du hast recht. Das passt eigentlich nicht zusammen. Also, wenn er dieses Passwort absichtlich gewählt hat, dann kann das natürlich eine Finte sein und uns völlig in die Irre führen."

Elin schüttelte den Kopf. „Das glaube ich nicht. Der hat einfach vergessen, es zu ändern.“

„Lass uns hoffen, dass es so ist. Sonst ist dieser Name nämlich nichts wert.“

„Habt ihr denn schon eine Spur zu dieser Natalia?“, fragte Martin.

„Nein, wir sind noch am Anfang. Das ist jetzt unser nächster Schritt.“

„Na, viel Glück! Hoffentlich kommt ihr weiter.“

Nach dem Kaffeetrinken verabschiedeten sich Lars und Elin, sie mussten die letzte Fähre von der Insel nehmen. Martin räumte zusammen mit Liv den Tisch ab.

Liv stellte die Teller zusammen und hielt inne. Sie sah ihn nachdenklich an. „Das tut mir richtig leid für Christina, das hört sich ja gar nicht gut an. Meinst du, ich sollte sie mal anrufen, bevor wir wieder abreisen?“

„Ich weiß nicht. Vielleicht eher nicht. Wir haben ja versprochen, ihr nichts von diesem Gespräch zu erzählen. Da ist es wahrscheinlich besser, abzuwarten, bis sie sich meldet und die ganze Geschichte von sich aus berichtet.“

„Mm, vielleicht. Aber ich könnte ja anrufen und einfach nachfragen, wie das mit den Detektiven läuft.“

„Dann darfst du dich nur nicht verplappern. Ich kann Lars schon verstehen, dass er nicht als jemand dastehen will, der vertrauliche Informationen an Unbeteiligte weitergibt.“

„Das kriege ich schon hin. Ich möchte ihr so gern ein paar tröstende Worte sagen. Ich kenne ja ihren Mann nicht, aber ich mag Christina."

Martin nickte. Er hatte Christina ja nur einmal getroffen, er hatte da kein Bedürfnis, aber bei Liv lag die Sache anders, sie hatte mehrere Jahre mit ihr zusammengearbeitet. „Mach man! Aber es war ein netter Abend, oder?"

„Absolut! Die beiden hatten ja eine Menge zu erzählen. Ich werde morgen mal ins Online-Archiv von meiner Tageszeitung *Dagens Nyheter* gehen und über Elins Fall etwas lesen. Das hörte sich ja wie eine richtige Räubergeschichte an." Sie hob den Tellerstapel hoch und ging damit Richtung Küche.

Martin blieb zurück. Es war ein richtig schöner Abend gewesen, er wollte den Kontakt zu Lars und Elin unbedingt halten. Und er war neugierig, was bei ihrer Suche nach Natalia und Christinas Mann herauskommen würde.

8

Elin saß in der *tunnelbana*, der Stockholmer U-Bahn, und war auf dem Weg nach Hause. Sie hatte gerade wieder eine Session mit Carl hinter sich. Naja, so schlimm wie beim letzten Mal war es nicht gewesen. Carl hatte zwar ausgesehen wie immer - das speckige T-Shirt, die klebrige Hornbrille und der fettige Pferdeschwanz, aber sein Schreibtisch und insbesondere die Tastaturen waren sauber gewesen. Sie wusste nicht, ob das ein Zufall war und die Firma vielleicht den Reinigungsservice gewechselt hatte, aber sie hatte so das Gefühl, dass Carl sich ihr Meckern zu Herzen genommen und selbst den Lappen in die Hand genommen hatte. Wie auch immer, er hatte ihr echt geholfen. Sie hatte den Nachmittag genutzt und ihren aktuellen Fall eingebracht, sie brauchte die Triangulationsdaten von Patriks Handy. Natürlich nicht die aktuellen, das Telefon befand sich ja wieder bei seiner Firma, sondern die Aufenthaltsorte in den Wochen vor seinem Verschwinden. Gestern hatte sie bereits die Gesprächsdaten von seinem Firmenhandy bekommen, Patriks Chef war richtig kooperativ. Soweit sie sehen konnte, waren das alles geschäftliche Gespräche, und die langen Telefonate, von denen der

Kollege erzählt hatte, waren nicht zu identifizieren gewesen. Daher ging sie davon aus, dass es ein zweites Telefon gab, Lars war derselben Meinung.

Elin war sich sicher, dass Patrik dieses zweite Telefon bei seiner Abreise mitgenommen hatte. Patrik könnte sich dieses zweite Gerät angeschafft haben, um mit seiner Natalia zu kommunizieren. So hielt er sein Firmentelefon sauber, und seine Frau konnte auch nicht per Zufall eine Nachricht lesen, wenn Patrik das Firmenhandy zu Hause herumliegen ließ. Die Frage war, ob er das zweite Gerät immer bei sich hatte oder in der Firma ließ, wenn er nach Hause fuhr. Aber Elin konnte sich vorstellen, dass die beiden Turteltauben auch am Abend noch mal eine Nachricht miteinander wechseln wollten, also hatte Patrik das Handy auch zu Hause dabeihaben müssen. Dann musste er aber sehr vorsichtig vorgegangen sein, wenn Christina gar nichts gemerkt hatte.

Deshalb waren die Triangulationsdaten so wichtig. In der Firma, wo Patrik gearbeitet hatte, gab es ja jede Menge Telefone, da war nichts zu holen, aber bei ihm zu Hause in Täby oder im Golfklub sollte man schon herausfinden können, ob sich immer zwei Geräte gleichzeitig dorthin oder von dort weg bewegten. Dafür hatte sie Carl gebraucht, Elin konnte sich zwar schon gut bei den Telefongesellschaften einhacken und Gesprächsdaten finden, aber die Sache mit den Triangulationsdaten war um einiges komplizierter. Carl hatte ihr heute gezeigt, wo man diese Daten finden konnte und wie man sie dann auswerten musste. Über die Daten von jeweils drei Masten konnte man die Position des Handys recht gut bestimmen, das war die eigentliche Triangulation. Fast zwei Stunden hatte Elin damit zugebracht, bis sie sich ihre Frage beantworten konnte. Zuerst hatten sie sich bei Telia eingehackt, wo das Firmenhandy abonniert war. Deren Sendemasten erfassten alle Telefone, die sich in der Nähe aufhielten, selbst wenn diese Telefone andere Netze zum Telefonieren benutzten. Schließlich hatte sie eine Telefonnummer finden können, die sich fast immer parallel mit Patriks Firmenhandy bewegt hatte, sowohl in der Firma, als auch zu Hause und einige Male auch im Golfklub und die deshalb wahrscheinlich Patrik gehörte. Sie hatten sofort versucht, mehr über diese Nummer herauszufinden, aber es war natürlich eine Prepaid Karte, der man keinen Namen zuordnen konnte. Außerdem gehörte diese Karte zu einer anderen Telefongesellschaft als Patriks Firmentelefon, nämlich zu TRE, einem anderen Provider mit eigenen Sendemasten. Dort hatten sie sich dann auch Zugang verschafft und schließlich die Gesprächsdaten und die Triangulationsdaten abrufen können. Elin hatte noch nicht alles auswerten können, aber eines war sofort klar gewesen, alle Daten hatten ein abruptes Ende am 2. Juli gefunden, seitdem war das Handy offenbar nicht mehr eingeschaltet gewesen, oder die SIM-Karte war ausgetauscht worden. Doch die Lokalisationsdaten des letzten Tages waren sehr interessant gewesen, und sie hatte sofort Lars angerufen.

Die U-Bahn hielt in der Station *Stadshagen*, jetzt musste sie aussteigen. Es war ziemlich voll, Elin schob sich durch die wartenden Menschen, die in die U-Bahn einsteigen wollten, um zur Rolltreppe zu gelangen. Draußen angekommen, sah sie, dass es regnete. Damit hatte sie nicht gerechnet, und natürlich hatte sie weder einen Schirm noch eine Kapuze. Es half nichts, es sah nicht danach aus, als ob es sobald aufhören würde. Sie hielt sich dicht an den Häuserwänden, den Kopf eingezogen und lief die paar Minuten zu ihrer Wohnung. Maja war schon zu Hause. Sie hatte die Tür gehört und kam ihr entgegen.

„Hallo, da ist ja meine Lieblings-Detektivin. Lass dich umarmen!“ Sie küssten sich, und Maja legte die Arme um sie. „Oh, du bist ja ganz nass. Du musst dir schnell die Haare trocknen, sonst holst du dir noch einen Schnupfen.“

„Ja, Mama.“ Elin gluckste. „Was machst du denn schon hier? Solltest du nicht im Studio sein?“ Maja war Judo- und Karatetrainerin und hatte normalerweise jeden Tag bis abends um acht Trainingsstunden gebucht.

„Wir hatten einen Wasserschaden im Studio, es war alles überschwemmt. Deshalb fällt heute Abend alles aus.“

„Toll!“ Elin strahlte. Dann räusperte sie sich. „Also, ich meine, toll, dass du hier bist. Das mit dem Wasser ist natürlich Mist. Wie lange könnt ihr nicht arbeiten?“ Maja war selbstständig und bekam nur die Stunden bezahlt, die sie auch tatsächlich abhielt. Deshalb war ein längerer Ausfall nicht so witzig.

„Ich hoffe, wir können morgen wieder öffnen. Es ist hauptsächlich der Empfangsbereich und einer der Umkleideräume, die betroffen sind. Wir haben uns überlegt, die Umkleide in einen der Trainingsräume zu verlegen, so können wir dann fast normal weitermachen. Das war noch Glück, wäre das über Nacht passiert, wäre das Wasser überallhin geschwappt und wir müssten für mehrere Wochen schließen.“

„Wie ist es denn dazu gekommen?“ Elin hatte ein Handtuch aus dem Bad geholt und rubbelte sich die Haare trocken. Da sie diese sehr kurz trug, war das mit der Nässe kein großes Problem.

„Wir hatten letzte Woche Handwerker im Haus, die einige der Heizelemente ausgetauscht haben. An einem der Elemente war offenbar eine Schraube nicht richtig fest. Erst hat es wohl nur getropft, aber dann kam schnell immer mehr Wasser, und schließlich sprudelte es nur so. Wir waren froh, dass wir mit vereinten Kräften das Wasser in den zwei Räumen halten konnten, bis dann endlich der Installateur kam.“

„Das heißt, der muss für den Schaden aufkommen?“

„Ja, oder die Versicherung. Das ist zum Glück nicht mein Problem. Bin nur froh, dass es morgen wieder weitergeht.“ Maja hatte sich im Wohnzimmer auf die Couch gesetzt. „Wie ist es bei dir?“

„Oh, wir haben endlich eine Spur.“

„Von dem verschwundenen Mann?“

„Ja, genau. Wir fahren übermorgen nach Norrland.“

„Oh, wieso das? Erzähle mal!“

Elin berichtete von ihrem Nachmittag bei Carl und den Ergebnissen. „Und dieses zweite Telefon hat sich am 1. Juli, also dem Tag, als Patrik verschwunden ist, nach Norden bewegt. Und war am nächsten Tag in der Nähe von Patrik und Christinas Sommerhaus.“

„Aha, aber hatte diese Christina das Sommerhaus nicht überprüft?“

„Schon, doch das war ein paar Wochen später. Leider reißen sämtliche Daten am 2. Juli vollständig ab, also einen Tag nach Patriks Abfahrt. Wahrscheinlich hat er die SIM-Karte gewechselt. Danach kann er natürlich sonst wohin gefahren sein.“

„Trotzdem wollt ihr dahin düsen?“

„Ja, wenn wir Patrik dort nicht antreffen, dann finden wir hoffentlich irgendeine Spur, die uns weiterführt.“

Maja sah nach unten, auf den Tisch, sie schien zu überlegen. Sie blickte auf, und ihre dunklen Augen waren durchdringend auf Elin gerichtet. „Das heißt, du bleibst dann über das Wochenende weg?“

Elin hatte Mühe, nicht rot zu werden, sie wusste schon, worauf Maja hinaus wollte. Sie nickte. „Ja, sieht so aus. Leider.“

„Das passt dir bestimmt gut, oder? Ist eine prima Entschuldigung, das alles wieder zu verschieben.“ Maja schüttelte frustriert den Kopf.

Elin war das peinlich, aber irgendwie musste sie zugeben, dass Maja recht hatte. Elin hatte nämlich geplant, am Wochenende ihre Eltern zu besuchen. Und das sollte nicht irgendein netter Besuch werden, nein, sie hatte versprochen, sich bei ihren Eltern zu *outen*. Sie lebte nun seit über zwei Jahren mit Maja zusammen, und es war ihnen beiden ernst mit dieser Beziehung. Aber während Maja völlig offen mit ihrer Homosexualität umging und auch schon vor Elin nur an Frauen interessiert war, hatte Elin es ein paar Mal mit Männern probiert und erst, als sie Maja kennenlernte, ihre Gefühle für das weibliche Geschlecht entdeckt. Sie hatte es aber ziemlich geheim gehalten, klar, in ihrem Bekanntenkreis wussten es alle, aber in der Firma war es nur Lars, dem es bekannt war. Detektive waren eine raue Truppe, da konnte sie auf entsprechende Kommentare gut verzichten. Ja, und ihre Familie war auch nicht eingeweiht, sie hatte lediglich gesagt, dass Maja eine gute Freundin sei und sie bei ihr wohnen könne. Das führte dazu, dass Maja und sie sich jedes Mal zusammenreißen mussten, wenn sie Elins Eltern trafen – keine zärtlichen Berührungen und keine Kosenamen, auch nicht aus Versehen. Maja ging das mehr und mehr auf den Keks, sie wollte am liebsten gar nicht mehr mitkommen. Als Elin nun vor einer Woche nach Hause gekommen war und Maja freudig erzählt hatte, dass sie endlich

Vollblut-Detektivin sei, da hatten sie das gebührend gefeiert, und Maja hatte sich total für sie gefreut. Doch dann nach dem zweiten Glas Sekt hatte Maja plötzlich so einen Ausdruck im Gesicht gehabt und sie herausfordernd angeschaut.

„Dann bist du ja jetzt ein richtig großes Mädchen. Solltest du da nicht auch den Rest von deinem Leben in Ordnung bringen?“, hatte Maja gesagt, die Worte lang ausdehnend.

Elin wusste sofort, worum es ging, und sie war in so guter Laune, dass sie überschwänglich versprochen hatte, den längst fälligen Besuch bei ihren Eltern zu machen und ihnen endlich reinen Wein über ihre Beziehung zu Maja einzuschenken. Ihre Eltern wohnten in Uppsala, siebzig Kilometer nördlich von Stockholm, und am Samstag wollte sie zu ihnen fahren und die heikle Mission hinter sich bringen. Ihr war ganz schön mulmig bei dem Gedanken, sie wusste ehrlich gesagt nicht, wie das laufen würde. Homosexualität war in der schwedischen Gesellschaft relativ gut akzeptiert, aber ihre Eltern, besonders ihre Mutter, waren ziemlich konservativ und würden wahrscheinlich nicht gerade happy sein, wenn sie diese Neuigkeiten über ihre Tochter erfuhren. Egal, sie hatte es versprochen und würde es durchziehen. Aber dass sie jetzt einen Aufschub bekam, kam ihr durchaus gelegen.

„Ehrlich, Maja, ich hatte keinen Einfluss auf diese Entscheidung. Lars und Tobias haben beschlossen, dass wir umgehend dorthin fahren müssen. Sie wollen nicht, dass eine etwaige Fährte noch kälter wird, als sie ohnehin schon ist. Ich hatte da kein Mitspracherecht und habe auch nicht dafür plädiert, dieses Wochenende dafür zu nutzen. Indianderehrenwort.“ Elin hob die rechte Hand zum Schwur.

Maja sah sie misstrauisch an. „Aber gewehrt hast du dich auch nicht, stimmt’s?“

Elin wand sich. „Ja, nicht so viel. Aber was hätte ich denn sagen sollen? Dass ich meine Eltern besuche? Die hätten sofort gesagt, dass mir das ja wohl nicht wegläuft.“

Maja nickte resigniert. „Ja ja, ich verstehe schon.“

Elin legte das Handtuch beiseite und hockte sich vor Maja hin. „Liebling, ich rufe gleich bei meinen Eltern an und verschiebe den Besuch auf das folgende Wochenende. Ich weiß, wie wichtig dir das ist. Außerdem habe ich es versprochen, und das werde ich auch halten.“ Sie küsste Maja auf den Mund, aber die schmollte immer noch.

„Und dir ist das nicht wichtig?“

Scheiße, heute ließ sie einfach nicht locker. Dieser Wasserschaden musste irgendetwas bei ihr ausgelöst haben. Oder hatte sie ihre Periode?

„Maja, doch, es ist mir auch wichtig. Aber gleichzeitig ist es nicht gerade ein Gespräch, auf das ich mich freue. So ein bisschen wie ein Besuch beim Zahnarzt, wo man schon vorher weiß, dass es nicht um irgendeine nette Kontrolluntersuchung geht, sondern dass eine Zahnwurzelbehandlung ansteht, die so richtig fies wird."

Maja musste lachen. „Naja, so schlimm wird es hoffentlich nicht werden."

Nun schüttelte Elin den Kopf. „Ehrlich gesagt, mein Schatz, ich weiß es nicht. Vielleicht reden sie dann nicht mehr mit mir, meiner Mutter würde ich sogar zutrauen, dass sie den Kontakt ganz abbricht. Und das täte mir ganz schön weh."

„Glaube ich nicht, Elin. Nicht so, wie ich deine Mutter erlebe. Du übertreibst."

„Hoffentlich. Wir werden es sehen. Hauptsache, wir sind uns einig. Nimmst du mich jetzt wieder in den Arm?"

Maja lachte. „Na klar. Wie sagst du immer? Scheißt der Bär in den Wald?"

Elin lachte auch und schlang die Arme um sie. Jetzt kriegte sie einen richtigen Kuss.

9

Lars stand am Spielfeldrand und beobachtete, wie seine Tochter mit dem Ball Richtung gegnerisches Tor rannte. „Ja, Stina, vorwärts!", schrie er und merkte sofort, wie der Trainer ihn missbilligend anguckte. Ja, er wusste, dass die Eltern sich mit Kommentaren und Rufen zurückhalten sollten, das hatte der Trainer sehr deutlich gemacht. Und er verstand auch, dass es nicht gut war, wenn alle von den Seiten her auf die Mädchen einbrüllten. Aber es ging eben manchmal mit ihm durch, genauso wie mit den anderen Eltern.

Stina brauchte seine Ermunterung offenbar gar nicht, sie hatte die letzte Verteidigerin umspielt und war jetzt mit dem Ball allein vor dem Tor. Die Torhüterin war nicht sehr professionell, sie blieb im Tor stehen, anstatt den Winkel zu verkleinern, das machte es für Stina noch einfacher. Zwar hatte sie zwei Verfolgerinnen hinter sich, aber Stina war schnell. Sie schoss aus dem Lauf mit voller Wucht, traf den Ball gut, aber er ging rechts am Tor vorbei, die Torhüterin hatte kaum reagiert. Hätte Stina den Ball einen Meter weiter nach links gezogen, die Torhüterin hätte ihn nie bekommen. Schade. Es stand weiter Null zu Null.

Lars dachte an die Fahrt nach Norrland. Er hatte noch nicht mit Lisa darüber gesprochen, das wollte er nach Stinas Training tun. Sie würde bestimmt nicht begeistert sein, aber was sollte er machen. Er selbst fuhr ganz gerne dahin, er liebte die Landschaft dort oben. Die riesigen Wälder, die vielen Seen. Sie waren zu Mittsommer alle in der Hütte seines Vaters gewesen, das war noch ein Stück weiter nördlich als Östersund, und es lag direkt an der Küste. Aber Landschaft und Leute waren sich sehr ähnlich dort im Norden, ein paar hundert Kilometer machten keinen Unterschied. Das Mittsommerfest war sehr traditionell gewesen, sie hatten in der kleinen Ansammlung Häuser gemeinsam einen Maibaum geschmückt und aufgerichtet, das war neu für die Kinder gewesen. In Stockholm schaute man alldem immer nur zu, da gab es überall kleine Heimatvereine, deren Vertreter die Organisation übernahmen. Dort im Norden hatten sie dann um den Baum getanzt, zur Musik von einer CD. Einer aus der Nachbarschaft hatte das Mikrofon übernommen und die Anweisungen für die Tänze gegeben. Da gab es das Lied mit den Schweinchen, dann das Lied über die Hausarbeit mit den einzelnen Wochentagen und schließlich das Froschlied, das insbesondere seine kleine Tochter Olivia liebte, sie sprang wie ein richtiger kleiner Frosch dazu. Lars hatte gelesen, dass dieses Lied ursprünglich ein Militärmarsch der Franzosen gewesen war. Da die Franzosen dafür bekannt waren, dass sie Frösche essen, hatte man offenbar einen Text über Frösche und deren Laute dazu entworfen und schon hatte man ein traditionelles Mittsommerlied in Schweden. Alle glaubten, dass das Lied eigens für diesen Zweck komponiert war und schon seit Jahrhunderten nur dazu diente, aber die Wahrheit sah also völlig anders aus.

Das Spiel war zu Ende, das Training damit auch, die Mädchen gingen in die Umkleide zum Duschen. Lars wartete im Wagen, bis Stina kam, und fuhr dann die zehn Minuten zu ihrem Zuhause. Er stellte den Wagen an den Straßenrand vor dem Haus, in der Auffahrt zu ihrem Reihenhaus war nur Platz für ein Auto, und Lisa war schon zu Hause und hatte ihren Wagen dort abgestellt.

„Hallo, da seid ihr ja", rief Lisa, als Lars und Stina hinter der Tür standen und sich gerade die Schuhe auszogen. „Kommt schnell herein, das Abendessen ist schon fertig."

Es duftete lecker, das musste Spaghetti mit Hackfleischsauce sein, Lars lief schon das Wasser im Mund zusammen. Das war ein Lieblingsgericht der Kinder, aber er freute sich auch darüber.

Sie legten ihre Jacken ab, gingen in die Küche und nahmen Platz. Die Nudeln standen dampfend auf dem Tisch, die Tomatensauce mit dem Hack daneben. Olivia und Lisa hatten sich schon genommen, Olivia kaute bereits. Stina und Lars füllten sich auch eine kräftige Portion auf den Teller, dann schlugen sie alle zu.

Nach dem Essen verschwanden die Kinder nach oben auf ihre Zimmer. Lars und Lisa tranken noch einen Kaffee.

„Ich fahre übermorgen nach Östersund. Du weißt, wegen dem verschwundenen Mann, diesem Patrik."

„Na, das ist ja schön, dass ich das auch mal erfahre." Lisa war - wie Lars erwartet hatte - nicht begeistert. „Wie lange soll das dauern?"

„Ja, das wurde erst heute entschieden, sorry. Wird wohl nur ein paar Tage dauern."

„Super, wieder mal ein Wochenende."

„Komm, Lisa, so oft passiert das nun auch nicht. Und verglichen mit dem Schichtdienst bei der Polizei ist das nun wirklich gar nichts."

„Naja, das stimmt", gab Lisa zu. Sie schien beschwichtigt. „Warum nach Östersund?"

„Patrik ist offenbar nach seinem Verschwinden dorthin gefahren. Er hat dort zusammen mit seiner Frau ein Ferienhaus."

„Fährst du allein?"

Diese Frage hatte Lars befürchtet, jetzt wurde es brenzlig. „Nein, Tobias will nicht, dass wir solche Touren allein machen."

Lisa sah ihn abwartend an. Als Lars nicht reagierte, sagte sie. „Das heißt, du fährst mit Elin, stimmt's? Wenn du so herumdruckst, kann es ja nicht anders sein."

Lars blieb nichts anderes übrig, als zu nicken.

„Toll, ich bin begeistert. Schon wieder mit Elin. Und gleich für ein paar Tage. Also, das sage ich dir, ich fahre nicht zum Krankenhaus in Östersund. Wenn du da mit irgendeiner Verletzung liegst, kannst du mit mir nur telefonisch rechnen. Du legst es ja förmlich darauf an …"

Lars atmete tief ein und zählte bis zehn. Er wollte die Situation jetzt nicht eskalieren.

„Bei dem letzten Fall ist mir auch nichts passiert", sagte er schließlich.

„Du meinst, als du Elin gerade noch retten konntest, bevor diese Kinderschänder anfingen, sie abzuschlachten? Sehr beruhigend." Sie schnaufte verächtlich, ihr Ton war schneidend sarkastisch.

„Und davor? Fast mit einer Flinte erschossen worden, und davor das gebrochene Schlüsselbein. Immer alles zusammen mit Elin. Die zieht das Unglück förmlich an sich."

Puh, ihre Reaktion war schlimmer, als er erwartet hatte.

„Lisa, diesmal ist es nicht gefährlich, wirklich nicht. Wir versuchen, den Ehemann aufzuspüren, der sich wahrscheinlich mit seiner neuen Flamme abgesetzt hat. Wahrscheinlich ist er schon längst nicht mehr in Östersund."

„Ach ja? Aber vielleicht ist er doch noch dort und findet es gar nicht lustig, dass ihr da aufkreuzt und ihm nachschnüffelt. Der schnappt sich seine Jagdflinte, und schon haben wir das Problem. Oder noch besser, er ist weg, und ihr findet eine neue Spur. Natürlich fahrt ihr hinterher, alles dauert viel länger als drei Tage, und zum Schluss sitzt ihr in der Wildnis fest und müsst euch gegen einen tollwütigen Bären verteidigen. Und ich kann dann die kümmerlichen Reste beerdigen. Scheiße, Lars, ich will das nicht." Lisa war rot angelaufen, ihr Ton war lauter und lauter geworden.

Lars stand auf, es hielt ihn nicht länger auf seinem Stuhl. Dass Frauen aber auch immer so übertreiben mussten. Das war alles so absurd, er wusste gar nicht, was er dazu sagen sollte. Er ging zu Lisa und wollte den Arm um sie legen, aber sie wehrte ihn ab.

„Nein, Lars, ich will mich jetzt nicht beruhigen, ich meine es ernst."

Er hockte sich vor sie hin. „Gut, Lisa. Was soll ich dann deiner Meinung nach machen? Tobias bitten, jemand anderen mit Elin dorthin zu schicken? Mit welcher Begründung? Oder willst du, dass ich gleich kündige?" Lange würde er die Stellung in der Hocke nicht aushalten können, sein Knie mit der Schussverletzung schmerzte schon jetzt ordentlich.

Lisa sah ihn nicht an, sie blickte in die andere Richtung, über den Tisch. „Ich weiß nicht", flüsterte sie. „Aber ich will nicht, dass du mit Elin dorthin fährst."

Er legte seine Hand auf ihren Arm, diesmal ließ sie ihn gewähren. „Lisa, bitte. Es wird nichts passieren. Das Gefährlichste an dem Auftrag ist die Fahrt dorthin und wieder zurück. Und ich verspreche hoch und heilig, vorsichtig zu fahren. Ich halte mich an alle Geschwindigkeitsbeschränkungen. Wirklich."

Sie stand auf. „Ja, klar", sagte sie. „Du machst ja sowieso, was du willst. Es ist dir ja völlig egal, wie es mir dabei geht." Damit verließ sie die Küche.

„Das stimmt nicht", rief Lars ihr nach und richtete sich mühsam auf.

Er würde sie sich erst mal abkühlen lassen, sie war im Moment eh nicht zugänglich für rationale Argumente. Er würde solange den Tisch abräumen und die Spülmaschine befüllen, der Herd brauchte auch noch ein wenig Aufmerksamkeit. Vielleicht würde Lisa es anerkennen, wenn er hier überall klar Schiff machte und dann mit einem Glas Portwein ins Wohnzimmer kam. Diese Auseinandersetzungen wurden mit jedem Mal heftiger und setzten seinen Nerven ganz schön zu. Er brauchte dringend ein paar Fälle mit Elin, bei denen nichts Schlimmes passierte, nur so würde Lisa ihre irrationale Angst ablegen können. Eigentlich war Lars überzeugt, dass der Fall mit Patrik so einer sein musste, er konnte wirklich nur hoffen, dass sein Gefühl ihn nicht betrog.

ZWEI MONATE ZUVOR: JUNI 2016

10

Sie sah Patrik nach. Er drehte sich noch einmal um und warf ihr eine Kusshand zu, bevor er in sein Auto einstieg. Sie winkte. Sie hatten zwei wunderschöne Stunden in ihrer Wohnung verbracht, der Sex war auch für sie richtig gut gewesen, sie hatte sich auch diesmal in keiner Weise verstellen oder ihm etwas vorspielen müssen, und so war es von Anfang an bei Patrik gewesen. Nun wollte er noch kurz beim Golfplatz in Täby vorbeifahren – das Golfspielen war auch heute sein Alibi.

Ja, sie mochte ihn. Er war ein netter und ehrlicher Kerl. Viel netter als die anderen. In den letzten Tagen waren ihr deshalb Zweifel gekommen, ob sie es wirklich durchziehen sollten.

Aber Stanislov hatte ziemlich aggressiv reagiert, als sie auch nur eine Andeutung in diese Richtung machte: „Mehr als ein halbes Jahr investiert, und jetzt willst du abbrechen? Wo er schon so weit ist und alles geplant hat? Bist du bescheuert?“

Er würde das nicht akzeptieren, das wusste sie. Zumal es sich diesmal noch mehr lohnen würde als bei den anderen.

Was waren ihre Alternativen? Stanislov verlassen und auf ein neues Leben mit Patrik setzen? Ja, das konnte sie sich sogar vorstellen, Patrik würde sie auf Händen tragen, und sie würde gut mit ihm auskommen. Aber Stanislov würde sie überall suchen, der würde nie aufgeben, bevor er sie nicht aufgespürt hatte. Und dann wäre sie dran, da machte sie sich keine Illusionen. Sie wusste, wozu Stanislov fähig war. Sie dachte zurück an den Abend, an dem er ihr erstes Opfer getötet hatte. Er hatte den Mann mit einem gestohlenen Auto überfahren. Erst nur umgefahren, aber dann hatte er den Rückwärtsgang eingelegt und war noch einmal über den schreienden Mann gerollt. Natalia hatte das Gesicht von Stanislov gesehen, da war keinerlei Mitleid – im Gegenteil, er hatte es genossen, den Mann zu quälen.

Wenn sie versuchte, sich abzusetzen, würde Stanislov einen solchen Verrat nie verzeihen. Er würde sich bitterlich rächen. Und Patrik wäre damit auch nicht geholfen, der wäre dann auch erledigt. Sie saß in der Falle, sie hatte sich in eine Ecke manövriert, aus der es kein Entrinnen gab.

Nein, sie musste sich zusammenreißen, ihre Gefühle für Patrik beiseiteschieben und die Sache wie geplant durchziehen. Vernunft war die einzige Lösung.

SEPTEMBER 2016

11

Lars hielt den Wagen an, Elin stand am Straßenrand. Sie öffnete erst die hintere Tür und schmiss ihre Tasche auf den Rücksitz, dann die Beifahrertür, um sich auf den Sitz fallen zu lassen.

„Na, wie war's?“

„Gut, sie macht echte Fortschritte. Heute hat sie mich angelächelt, als ich kam. Das war das erste Mal.“

„Das lässt ja hoffen. Ich wünsche Ebba wirklich, dass für sie alles wieder ins Lot kommt. Wann ist denn eigentlich die Gerichtsverhandlung?“ Lars fädelte den Wagen in den Verkehr ein und fuhr Richtung E4.

„In zwei Wochen, bis dahin muss ich also allerspätestens zurück sein.“

Lars lächelte. „Mach dir mal keine Sorgen, ich denke nicht, dass wir länger als drei Tage dort oben sein werden."

„Was erhoffst du dir denn eigentlich? Glaubst du, der ist noch dort, wo sein Handy zum letzten Mal geortet wurde?"

„Keine Ahnung. Wahrscheinlich nicht. Ist ja nun schon zwei Monate her. Aber ich hoffe, wir finden erst einmal einen Beweis, dass er überhaupt dort gewesen ist. Schließlich ist es bis jetzt nur eine Vermutung, dass diese Nummer ihm gehört. Vielleicht hat ihn jemand gesehen. Er muss ja zum Beispiel irgendwo einkaufen gewesen sein, und dort auf dem Land gibt es nicht so viele Möglichkeiten."

„Es sei denn, er ist zum Einkaufen in die Stadt gefahren, nach Östersund oder Sundsvall."

„Ja, aber du weißt doch, wie das ist. Dort kann man den Großeinkauf machen, aber wenn einem dann eine Kleinigkeit fehlt, was weiß ich, die Milch zum Kaffee oder eine Glühbirne, dann fährt man eben doch zum kleinen Laden in der Nähe. Darauf setze ich."

„Okay und dann? Ich meine, wenn wir wissen, dass er da war, aber inzwischen schon wieder weg ist?"

„Dann versuchen wir, irgendeine Spur zu finden. Wenn wir erst mal wissen, wo er sich wann aufgehalten hat, kannst du ja vielleicht über die Triangulationsdaten sein neues Handy identifizieren, und dann können wir dem hinterherfahren."

„Du weißt, das habe ich schon probiert. Zu dem Zeitpunkt, als die SIM-Karte sich das letzte Mal abgemeldet hat, war das Handy mitten im Wald und kein anderes Telefon in der Nähe."

„Ja, deshalb ist es so wichtig, vor Ort zu sein. Wir müssen sehen, wo dieser Waldweg hinführt. Vielleicht finden wir dann eine andere Stelle, wo du noch mal checken kannst, welche Telefone da so herumschwirrten."

Elin nickte, auch wenn sie gewisse Zweifel hatte, dass das funktionieren würde. Es war schon schwierig genug gewesen, dieses Handy zu identifizieren, das über eine geraume Zeit parallel mit Patriks Firmentelefon herumgefahren worden war. Jetzt mit einer Analyse eines kurzen Zeitraums ohne direkte räumliche Nähe Erfolg zu haben, würde schwierig werden. Auf der anderen Seite gab es in Norrland nicht so viele Leute, sodass die Anzahl der Telefone in einem Sektor sicher überschaubar war. Sie würde es versuchen.

Elin lehnte sich zurück. Sie wollte ein wenig entspannen. Das Treffen mit Ebba war zwar erfreulich gewesen, aber es nahm sie doch auch jedes Mal wieder mit. Sie musste dann immer daran denken, was diese Scheißkerle im Juni mit ihnen beiden gemacht hatten. Sie würde ja als Hauptzeugin vor Gericht fungieren, Ebba brauchte natürlich nicht aussagen, sie würde sowieso kein Wort hervorbringen können.

Der Fall war ohnehin klar, denn das Foto- und Filmmaterial, das die Schweine selbst aufgenommen hatten, sprach gegen sie. Jeder der vier war auf den Bildern und Videos zu sehen, in eindeutigen

Situationen. Der Staatsanwalt war sich sicher, dass der Fall zu einer Verurteilung führen würde. Er wollte auf lebenslänglich plädieren, für alle vier. Elin würde ihr Bestes geben, um ihn bei diesem Ziel zu unterstützen. Kindesmissbrauch, Entführung, Körperverletzung, Mord und Beihilfe zum Mord. Man hatte die im Wald vergrabene Kinderleiche einem verschwundenen Mädchen zuordnen können und dieses Mädchen auf den Fotos und Videos eindeutig identifizieren können. Das sollte die Richter und Schöffen überzeugen. Elin atmete tief ein. Sie würde froh sein, wenn der Prozess vorbei war und sie das alles langsam hinter sich lassen konnte.

***

Die Fahrt hatte sechs Stunden gedauert. Es war zwanzig Uhr, und die Sonne ging gerade unter. Die letzten zwei Stunden waren nur noch Wald und Seen zu sehen gewesen, ach ja, und nicht zu vergessen die Holzlaster. In beide Richtungen unterwegs, immer mit großen Baumstämmen beladen, sowohl auf der Ladefläche als auch auf dem Anhänger. Man wusste sofort, welche Industrie hier am wichtigsten war. Da es kräftig regnete, hatte jeder der Laster einen ordentlichen Schwung Wasser auf die Windschutzscheibe gespritzt und das Fahren damit nicht gerade angenehm gemacht.

Sie hielten vor dem Bed & Breakfast in Brunflo, einem Vorort von Östersund, nahmen ihre Taschen und checkten ein. Das Abendessen hatten sie vorbestellt, um halb neun trafen sie sich im Speisesaal. Als Elin dort hereinkam, brach gerade eine Gruppe junger Mädchen von einem der Tische auf, wahrscheinlich eine Reitergruppe, sie hatte gesehen, dass der Sörbygården außer dem Bed & Breakfast auch Stallungen für Islandponys hatte und Reitertouren anbot. Lars saß in einer Ecke an einem kleinen Tisch und hatte ein Glas Bier vor sich stehen. Er hatte eine Karte ausgebreitet, in die er sehr vertieft war. Elin signalisierte dem Wirt, dass sie auch etwas trinken wollte und bestellte ein Glas Weißwein. Dann setzte sie sich Lars gegenüber.

„Na, planst du schon unsere nächsten Schritte?" Sie sah, dass Lars mehrere Orte auf der Karte mit einem roten Stift markiert hatte.

Lars blickte auf. „Ja, ich wollte mich etwas orientieren. Das Hotel hast du gut ausgesucht, von hier ist es nicht weit zu Christinas Hütte." Er zeigte erst auf den Sörbygården, dann auf eine Stelle weiter östlich, in der Nähe von mehreren Seen. „Luftlinie sind das nur fünfzehn Kilometer, das ist quasi um die Ecke."

Elin nickte, das hatte sie vor der Buchung des Sörbygården natürlich überprüft.

„Und ungefähr hier ist die Stelle, wo Patriks Handy das letzte Mal eingeloggt war." Lars zeigte auf einen markierten Punkt etwas weiter südlich, in der Nähe eines Sees, der „Stor-Långtjärnen“ hieß.

„Von der Hütte sind es ungefähr acht Kilometer nach Süden.“ Lars malte einen Kreis auf die Karte, der die Hütte und diesen Punkt einschloss. „In diesem Bereich werden wir uns nach Patrik umhören und umschauen.“

„Ja, das hatte ich mir vorhin auf der Fahrt auch schon auf meinem Smartphone angeschaut. Leider gibt es in diesem ganzen Bereich nichts außer Wald, Seen und ein paar Häusern. Keine Tankstelle, keinerlei Einkaufsmöglichkeit, die dort verzeichnet sind.“

„Mist, ja, viele Läden auf dem Land haben inzwischen dicht gemacht, da die Leute immer mehr in die Stadt abwandern. Und die Sommergäste reichen auch nicht, um die Geschäfte am Leben zu erhalten. Wo ist dann der nahe liegendste Laden?“

Elin strahlte ihn triumphierend an: „Hier in Brunflo, ein ICA-Supermarkt und ein Cocp sowie zwei Tankstellen. Können wir notfalls zu Fuß hingehen.“

Lars schüttelte schmunzelnd den Kopf. „Wusstest du das vorher? Oder ist das ein glücklicher Zufall?“

„Ich nenne es ‚Intuition‘, was sonst?“ Elin gluckste.

„Wie auch immer, gut gemacht. Da fangen wir dann morgen an.“ Lars faltete die Karte zusammen, der Wirt stand mit dem Essen vor dem Tisch und brauchte Platz.

Es gab Rehbraten mit Pfifferlingen, Wurzelgemüse und Salzkartoffeln, es roch köstlich. Elin merkte erst jetzt, wie hungrig sie war.

12

Lars hielt mit seinem Volvo vor dem Coop Konsum, wo er Elin vor zwanzig Minuten abgesetzt hatte. Er hatte in der Zwischenzeit die OKQ8-Tankstelle Richtung Östersund besucht, aber dort hatte sich niemand an Patrik oder seinen Wagen erinnern können.

Während er den Ausgang beobachtete, schlich sich die Sonne hinter den Wolken hervor, es war sogar ein Stück blauer Himmel zu sehen. Nach dem gestrigen Regen sollte der Tag heute schön werden. Da kam Elin auch schon, sie öffnete die Beifahrertür und ließ sich in den Sitz fallen.

„Nichts, beide Läden sind aber auch einfach zu groß, als dass sich jemand an einzelne Personen erinnern würde. Nicht so richtig die Tante-Emma-Läden, die du dir gewünscht hattest. Natürlich sind auch nicht alle Kassiererinnen gleichzeitig hier – wenn wir mit allen sprechen wollen, müssen wir noch mal wiederkommen, heute Abend zum Beispiel. Bei dir?"

„Genauso, leider. Die meisten zahlen direkt mit Karte am Tankautomaten, die meisten Autos sieht man daher höchstens auf dem Videofilm, und die wenigsten Kunden kommen in den Shop." Lars seufzte. „Dann bleibt uns nur noch die andere Tankstelle." Er ließ den Motor an und fuhr wieder auf die E14, Richtung Süden. Nach circa einem Kilometer passierten sie den Bahnhof, dann kam die Tankstelle, eine Gulf-Station. Lars fuhr hinein, die Tanksäulen waren alle frei bis auf eine. Auch hier konnte man direkt an der Säule mit Karte bezahlen. Er stellte den Wagen an der Außenseite ab und schaute Elin an.

„Ich kann eben hineingehen, viel Hoffnung habe ich aber nicht."

„Ich komme mit", sagte Elin und öffnete die Tür. „Immerhin liegt diese Tanke der Abzweigung zu Christinas Hütte am nächsten."

Lars betrat den Shop nach Elin, die sofort auf den Tresen zusteuerte. Dahinter stand ein junger Mann in einem blauem Hemd und mit einem Piercing in der rechten Augenbraue, der Elin freundlich zunickte.

„*Hej*“, sagte Elin und lächelte ihn an. „Ich brauche deine Hilfe. Wir sind Privatdetektive und suchen nach einem vermissten Mann. Hast du diesen Mann hier schon mal gesehen?“

Sie legte ihm ein Foto von Patrik auf den Tresen. Der junge Mann lächelte zurück, nickte und schaute sich das Bild an. Lars musste sich eingestehen, dass Elin hier besser ankam als er. Er war zwar bei seinen Befragungen auch immer freundlich, aber selbst wenn er so viel Charme wie Elin hätte, wäre der junge Mann bei ihm wohl nicht so hilfsbereit gewesen. Der Bursche konnte ja nicht wissen, dass Elin nicht auf Männer stand.

„Mm, wann soll das denn gewesen sein?“ Der Verkäufer runzelte die Stirn und betrachtete immer noch das Foto.

„Kann schon zwei Monate her sein“, antwortete Elin.

Der junge Mann blickte auf, nickte und sah wieder auf das Bild. „Ja, das könnte ... da war so ein Typ hier vor einer ganzen Weile, der sah so ähnlich aus, glaube ich.“

Er sah Elin an. „Warum sucht ihr den? Hat der was ausgefressen?“

Elin lächelte wieder. „Nein, überhaupt nicht. Er wird vermisst, seine Frau hat uns beauftragt, ihn wiederzufinden. Bist du sicher, dass dieser Mann hier war?“

Der Verkäufer nahm das Bild in die Hand und betrachtete es intensiv. „Doch, ich glaube schon. Ich kann mich an ihn erinnern, weil er bar bezahlt hat. Das passiert ja nicht mehr so häufig."

„Wie viel Geld musste er denn bezahlen?", fragte Lars.

Der Mann sah zu ihm herüber. „Das weiß ich nicht mehr, aber er hatte hier im Shop einiges gekauft und seinen Wagen vollgetankt, werden schon über tausend Eier gewesen sein." Er sah zu Elin zurück. „Ich hab noch mit ihm herumgealbert, ob er gerade eine Bank ausgeraubt habe." Er lachte.

Elin gluckste. „Wie hat er reagiert? Hat er dazu etwas gesagt?"

Der Verkäufer schüttelte den Kopf. „Nee, nur gelacht."

„Hast du seinen Wagen gesehen? War das ein blauer Saab 93?", fragte Lars.

„Nee, keine Ahnung. Wenn ich da überhaupt drauf geachtet habe, dann habe ich es wieder vergessen."

„War er allein, oder war jemand bei ihm?"

„Also, der war auf jeden Fall allein hier im Shop. Ob draußen noch jemand im Auto war – wirklich keine Peilung."

„Hat er sonst noch etwas gesagt? Jedes kleine Detail kann uns helfen."

Der junge Mann schien angestrengt nachzudenken, schüttelte dann aber den Kopf. „Nicht dass ich wüsste."

Lars bedankte sich und ging Richtung Ausgang.

„Ich schaue noch mal, ob ich etwas Leckeres finde“, rief Elin ihm hinterher. „Ich komme gleich nach.“

„Okay.“

Lars verließ den Laden und ging zurück zum Auto. Das war ja immerhin ein Ergebnis, nun wussten sie wenigstens, dass Patrik hier gewesen war und das zweite Handy wohl tatsächlich ihm gehörte. Schade nur, dass sie über seinen Aufenthaltsort immer noch im Dunkeln tappten. Er konnte nur hoffen, dass bei Christinas Hütte irgendein Hinweis zu finden war.

Elin kam mit einer Plastiktüte aus dem Laden. Sie grinste wie ein Honigkuchenpferd.

„Hast du was Tolles gekauft, oder warum freust du dich so?“, fragte Lars, als sie einstieg.

„Nein, es ging mir nicht wirklich um den Einkauf, ich wollte dem Typ nur ein bisschen mehr Zeit geben, sich zu erinnern. Und das hat er dann auch.“ Sie strahlte ihn stolz an.

„Patrik hat ihn nämlich gefragt, wo er eine Hütte hier in der Gegend mieten könnte.“

„Echt? Und was hat er ihm geantwortet?“ Lars war beeindruckt – Elin wieder mit ihrer Intuition.

„Er hat Patrik eine Telefonnummer von einem Onkel von ihm gegeben, der offenbar mehrere Hütten vermietet. Er wusste aber nicht, ob Patrik dort angerufen hat.“

„Na, ich bin sicher, du hast die Nummer von dem Onkel, da können wir ja gleich anrufen.“

„Ja, die habe ich auch, aber Kent, so heißt der Verkäufer, hat dort schon angerufen, und der Onkel hatte tatsächlich eine seiner Hütten an Patrik vermietet. Die wurde ebenfalls bar bezahlt. Wir treffen den Onkel zum Lunch hier im Restaurant Chili, das ist gegenüber vom Bahnhof."

Lars war platt. „Das ist ja der Hammer. Super, Elin. Tolle Arbeit. Ich hatte überhaupt nicht damit gerechnet, dass der Bursche noch mehr wusste." Es hatte sich bereits mehr als gelohnt, dass Elin mitgekommen war. „Da haben wir ja jetzt noch Zeit, zu Christinas Hütte zu fahren."

Elin nickte, man sah ihr an, dass sie äußerst zufrieden mit sich war. Das konnte sie auch - wenn Patrik hier eine andere Hütte gemietet hatte, dann hatten sie endlich eine richtige Spur.

***

Lars stellte seinen Teller ab, der war so groß wie eine Platte - viereckig mit gerundeten Ecken und leicht geschwungen, auf jeden Fall passte ein Menge Essen darauf. Das Restaurant hatte thailändisches und schwedisches Essen im Angebot, man konnte von einem reichhaltigen Büfett wählen, und Lars hatte mehrere verschiedene Speisen ausgesucht. Es war auch noch möglich, draußen zu sitzen, aber so warm war es heute nicht, außerdem war es dort durch die Nähe zur E14 nicht besonders ruhig, deshalb hatte Lars einen Tisch im Inneren des Restaurants gewählt. Von außen sah das Restaurant wie eine große schwedische Holzvilla aus, hellgrau gestrichen mit weißen Kanten. Innen war es einfach eingerichtet, etwas bistromäßig.

Lars hatte Klas Windel, den Onkel des Verkäufers in der Tankstelle, zum Essen eingeladen. Er war ein etwas dicklicher Mann um die fünfzig, mit lichtem Haar, einem ungepflegten Bart und einer braunen Hornbrille. Er setzte sich gerade schnaufend auf seinen Stuhl, den Teller hatte er sich bis oben voll geladen. Elin saß bereits, sie hatte eine Auswahl an thailändischen Gerichten zusammengestellt, aber nur eine halb so große Portion wie die von Klas'.

Nachdem sie sich noch mit Getränken versorgt hatten - Lars und Elin tranken Wasser, der gute Klas natürlich ein Leichtbier - begann Lars: „Also, vielen Dank noch mal, dass du dir die Zeit nimmst, uns zu treffen."

Klas hatte gerade einen Schluck Bier genommen und setzte das Glas ab. „Kein Problem, wollte sowieso hierher zum Mittagessen. Und wenn man dann noch eingeladen wird." Er grinste mit seinen gelblichen Zähnen, dann schob er seine Gabel in den Haufen auf seinem Teller.

„Gern geschehen. Guten Appetit." Lars fing ebenfalls an zu essen.

Er ließ Klas ein wenig Zeit mit seinem Essen, und der ließ sich auch nicht stören, erst als nur noch einige Happen übrig waren, fragte Lars: „Du hast also eine Hütte an Patrik Lindblom vermietet?“

Klas kaute noch ein wenig, dann sagte er: „Ja, Patrik hieß der, an den Nachnamen kann ich mich nicht erinnern.“

„Wann war das denn genau?“

„Ja, nachdem Kent angerufen hat, habe ich in meinen Unterlagen gekramt und die Quittung herausgesucht, muss ja alles seine Ordnung haben.“ Er fasste in seine Jacke und fischte ein Papier hervor, das er auf dem Tisch glatt strich. „Kannst ja mal gucken, ob du das lesen kannst.“

Lars beugte sich über die Quittung. Dreitausend Kronen hatte Patrik bezahlt, seine Unterschrift war nicht lesbar, aber er hatte seinen Namen in Druckbuchstaben darunter gesetzt. Das Datum war eindeutig der 2. Juli, also der Tag nach Patriks Verschwinden.

„Was heißt das hier? Miete ...?“

„Für eine Woche. Haus 5“, antwortete Klas, noch kauend.

„Und er hat bar bezahlt?“

„Japp.“

Elin schnappte sich die Quittung und machte ein Foto davon mit ihrem Smartphone.

„Hast du dich noch mit ihm unterhalten? Hat er gesagt, was er hier machen wollte?“, fuhr Lars fort.

„Naja, Urlaub.“

„War er allein?“

„Nee, so ’ne Frau war bei ihm, blond, hübsch.“

„Wie alt war die ungefähr?“

„Mm, vielleicht so Mitte, Ende zwanzig.“

Elin hatte bis jetzt aufmerksam zugehört, aber nichts gesagt. Nun fragte sie: „Wo habt ihr euch denn getroffen?“

„Hier am Bahnhof. Dann sind wir zur Hütte gefahren. Hat ihm gefallen, dann hat er bezahlt, und ich bin wieder weg.“

„Und nach der Woche? Hat er verlängert?“

„Nee.“

Lars merkte, wie Elin langsam genervt wurde, der Kerl war ein richtiger Nordländer - möglichst wenig Worte. Er fragte: „Nach der Woche sind sie abgereist? Hat er den Schlüssel zurückgebracht?“

„Nee, deshalb war ich ja sauer.“

„Was ist passiert?“

„Nix. Kein Anruf, kein Schlüssel. Bin einen Tag später hingefahren, da war niemand da, die Hütte war offen, Schlüssel lag auf dem Tisch. Arrogante Stockholmer - können sich eben nicht benehmen.“

Lars schluckte, hoffentlich ging Elin jetzt nicht darauf ein. Schnell sagte er: „Und dann hast du nichts mehr gehört?“

„Nee, hab die Hütte dann an den Nächsten vermietet.“

Ein Telefon klingelte. Klas wischte seine Hände an einer Serviette ab, holte sein Handy hervor und sagte: „Ja?“

Lars schaute Elin an, er konnte sehen, dass sie nicht mehr viel Lust hatte, das Gespräch fortzusetzen. Wahrscheinlich war hier auch nicht mehr viel zu holen.

„Elin, willst du nicht schon mal Kaffee für uns holen? Bitte."

Erst sah es so aus, als wollte sie protestieren, aber nach einem Blick auf Klas besann sie sich eines Besseren und nickte. Sie stand auf und ging Richtung Büfett. Klas führte ein Telefonat wegen der Reparatur einer seiner Hütten.

Als er aufgelegt hatte, frage Lars: „Ging es um die Hütte, die Patrik gemietet hatte?"

„Nee, das ist eine der anderen. Da hab ich dauernd Probleme mit dem Dach, es regnet an einer Stelle herein."

„Haben die irgendetwas zurückgelassen? Ich meine Patrik und diese blonde Frau?"

„Nee, es war pikobello aufgeräumt."

„Kannst du die Frau noch näher beschreiben? Hast du mitgekriegt, wie die hieß?"

„Nee, keine Ahnung." Klas überlegte kurz. „Na, war halt so ein junges Ding. Sportlich angezogen, blonde Haare bis zu den Schultern. Sonst weiß ich nicht. War nicht aus Schweden."

„Wieso nicht?"

„Die hat zwar nicht viel gesagt, aber das, was ich gehört hab – da war ein deutlicher Akzent."

„Konntest du den einordnen? Was meinst du, woher sie kam?"

Klas rieb sich den Bart. „Weiß nicht, vielleicht aus Polen."

„Also ein osteuropäischer Akzent?"

„Mm."

Lars lehnte sich zurück. Das konnte auch zu dem Namen Natalia passen.

Elin kam mit einem Tablett und drei Bechern Kaffee zurück, sie hatte sich Zeit gelassen.

„Danke für das Essen, Leute. Aber jetzt muss ich weiter. Ich muss den Handwerker an der Hütte treffen. Tut mir leid, keine Zeit mehr für den Kaffee." Klas stand bereits und steckte seine Quittung ein.

„Einen Moment noch. Wir brauchen die Adresse von der Hütte."

„Hab ich mir schon gedacht, hier ist die Beschreibung, die ich den Mietern meist mitgebe. Wenn ihr die Hütte nicht findet, ruft an. Im Augenblick steht sie leer. *Hejdå.*" Er legte einen Zettel auf den Tisch, drehte sich um und watschelte Richtung Ausgang.

Elin schüttelte den Kopf. „Mann, dem musste man ja jedes Wort aus der Nase ziehen."

„Sei froh, dass er uns überhaupt geantwortet hat. So sind die Leute hier. So wenig reden wie möglich."

„Dagegen bist du ja richtig gesprächig ..."

„Ja, alles ist relativ. Außerdem bin ich ja nicht von hier, ich bin in Stockholm aufgewachsen, wie du weißt."

„Trotzdem, dein Papa ist aus Norrland, und du warst ständig im Sommer hier. Färbt das nicht ab?"

„Siehst du ja, nicht viel.“

Elin nahm einen Schluck von ihrem Kaffee und verzog das Gesicht. „Bö, ist der stark. Da brauche ich mehr Milch.“ Sie kippte noch einen Schluck aus dem Milchkännchen nach. „Was machen wir jetzt? Fahren wir zu der Hütte?“

Lars nickte. Er sah auf die Uhr. „Jetzt ist es ein Uhr, wir haben noch neun Stunden, bis es dunkel wird. Da können wir sowohl die Hütte als auch die Umgebung absuchen. Hoffentlich bringt das mehr als unsere Aktion heute Morgen.“

In Christinas Hütte war nämlich nichts zu finden gewesen. Sie hatte völlig unbewohnt gewirkt, es hatte kein Anzeichen gegeben, dass jemand da gewesen war. Sie hatten Christina Fotos geschickt, und sie hatte bestätigt, dass alles genauso aussah, wie sie es nach ihrem letzten Besuch zurückgelassen hatte.

„Wolltest du Klas nicht nach dem Schlüssel fragen? So kommen wir ja gar nicht hinein.“

„Ich wollte jetzt nicht zu aufdringlich sein. Lass uns erst einmal alles von außen sondieren. Wir können ihn immer noch fragen. Außerdem hat er gesagt, dass drinnen nichts Auffälliges war und dass er sie seitdem schon wieder vermietet hatte. Ist also unwahrscheinlich, dass wir da drinnen irgendetwas finden würden.“

„Aber was willst du draußen finden? Ich meine, das ist schließlich fast zwei Monate her.“

„Weiß ich auch nicht, Elin. Lass uns hinfahren und uns umschauen, vielleicht kommt uns eine Idee. Das ist jetzt meine Intuition." Er grinste sie an.

„Okay, das akzeptiere ich. So machen wir das." Elin nickte und trank ihren Kaffee aus.

13

Die Beschreibung von Klas war gut gewesen, sie hatten die Hütte auf Anhieb gefunden. Aber es war kilometerweit durch Wald gegangen und nichts als Wald. Nun waren sie schon dreimal um die Hütte herumgelaufen. Da war leider überhaupt nichts Interessantes, genau wie Elin erwartet hatte.

Sie schaute Lars an: „Lars, das bringt nichts. Was willst du hier finden?"

„Ja, du hast recht. Soweit ich das durch die Fenster sehen kann, gibt es auch im Inneren keinen Hinweis."

„Was jetzt?"

Lars ließ seinen Blick über die Hütte schweifen. „Ja, was haben wir? Wir wissen, dass Patrik am Freitag in Stockholm abgefahren ist, offenbar zusammen mit dieser Natalia, wahrscheinlich haben sie irgendwo auf dem Weg übernachtet, sind dann am Samstag in Östersund angekommen und haben diese Hütte gemietet. Auf dem Weg hierhin, ein paar Kilometer bevor sie hier ankamen, haben sie die SIM-Karte herausgenommen. Sie haben die Hütte für eine Woche gemietet. Die können inzwischen sonst wo sein."

„Bloß warum sind sie überhaupt hierhergefahren?"

„Ja, gute Frage. Vielleicht wollte Patrik seiner neuen Flamme sein angestammtes Urlaubsgebiet zeigen. Und es ist ja auch schön einsam hier, da fällt man kaum auf."

„Das kann sein. Und die Hütte von Christina wollte er natürlich lieber nicht benutzen."

„Genau. Also, meine einzige Hoffnung sind die Leute, die hier in der Nähe wohnen. Dass die irgendetwas bemerkt haben."

„Die Chance ist nicht groß, da waren ja kaum Häuser auf dem Weg hierhin."

„Wir fahren noch mal langsam zurück und halten sorgfältig Ausschau. Meist liegen die Häuser ja nicht direkt am Weg. Wenn wir eine Ansammlung von Briefkästen sehen, dann halten wir und suchen. Leider werden viele Hütten nur im Sommer genutzt, die werden dann jetzt leer sein. Aber vielleicht finden wir jemanden, der hier irgendwo permanent wohnt."

Elin zuckte die Achseln und wandte sich gen Auto, versuchen konnten sie es ja.

Sie hatten nicht viel Glück. Zwar gab es eine Stelle mit einer Reihe von Briefkästen, aber die Häuser, die alle im Wald dahinter lagen, waren ohne Ausnahme unbewohnt, zumindest im Augenblick.

Daher fuhren sie noch ein Stück weiter, bis sie zu einer Kreuzung kamen, dort stand hinter einer großen Holzwand ein weiteres Haus. Lars hielt in der Einfahrt. Elin betrachtete die Holzwand - die war mal rot gestrichen gewesen, aber die Farbe war an vielen Stellen abgeblättert, und einige der Bretter waren verrottet und abgefallen. Vom Haus dahinter sah sie nur das Dach, aber das war ungefähr in demselben Zustand wie die Wand.

„Das sieht ja ziemlich desolat aus, Lars. Und wegen der Holzwand kriegen die ja gar nicht mit, was für Autos hier vorbeikommen."

„Lass uns trotzdem fragen gehen." Lars öffnete entschlossen die Tür. „Wir haben ja keine andere gute Option. Hier an der Kreuzung geht es in zwei Richtungen weiter, unsere Chance jemanden zu finden, der weiter weg wohnt und Patriks Auto bemerkt hat, wird mit der Entfernung immer geringer."

Elin nickte, Lars hatte recht. Vom Haus an der Kreuzung bekam man sehr gut mit, wer in diese Straße hineinfuhr – und noch besser, wer hier herausfuhr, denn jeder musste an der Kreuzung anhalten und die Vorfahrt der anderen Straße abwarten. Eine gute Chance jemandem in diesem Haus aufzufallen. Wenn denn jemand von dort um den Zaun herumschaute …

Sie eilte Lars hinterher, der schon an der Treppe zu der Eingangstür war. Was sie auf dem Hof sah, passte zu der Wand: Hier lag ein Haufen Gerümpel herum – alte, verrostete Fahrräder, Eimer, Gartengeräte. In der rechten Ecke stand ein Trecker, der vom Alter her wohl museumsreif wäre, wenn der Rost ihn nicht schon halb zersetzt hätte. In der Ecke gegenüber gab es einen Schuppen, der bedrohlich baufällig aussah, und das Haus selbst hatte auch schon bessere Zeiten gehabt, die rote Farbe war schon recht abgenutzt und einige Fensterscheiben waren mit Plastikfolie repariert. Elin hätte bezweifelt, ob hier überhaupt jemand wohnte, wenn da nicht der Zwinger mit dem Hund gewesen wäre. In dem großen Stahlkäfig schlug ein großer Schäferhund laut an und fletschte die Zähne durch das Gitter, sie konnte nur hoffen, dass der Käfig gut verschlossen war.

Lars stand vor der Tür und klopfte mit der Faust dagegen, es hätte Elin auch gewundert, wenn es hier eine funktionierende Klingel gegeben hätte. Nachdem er noch einmal geklopft hatte, öffnete sich schließlich langsam die Tür. Ein altes Mütterchen stand in der Öffnung: graue, lange Haare, runzliges Gesicht, eine graublaue Schürze über einem braunen Pullover.

„Schnauze, Sixten“, brüllte sie mit heiserer Stimme. Der Hund verstummte. Die alte Frau sah misstrauisch von Elin zu Lars. „Was wollt ihr? Wir kaufen nichts.“

Puh, so viel zu den gastfreundlichen Norrländern.

„Nein, keine Sorge, wir wollen nichts verkaufen. Wir entschuldigen uns für die Störung, wir wollten nur eine Frage stellen. Wenn das okay ist?“ Lars schien zu versuchen, die alte Dame mit Freundlichkeit zu umgarnen. Der Effekt war minimal.

„Worum geht es?“, blaffte sie.

Lars erklärte freundlich, dass sie Privatdetektive seien, im Auftrag von dessen Ehefrau einen Patrik suchten und dieser eine Hütte am Ende des Weges gemietet hatte.

„Seid’s ihr aus Stockholm?“ Sie starrte Lars grimmig an.

„Ja, wir arbeiten in Stockholm. Aber mein Vater kommt aus Norrland, und ich habe immer die Sommer hier oben verbracht.“ Elin merkte, dass Lars versuchte, mit Norrländischem Dialekt zu sprechen. Das schien zu funktionieren, die Alte schaute etwas weniger misstrauisch.

„Um welche Hütte geht es denn?“

Lars fing an, den Weg dorthin zu beschreiben. Die Alte nickte. „Das ist eine der Hütten von dem Schlitzohr Klas, oder?“

„Genau.“ Lars nickte.

„Und was wollt ihr jetzt wissen?“ Die Alte war zwar nicht mehr so schroff, aber sie machte keine Anstalten sie hereinzubitten, sie hielt mit der einen Hand die Tür, mit dem anderen Arm den Rahmen fest und versperrte so den Eingang.

„Patrik war mit einer jungen, blonden Frau hier. Wir dachten, da die ja hier immer vorbeigekommen sind, hast du die beiden vielleicht mal gesprochen. Jeder Hinweis würde uns helfen."

„Nee, wir haben mit den Touristen nichts am Hut." Die Alte schüttelte den Kopf und wendete sich schon ab.

„Moment, vielleicht habt ihr die beiden ja mal vorbeifahren sehen. Patrik fährt einen blauen Saab 93."

Sie schaute ihn von unten scharf an: „Glaubst du, ich habe nichts Besseres zu tun, als die Autos hier zu beobachten?" Damit schloss sie die Tür.

Lars drehte sich zu Elin um und zuckte mit den Schultern. Er ging langsam die Treppe hinunter, sie gingen zusammen an dem Zwinger vorbei, Sixten fletschte immer noch die Zähne, aber er bellte nicht mehr. Als sie gerade an dem Zwinger vorbei waren, hörten sie, wie sich die Tür hinter ihnen wieder öffnete.

„Ein blauer Saab, hast du gesagt?", rief die Alte. Sie drehten sich zu ihr um und nickten beide.

„Stimmt", sagte Lars.

„Mein Mann hat neulich so einen im Wald gesehen." Jetzt wurde es interessant, Elin spitzte die Ohren.

„Oh, wo denn?", fragte Lars.

„Das musst du ihn selbst fragen. Aber der ist nicht da. Heute Abend ist er zurück."

„Kann man ihn nicht vielleicht auf dem Mobiltelefon erreichen?"

„So einen neumodischen Schnickschnack brauchen wir nicht." Sie wollte schon wieder die Tür schließen.

„Um wie viel Uhr denn heute Abend?"

„Nach sieben", kam die Antwort, dann war die Tür zu.

Lars wandte sich Elin zu. „Dann müssen wir später noch mal hierher zurück."

Elin sah auf ihr Smartphone, es war kurz vor drei. „Was machen wir solange?"

Lars sah sie an: „Jetzt, wo wir die Lage der Hütte kennen, könntest du ja noch mal die Triangulationsdaten reinholen. Diese Natalia hatte ja bestimmt auch ein Mobiltelefon und Patrik wahrscheinlich jetzt eine neue SIM-Karte."

„Stimmt, gute Idee. Dann fahren wir jetzt wieder zum Hotel?"

Lars nickte, sie gingen zum Auto zurück.

***

Da stand der Saab. Elin hatte das Kennzeichen überprüft, es war eindeutig Patriks Wagen. Damit hatte sie nun gar nicht gerechnet. Der Mann von der Alten war sehr viel umgänglicher gewesen und hatte ihnen sogar angeboten, sie zu der Stelle zu führen, wo er zwei Wochen zuvor den Saab gesehen hatte. Das Angebot hatten sie dankbar angenommen, denn die Beschreibung hörte sich kompliziert an. Es ging über mehrere Waldwege zu einer Lichtung, auf der der Alte den Saab gefunden hatte. Es war schon sonderbar, dass der Wagen nun immer noch oder vielleicht schon wieder dort stand. Laut dem Alten, exakt an derselben Stelle. Lars hatte sich ausführlich bei ihm bedankt, und er war wieder abgefahren. Jetzt starrten sie beide auf den Wagen.

Elin sah Lars an: „Sieht irgendwie so aus, als wenn der hier schon länger steht. Keinerlei Reifenspuren, obwohl der Boden aufgeweicht ist." Sie schaute sich um. „Gibt es hier eine Hütte in der Nähe?"

„Der Alte sagt Nein. Deshalb fand er es so merkwürdig, dass der Wagen hier 'rumstand." Lars schaute in den Wagen hinein. Er versuchte, die Tür zu öffnen, aber der Wagen war verschlossen. Er sah sich auf der Lichtung um. „Es dauert noch eine knappe Stunde, bis es dunkel wird. Wir können uns ja aufteilen und die Umgebung hier untersuchen. Ich gehe in diese Richtung, und du versuchst es dort." Er zeigte auf einen kleinen Pfad. „Ruf an, wenn du etwas findest!"

„Okay." Elin checkte ihr Smartphone, sie hatte ein Netz, sogar zwei Balken, das war beruhigend. Sie machte sich auf den Weg. Der Pfad war einen guten

Meter breit, hier konnte man gerade zu zweit nebeneinander gehen. Es gab einige matschige Stellen, aber Elin hatte ihre Stiefel angezogen und deshalb kein Problem, voranzukommen. Norrland machte seinem Ruf alle Ehre: Die Mücken surrten um sie herum, und sie musste ständig nach ihnen schlagen. Das Mückenspray, das sie vorsorglich benutzt hatte, schien sie gar nicht zu beeindrucken. Wie sagte man? In Norrland wirken die Mückenmittel nur zwischen November und März … Zum Glück hatte sie lange Hosen an, und ihre leichte Jacke würde sie auch nicht ablegen, obwohl ihr langsam warm wurde. Während sie tapfer weitermarschierte, lugte sie immer wieder rechts und links zwischen den Bäumen durch, um zu sehen, ob sich dort irgendetwas Interessantes befand. Sie hoffte auf eine kleine Hütte oder sonst ein Zeichen menschlicher Gegenwart, aber da war nichts als Wald. Der Pfad führte mehr oder weniger schnurstracks geradeaus und hatte bisher auch keine Abzweigungen gehabt. Also folgte sie ihm stetig weiter.

Nach zehn Minuten wurde es vor ihr heller, offenbar standen dort keine Bäume, vielleicht eine Lichtung. Neugierig beschleunigte sie ihre Schritte. Ja, tatsächlich, hier gab es keine Bäume mehr, nur ein paar Sträucher. Der Pfad ging noch ein paar Meter weiter und endete abrupt an einem Felshang. Hier ging es steil bergab, es war bestimmt zehn Meter tief. Gut, dass sie noch im Hellen hierhergekommen war, sonst hätte sie den Abhang vielleicht zu spät bemerkt. Da wollte sie nun wirklich nicht hinunterschlittern.

Aber die Aussicht war toll. Unter ihr breitete sich eine riesige Wiesenlandschaft aus, mit hereingesprenkelten Felsen und Sträuchern. Weiter hinten glaubte sie ein kleines Rinnsal zu erkennen. Ja, und dort war eine Gruppe Rehe. Oder waren das etwa Rentiere? Hinter ihr in den Bäumen sangen die Vögel, vor ihr der schöne Ausblick, Elin genoss es eine Weile.

Aber eine Hütte oder sonst ein Zeichen menschlicher Gegenwart war nicht zu sehen. Da hatte dieser Pfad sie nicht weitergebracht, wegen der Aussicht war sie schließlich nicht hier. Sie wollte sich schon umdrehen, da nahm sie unten am Abhang eine Bewegung wahr. Sie hielt inne und schaute nach unten. Da war ein Rabe, der an irgendetwas herumzog. Was war das? Sah aus wie eine Jacke. Elin sah genauer hin. Nein, das konnte doch nicht ...

Sie musste einen Weg hinunter finden. Dazu musterte sie die Umgebung, ja, wenn sie einige hundert Meter am Abgrund nach rechts ginge, dort schien die Wand flacher zu sein, und mehrere große Felsbrocken konnte man als eine Art Treppe nutzen.

Fast eine Viertelstunde später war sie unten angekommen, es war doch deutlich beschwerlicher gewesen, als es ausgesehen hatte. Ihr graute schon vor dem Wiederaufstieg. Zum Glück war ihr Oberschenkel inzwischen ausgeheilt, so hatte sie zumindest keine Beschwerden bei dieser Anstrengung. Sie reckte die Nase, während sie sich dem Raben näherte. Was war das für ein ekelhafter Gestank, der hier in der Luft lag? Elin wurde mulmig zumute. Der Rabe stieg sofort auf, als sie ihn mit seiner Beute stellte. Es war tatsächlich eine dunkle Jacke, oder vielmehr ein Teil davon. Es war ein Schulterstück mit einem Ärmel. Elin erstarrte. Sie stieß vorsichtig mit dem Fuß gegen den Ärmel, und ja, darin war eine Hand, oder vielmehr was davon übrig war. Sie bestand eigentlich fast nur noch aus Knochen und stank widerwärtig. Sie folgte mit ihrem Blick der Schleifspur, die das Jackenteil im Sand hinterlassen hatte. Dort hinten zwischen zwei großen Steinen lag noch etwas. Sie ging langsam näher, bis sie an einem der Steine stand. Es bot sich ihr ein grässlicher Anblick. Ein Schädel mit Haaren, aber die Augen und fast das ganze Gesicht fehlten. Der Körper war teilweise bekleidet, ein Bein fehlte, ebenso die Hälfte vom Oberkörper. An vielen Stellen waren die blanken Knochen zu sehen. Dazwischen krabbelten Würmer und Fliegen. Es stank entsetzlich, Elin musste sich abwenden, ihr wurde schlecht.

Sie ging ein ganzes Stück von der Leiche weg und holte tief Luft. Langsam ebbte die Übelkeit ab. Sie nahm sich zusammen und holte ihr Telefon heraus, ein Balken. Sie drückte auf Lars' Namen.

Lars meldete sich sofort. „Hallo, hast du etwas gefunden?"

Elin schluckte. „Ja, eine Leiche."

„Was? Sag das noch mal."

„Hier liegt ein Toter, ich nehme an ein Mann, oder vielmehr das, was von ihm noch übrig ist. Die Tiere haben ziemlich zugeschlagen."

„Ist das Patrik?"

„Keine Ahnung, Lars. Von der Kleidung her ist es ein Mann. Aber man kann sonst nichts mehr erkennen."

„Ich komme. Wie finde ich dahin?"

Elin beschrieb ihm den Weg. Sie legte auf und setzte sich auf einen Stein, in ausreichender Entfernung von der Leiche. Von hier konnte sie diese weder sehen noch allzu deutlich riechen, und das war gut so.

Sie überlegte: War das Patrik? Sein Saab stand da oben, eine Männerleiche lag hier unten. Der Zustand der Leiche wies darauf hin, dass er hier schon eine Weile gelegen hatte, konnten das zwei Monate sein? Elin hatte Schwierigkeiten, das einzuschätzen.

Nur wo war dann Natalia? War Patrik hier allein gewesen, vielleicht weil sie sich gestritten hatten, und er hatte den Abhang nicht gesehen? Unwahrscheinlich, denn im Juli war es hier rund um die Uhr hell, da konnte man selbst nachts den Abhang nicht übersehen. Und warum hatte Natalia ihn nicht gesucht? Hatte sie vielleicht gedacht, Patrik wäre zu seiner Frau zurückgefahren? Komische Geschichte, Elin konnte sich keinen Reim darauf machen.

Gut, erst einmal mussten sie sicherstellen, dass es wirklich Patrik war, der dort lag. Aber sie würde nicht noch mal in die Nähe gehen. Das sollten andere übernehmen.

Sie hatte eine Weile gewartet, es dämmerte zusehends, und sie fragte sich, wie Lars mit seinem lädierten Knie den Abhang herunterkommen wollte, da tauchte der Rabe wieder auf. Oder vielleicht war es auch ein anderer Rabe, das konnte Elin nicht entscheiden, aber auf jeden Fall machte er sich wieder am Ärmel zu schaffen. Elin stand auf und scheuchte ihn weg, er flog hoch und landete auf einem großen Felsen, der mit Moosen und Flechten bewachsen war, außer Reichweite von Elin. Er legte den Kopf schief und beobachtete sie von dort – ihr war klar, dass er nur darauf wartete, dass sie sich wieder entfernte. Was sollte sie tun? Sie hatte keine Lust, hier stehen zu bleiben und den Ärmel zu bewachen. Der Gestank war nicht auszuhalten. Vielleicht konnte sie ihn irgendwie bedecken oder beschweren? Sie sah sich um und entdeckte einige Steine, ungefähr so groß wie ein Kopf – sie wusste nicht, wieso ihr dieser makabre Vergleich gerade jetzt in den Sinn kam – und trug drei davon zu dem Ärmel, um ihn damit zu beschweren. So konnte der Rabe auf jeden Fall nicht damit abhauen. Dabei fiel ihr die Tasche auf – eine aufgenähte Brusttasche, die ausgebeult war, es sah so aus, als ob sich etwas darin befand. Sie zögerte, aber als der Rabe höhnisch krähte, fasste sie sich ein Herz. Elin holte eine Papiertaschentuchpackung aus ihrer Jacke, faltete eines auf und stülpte es über ihre Finger. Damit öffnete sie den Knopf der Brusttasche und fasste vorsichtig hinein. Ja, darin war ein harter, eiförmiger Gegenstand, den sie langsam herauszog. Ein Autoschlüssel. Mit einem Saab-Emblem. Wenn das nicht ein guter Hinweis war! Sie wickelte den Schlüssel in das Taschentuch ein, den würde sie mitnehmen, sie konnte wetten, dass der Patriks Saab öffnen würde. Sie nahm ein weiteres Taschentuch und fasste erneut in die Tasche, denn es war ihr so vorgekommen, als ob noch etwas darin war. Ja, da war es, es fühlte sich an wie eine Kreditkarte. Sie zog es heraus, es war ein Führerschein, die Buchstaben waren klein, sie führte ihn näher an ihre Augen. *Yes*, Patrik Lindblom! Nun gab es keinen Zweifel mehr. Sie wickelte auch den Führerschein in ein Taschentuch, dann rief sie Lars erneut an.

„Ich bin unterwegs, stehe schon hier oben und sehe dich“, sagte er.

„Bleib oben, ich komme hoch.“

„Warum?“

„Ich habe den Führerschein und den Saab-Schlüssel gefunden. Es ist Patriks Leiche.“

„Okay.“ Es gab eine Pause, sie hörte, wie Lars seufzte. „Ich hoffe, du hast nichts mit bloßen Fingern angefasst.“

„Ich bin ja nicht blöd, hab alles mit einem Taschentuch sichergestellt. Ich bring die beiden Sachen mit, bevor sich mein Freund, der Rabe, darüber hermacht.“

„Gut, ich warte hier auf dich.“

Elin verstaute das Telefon und die beiden eingewickelten Beweisstücke in ihren Jackentaschen, dann machte sie sich an den Aufstieg.

14

Die Tür knallte, Stanislov war sauer. Aber sie war froh, dass er rausgestürmt war und sich draußen abreagierte, anstatt seine Wut an ihr auszulassen. Doch lange konnte das nicht mehr gut gehen. Früher oder später würde er auf sie losgehen und ihr „Vernunft beibringen“.

Natalia stützte die Ellenbogen auf und legte die Hände vor das Gesicht. Ihre Schultern zuckten, sie konnte nicht mehr an sich halten, die Tränen flossen nur so. Es war falsch gewesen, Patrik sterben zu lassen, das wusste sie jetzt. Sie hätte ihrem Gefühl vertrauen sollen und Patrik retten müssen. Er war eine Riesenchance für sie gewesen, sie hätte sie ergreifen und Stanislov verlassen sollen. Aber es war zu spät. Patrik war tot, und Stanislov hatte sie schon auf den nächsten Mann angesetzt, hier in Jönköping. Nur dass sie es nicht fertigbrachte. Sie hatte dauernd Patrik vor Augen. Doch Stanislov hatte kein Verständnis für solche „Gefühlsduseleien“. Für ihn war alles nur ein Business. Jetzt wollte Natalia nicht mehr, aber er würde das nie akzeptieren. Was sollte sie tun?

Stanislov zu verlassen hatte sie sich schon zusammen mit Patrik nicht getraut – waren ihre Chancen allein besser oder schlechter? Sie musste sich etwas überlegen, so konnte es nicht weitergehen.

Sie sehnte sich zurück nach ihrem Zuhause in Russland, zu ihrer Babuschka. Die Jahre bei ihr waren die besten für Natalia gewesen. Sie hatten nicht viel gehabt, aber ihre Babuschka hatte sie geliebt und ihr Wärme und Sicherheit gegeben. Natalia dachte an den eisernen Bullerofen, auf dem immer eine Teekanne stand und kochte. Sie dachte an die zwei Katzen, die so oft bei ihr gelegen hatten. An ihre Babuschka, die immer nach Äpfeln und Backwerk roch. Sie hatte Natalia bei sich aufgenommen, nachdem die Mutter gestorben war. Da war Natalia neun Jahre alt gewesen, und eigentlich war alles nur besser geworden, nachdem ihre Mutter weg war. Sie war schon vorher oft bei der Babuschka gewesen – immer in den Ferien. Während der Schulzeit hatte sie sich mehr oder weniger selbst versorgen müssen, ihre Mutter war entweder arbeiten oder betrunken gewesen. An einem Abend hatte sie wieder einmal zu tief ins Glas geschaut und war vor eine Straßenbahn gelaufen, sie war sofort tot gewesen. So zog Natalia aus dem Plattenbau in Moskau aufs Land, in die kleine Hütte von Babuschka, die so gemütlich gewesen war. Der Schulweg war beschwerlich gewesen, aber alles andere war besser gewesen als in Moskau. In die kleine Hütte sehnte sie sich zurück, sie hatte es immer getan. Aber dorthin konnte sie nicht mehr. Babuschka war gestorben, als Natalia sechzehn war. Ein Herzinfarkt, einfach so. Danach war Natalia ins Heim gekommen, sie hatte einen Vormund bekommen, der Staat hatte die Hütte beschlagnahmt, und ihre beste Zeit war vorüber gewesen. Es gab kein Zurück in irgendeine Sicherheit, sie war auf sich selbst gestellt.

Stanislov hatte ihr ein Einkommen und eine gewisse Sicherheit gegeben, aber war das den Preis wert? Sie zweifelte mehr und mehr daran.

15

Lars fuhr sie zurück Richtung Brunflo, zu ihrem Hotel. Beide schwiegen. Es hatte nicht lange gedauert, bis der Streifenwagen gekommen war. Lars hatte unmittelbar bei der Polizei angerufen, nachdem Elin ihm von der Leiche erzählt hatte. Er war ganz froh gewesen, dass er sich den Abstieg hatte ersparen können. Als er bei dem Abhang angekommen war, war es schon ganz schön dämmerig gewesen, und nachdem Elin schnaufend den Aufstieg bewältigt hatte, war es fast vollständig dunkel gewesen. Zum Glück hatte Lars eine Taschenlampe dabeigehabt, so war es nicht schwer gewesen, auf dem Pfad zum Auto die schlimmsten Matschstellen zu vermeiden. Nachdem sie den Schlüssel zum Saab ausprobiert hatten - er passte natürlich - und den Wagen einer schnellen Durchsuchung unterzogen hatten - leider ohne Ergebnis - waren sie zu Lars' Volvo gegangen und hatten darin auf die Polizei gewartet, die ungefähr eine halbe Stunde später gekommen war. Lars hatte sie bis zum Abhang geführt, einer der Polizisten war dann hinuntergeklettert. Der andere hatte Lars' und Elins Namen und Telefonnummern aufgenommen, dann durften sie fahren. Den Schlüssel und den

Führerschein hatte Lars dem Polizisten übergeben, der hatte etwas herumgemault, weil sie an der Leiche herumgefummelt hatten, aber Lars glaubte nicht, dass das Ärger geben würde, es gab sowieso keine relevanten Spuren mehr, wenn der Tote dort seit zwei Monaten gelegen hatte und die Tiere sich bereits gütlich getan hatten.

Er schaute hinüber zu Elin, sie wirkte ziemlich angeschlagen, er konnte sich gut vorstellen, dass das Auffinden der Leiche in diesem verwesten Zustand sie mitgenommen hatte. Da gab es auch nichts, was er sagen könnte, um es ihr leichter zu machen. Er konnte sich gut an die Leichen erinnern, mit denen er in seinem Polizeidienst konfrontiert worden war. Da gab es welche mit viel Blut, einmal kam er nach einer Messerstecherei an den Tatort, das war schlimm gewesen, aber am schlimmsten waren doch die Leichen, die schon lange gelegen hatten, der Verwesungsgeruch machte einen fertig.

„War das deine erste Leiche?“

„Nee, wir hatten zu Hause ständig welche herumliegen.“ Elins Ton war scharf, doch dann schaute sie ihn zerknirscht an. „Sorry, bin etwas angekratzt. Nein, meine Oma ist bei uns gestorben, als ich fünfzehn war. Aber die ist friedlich eingeschlafen. Eine Leiche wie heute habe ich noch nie gesehen, der Körper war ja schrecklich zugerichtet. Und dann dieser Gestank. Danke, das genügt erst einmal.“

„Glaub ich dir. Versuch an etwas anderes zu denken!“

Elin nickte und starrte geradeaus in die Schwärze. Vorne tauchten die ersten Lichter von Brunflo auf. Sie kratzte sich am Hals.

„Diese verdammten Mücken haben mich doch erwischt. Ich habe mehrere Stiche am Hals. Mann, juckt das! Haben sie dich auch so gepiesackt?“

„Nee, die mögen mich nicht so. Ich habe selten Mückenstiche.“

„Echt? Wie machst du das denn? Ist das dein norrländisches Blut? So typisch – die Viecher lassen die einheimische Bevölkerung in Frieden und fallen nur über Touristen her.“

Lars lachte. „Ja, genau, 08er Blut mögen sie besonders.“ 08 war die Vorwahl für Stockholm, und in ganz Schweden war 08er eine etwas abfällige Bezeichnung für die Leute aus Stockholm.

Elin schnaubte und kratzte sich erneut.

„Sollen wir Christina anrufen und ihr von dem Leichenfund erzählen?“, fragte sie.

„Nein, diese Mitteilung müssen wir persönlich überbringen. Das will ich auf keinen Fall telefonisch machen.“

„Aber wir müssen ja morgen noch unsere Aussage auf dem Revier machen. Wer weiß, wann wir dann hier wegkommen. Wird die Polizei uns dann mit der Benachrichtigung zuvorkommen?“

Lars überlegte. Würde die Stockholmer Polizei schon morgen zu Christina fahren? Möglich.

„Kann sein. Wenn wir im Hotel sind, rufe ich Tobias an und frage, ob er das übernehmen kann.“

„Okay." Elin schien sehr zufrieden mit dieser Lösung.

„Wie ist es mit Abendessen? Ich habe einen Riesenhunger", fragte Lars.

Elin starrte ihn entsetzt an. „Auf keinen Fall. Ich kriege nichts herunter. Ich muss dabei nur an die Fleischstücke denken, die die Tiere sich bei Patrik geholt haben. Mir wird jetzt schon schlecht, wo du es nur erwähnst."

„Gut, dann setze ich dich beim Sörbygården ab und fahre allein weiter."

Nachdem Elin ausgestiegen war, fuhr Lars zu der Pizzeria, die er am Vormittag neben dem Bahnhof gesehen hatte. Die wollten gerade schließen, aber erklärten sich bereit, ihm noch schnell eine Pizza zu machen, der Ofen war noch warm. Während er wartete, rief er Tobias an, der sich sofort meldete.

„Hallo, Tobias, sieht so aus, als ob wir unseren Auftrag beendet hätten."

„Ja? Super, habt ihr den Typ aufgespürt?"

„Ja, aber er ist leider tot. Wie es aussieht, schon seit einer ganzen Weile." Lars berichtete von ihren Nachforschungen und dem Fund der Leiche.

„Okay, da wart ihr ja schnell. Ist natürlich unangenehm, dass der Mann nicht mehr lebt. Aber dafür können wir ja nichts."

„Genau deshalb rufe ich an. Ich hätte gern, dass die Auftraggeberin das von uns erfährt und nicht von der Polizei. Doch wie es aussieht, kommen wir frühestens morgen Mittag von hier weg – die Polizisten wollen noch unsere Aussage aufnehmen. Deshalb dachte ich, du könntest dich vielleicht morgen früh mit Christina in Verbindung setzen."

Lars wartete auf eine Antwort, aber Tobias sagte nichts, er schien nachzudenken.

„Hallo? Tobias, bist du noch dran?"

„Ja", antwortete der zögerlich. „Nee, danke. Das Risiko nehmen wir in Kauf. Soll die Polizei sie informieren, wenn die so schnell sind. Ich kenne die Frau nun überhaupt nicht, da habe ich wirklich keinen Bedarf, ihr mit einer Todesnachricht auf die Pelle zu rücken. Ihr fahrt morgen Abend dorthin und berichtet. Entweder war die Polizei dann vorher da oder nicht."

„Okay." Wenn Tobias sich einmal festgelegt hatte, war es schwer, ihn von etwas anderem zu überzeugen. Außerdem hatte Lars keine weiteren Argumente. „Wollte dich nur gefragt haben. Dann weiß ich Bescheid."

Sie verabschiedeten sich. Wäre ja auch zu schön gewesen, wenn Tobias ihm diesen unangenehmen Dienst abgenommen hätte. Er war wirklich nicht scharf darauf, Christina diese Mitteilung zu überbringen, denn er war sich sicher, dass es ein Schock für sie sein würde, auch wenn sie inzwischen annehmen musste, dass Patrik sie verlassen hatte. Während seiner Zeit bei der Polizei hatte sich ebenfalls nie jemand um die Aufgabe gerissen, Todesnachrichten zu überbringen. Es war immer sehr unangenehm, manche wurden aggressiv, andere brachen vollständig zusammen, sodass man den

Notarzt verständigen musste, wieder andere hatten hemmungslose Gefühlsausbrüche. Man fühlte sich fast immer fehl am Platz und wünschte sich woanders hin. Nein, das musste er wirklich nicht haben. Er starrte aus dem Fenster.

Da kam auch schon seine Pizza.

***

Lars parkte den Wagen. Er sah Elin an und merkte, wie sie schluckte. Sie blickte in die Richtung von Christinas Haus. Lars hatte Christina vor einigen Stunden eine SMS geschickt und vorgeschlagen, dass sie gegen neunzehn Uhr vorbeikommen wollten, um aus Norrland Bericht zu erstatten. Sie war einverstanden gewesen und hatte zum Glück nicht weiter nachgefragt. Bei der Polizei waren sie bis zum Mittag aufgehalten worden, es war nur Routine gewesen, aber alles musste sorgfältig aufgeschrieben und signiert werden. Nach einem schnellen Mittagessen im *Chili* waren sie dann losgefahren. Die Fahrt war glatt gegangen, sodass sie schon zwanzig Minuten vor der Zeit hier waren.

Er öffnete die Tür und sagte: „Es hilft nichts, lass es uns angehen!“

„Wie machen wir das denn, Lars?“ Elin blickte ihn flehentlich an.

„Ich übernehme das schon. Du kannst dann ja beim Trösten helfen. Wie ihr Frauen das so macht, die Hand auf den Arm legen und vielleicht einen Tee anbieten."

„Okay." Elin stieg ebenfalls aus. Lars musste schmunzeln. Normalerweise hätte sie ihm diese Bemerkung über Frauen wohl um die Ohren gehauen, aber sie war offensichtlich so froh darüber, bei der Rollenverteilung so gut wegzukommen, dass sie sich das schenkte.

Langsam gingen sie auf das Haus zu, Lars formulierte schon mal im Kopf seine Sätze vor. Sie standen vor der Tür, und Lars klingelte. Es waren sofort Schritte zu hören, dann wurde die Tür vorsichtig aufgemacht. Erst dachte Lars, das konnte doch nicht wahr sein, dass Christina in wenigen Wochen so gealtert war, dann realisierte er den fragenden Gesichtsausdruck und nahm an, dass es Christinas Mutter war, die in der Türöffnung stand.

„Seid ihr Lars und Elin?", fragte die alte Dame. Sie sah Christina sehr ähnlich, war auch etwas dicklich und hatte die Haare ebenfalls recht kurz. Sie war aber nicht so elegant angezogen, wie Christina es normalerweise war.

Lars nickte. „Ja, genau. Wir sind mit Christina verabredet."

„Ich bin Christinas Mutter, Agnes. Kommt ruhig herein. Die Polizei war vor einer guten Stunde hier, sie weiß es schon."

„Oh, doch schon?" Lars stoppte in der Bewegung. „Wie hat sie es aufgenommen?"

„Naja, sie ist am Boden zerstört. Auch wenn sie so etwas schon geahnt hatte …“

Er hörte, wie Elin aufatmete. Es ging ihm genauso, die Polizei war ihnen doch zuvorgekommen, sodass ihnen das Schlimmste erspart blieb. Trotzdem würde das Gespräch nicht lustig werden.

Sie gingen weiter ins Haus bis ins Wohnzimmer. Christina saß auf der Couch, mit einem Taschentuch in den Händen. Ihr Gesicht war gerötet, das Make-up vollständig ruiniert. Sie schaute sie mit feuchten Augen an.

„Hallo, Christina“, sagte Lars. „Unser herzliches Beileid. Es tut uns wirklich leid, dass wir Patrik nicht mehr haben lebend antreffen können.“

Christina nickte resigniert. Lars und Elin setzten sich in die andere Couch, die im rechten Winkel zu Christinas stand. Agnes nahm dicht neben Christina Platz und legte die Hand auf ihren Arm. Lars sah, dass Elin erleichtert war, Agnes hier zu haben, so musste sie nicht die Rolle der Trösterin übernehmen.

„Ich weiß nicht, was die Polizei erzählt hat.“ Lars schaute Agnes an.

Die schüttelte den Kopf. „Ich war nicht dabei, aber wohl nur, dass sie eine Leiche gefunden haben, von der sie annehmen, dass es Patrik ist. Sie haben eine Bürste mitgenommen, um einen Test zu machen.“

Lars sah Christina an. Die nickte.

„Ja“, schniefte sie. „Sie haben seinen Führerschein bei der Leiche gefunden. Und es war nicht weit weg von unserer Hütte. Wisst ihr mehr?“

Lars nickte. „Ja, das waren wir, die ihn gefunden haben. Und Elin hat den Führerschein sichergestellt."

„Ist es wirklich Patrik? Sie haben gesagt, dass die Leiche in so einem schlimmen Zustand ist." Sie sah ihn traurig an.

„Ja, wahrscheinlich hat er dort schon zwei Monate gelegen, und in der Wärme ist es zu starker Verwesung gekommen", antwortete Lars. Die Sache mit dem Tierfraß wollte er lieber weglassen. „Wir müssen davon ausgehen, dass es Patrik ist. Zum einen ist da sein Führerschein, zum anderen hatte er den Schlüssel zu seinem Saab dabei, der ja auch ganz in der Nähe stand."

„Aber wie ist das denn passiert?"

„Schwer einzuschätzen, was haben die Polizisten gesagt?"

„Dass sie unvoreingenommen ermitteln."

„Ja, es ist ein steiler Abhang, den er heruntergefallen ist. Natürlich könnte ihn jemand gestoßen haben, aber wahrscheinlicher ist wohl ein Unfall. Vielleicht hat er sich zu nahe an den Abgrund gewagt, ist irgendwie aus der Balance gekommen und konnte sich dann nicht mehr halten. Wir müssen die Ergebnisse der polizeilichen Untersuchung abwarten – die werden hoffentlich irgendetwas finden, was eine Schlussfolgerung zum Hergang erlaubt." Lars war mehr als skeptisch, dass die wirklich etwas finden konnten, aber hoffen konnte man ja.

„Mein armer Patrik." Christina schlug die Hände vor das Gesicht, sie weinte leise. Agnes streichelte ihre

Schulter. Nach einer Weile beruhigte sich Christina, schnäuzte in ihr Taschentuch und richtete sich auf.

„Habt ihr denn noch mehr herausgefunden? Die Polizei hat mir sonst gar nichts erzählt."

Lars nickte. „Ja, wir kennen in etwa die Chronologie der Ereignisse. Patrik ist am 2. Juli in Östersund gewesen und hat dort getankt. Der Tankwart hat ihm jemanden empfohlen, der dort Hütten vermietet. Diesen Mann hat Patrik dann kontaktiert, und er hat von ihm eine Hütte gemietet, die nicht weit weg von dem Fundort der Leiche ist, vielleicht fünf Kilometer. Als der Mann Patrik die Hütte gezeigt hat, war eine junge, blonde Frau bei ihm mit osteuropäischem Akzent, wir müssen davon ausgehen, dass die beiden zusammen in der Hütte gewohnt haben." Lars sah Christina an, um ihre Reaktion abzuwarten.

Die nickte traurig. „Also doch. Das war dann wohl diese Natalia?"

Lars zuckte mit den Schultern. „Wir wissen es nicht. Den Namen dieser Frau kennen wir nicht, aber es ist natürlich möglich."

„Aber wie alt war sie denn? Doch nicht etwa ein Teenager?"

Lars konnte sich denken, warum sie fragte – das Passwort „Natalia15".

„Nein, wir haben nur den Vermieter, der sie gesehen hat, und der beschrieb sie als Ende Zwanzig, selbst wenn das nicht genau stimmt, so war es doch bestimmt keine Fünfzehnjährige. Die Fünfzehn in dem Passwort muss etwas anderes bedeuten."

Christina seufzte resigniert.

Lars setzte fort: „Sie hatten die Hütte für eine Woche gemietet und sie danach einfach verlassen, ohne sich beim Vermieter abzumelden. Wir gehen deshalb davon aus, dass der Unfall noch während dieser Woche passiert ist.“

„Und was ist mit dieser Natalia?“

„Wir haben keine Spur von ihr.“

„Warum hat sie den Unfall denn nicht gemeldet? Vielleicht hätte man ihm noch helfen können.“

„Leider keine Ahnung.“

Elin lehnte sich vor. „Es kann ja sein, dass diese junge Frau gar nicht dabei war, als es passiert ist. Sonst hätte sie ja vielleicht auch den Saab benutzt, um wieder zu der Hütte zurückzukommen. Vielleicht war sie in der Hütte und hat auf ihn gewartet, und als er nicht wiederkam, hat sie sich abgesetzt. Möglicherweise haben sie …“

„Ja, aber das sind alles Spekulationen“, unterbrach Lars. Er wollte nicht, dass Elin zu viel von irgendwelchen Theorien erzählte. „Wir müssen hoffen, dass die Polizei mehr Fakten zusammentragen kann.“

Christina nickte. „Ja, so ist es wohl. Ich hatte schon die ganze Zeit das Gefühl, dass ihm etwas passiert ist. Das mit dieser Natalia begreife ich nicht, aber ich werde versuchen, es zu vergessen. Das hilft mir ganz und gar nicht.“ Sie blickte zu Boden.

Agnes räusperte sich. „Vielen Dank für eure Berichterstattung. Christina, es war sehr gut, dass du die Detektive engagiert hast. Wer weiß, wie lange es sonst gedauert hätte, bis jemand Patrik gefunden hätte."

Christina sah auf. „Ja, danke für eure Hilfe", brachte sie hervor.

Lars erhob sich, Elin folgte ihm. „Wir wollen dann auch nicht länger stören. Nochmals unser herzliches Beileid. Wir wären natürlich viel lieber mit einem anderen Ergebnis zurückgekommen. Tut uns wirklich leid."

Sie verabschiedeten sich von Christina, die auf der Couch blieb. Agnes geleitete sie noch zur Tür und nickte ihnen zum Abschied freundlich zu.

Draußen war es dunkel, sie gingen langsam zum Auto.

„Puh." Elin atmete aus. „Das ging ja viel leichter, als ich befürchtet hatte. Wir hatten Glück, dass die Polizei den schlimmsten Teil schon erledigt hatte."

„Das kannst du laut sagen. Und auch dass die Mutter dabei war, hat es einfacher für uns gemacht."

„Trotzdem war es immer noch unangenehm genug. Ich fühlte mich so hilflos. Ich wusste gar nicht, was ich sagen konnte, um ihr zu helfen."

„Nein, da gibt es leider nichts. Sie muss letztlich allein damit fertig werden. Aber jetzt lass uns das abhaken, ich fahre dich nach Hause. Trink ein Glas Wein und mach es dir mit deiner Maja gemütlich. Wir müssen jetzt alle auf andere Gedanken kommen."

„Okay, werd's versuchen", stammelte Elin.

16

Ihre Eltern starrten sie an. Jetzt war es also heraus, und sie wussten es. Elin hatte eine ganze Weile herumgedruckst, und es schließlich einfach herausgehauen. Sicher nicht die geschickteste Variante, aber sie war so nervös gewesen, es hatte einfach nicht zu einer besseren Art und Weise gereicht.

„Aber du hattest doch vorher Freundschaften mit Jungs“, jammerte ihre Mutter. „Der eine im Gymnasium, wie hieß der? Theodor? Und dann vor ein paar Jahren dieser nette Blondschopf mit dem Motorrad. Wieso willst du jetzt plötzlich eine Frau lieben?“

Das musste ja kommen. Es blieb ihr nichts anderes übrig, als in die Details zu gehen.

„Ja, da habe ich es noch nicht richtig gewusst und wollte ausprobieren, wie es mit Männern ist. Aber es war nie wirklich die Erfüllung für mich, irgendetwas hat gefehlt. Das war erst mit Maja, dass plötzlich alles stimmte.“

„Vielleicht hast du einfach noch nicht den richtigen Mann kennengelernt.“

Elin schielte zu ihrem Vater hinüber. Dem hatte es wohl die Sprache verschlagen, betroffen blickte er von einem zum anderen.

„Glaub mir, Mama“, rief sie, „das ist es nicht. Ich bin vollkommen glücklich mit Maja.“

Ihre Mutter schüttelte den Kopf. „Warum willst du dich da so schnell festlegen? Vielleicht geht das ja vorüber, und nach ein paar Monaten willst du doch wieder einen Mann.“

„Mama, ich bin jetzt seit zwei Jahren mit Maja zusammen, und wir haben feste Pläne für ein gemeinsames Leben.“

Ihre Mutter schaute sie entrüstet an. „So lange geht das schon so? Und das sagst du uns erst jetzt?“

Elin wurde rot. „Ja, ich wollte erst richtig sicher sein ... Und dann ... ja ... das ist mir nicht so richtig leichtgefallen, euch das zu sagen. Tut mir leid.“

Die Mutter wandte sich an ihren Mann. „Hans, sag du doch auch mal etwas dazu!“

Elins Vater lehnte sich zurück, schluckte zweimal, schaute erst ihre Mutter und dann sie an. „Ich weiß auch nicht, was ich dazu sagen soll. Das kommt ziemlich überraschend. Auch wenn ich mich schon etwas gewundert hatte, dass du uns in den letzten Jahren nicht mal wieder jemand Neues vorgestellt hast. Aber ich dachte, du bist so sehr mit deiner Arbeit beschäftigt, dass du vielleicht nicht so viel Gelegenheit hast, einen Partner zu finden.“ Er räusperte sich. „Ja, die Maja mag ich wirklich sehr gerne, aber ich muss mich erst einmal an den Gedanken gewöhnen, dass sie

… ja, wie soll ich sagen … dass sie für dich so eine große Bedeutung hat. Letztlich ist es ja dein Leben, Elin, und du musst wissen, was für dich das Beste ist."

„Danke, Papa." Elin sah ihn dankbar an. Sie hatte gewusst, dass er der leichtere Part sein würde. „Ich weiß schon, was für mich gut ist. Und das ist Maja."

Ihre Mutter stand auf. „Das muss ich erst einmal verdauen. Das ist wirklich nicht leicht, was du uns hier vorsetzt. Ich räume jetzt den Tisch ab." Sie begann, Teller und Tassen auf ein Tablett zu stellen. Sie sah so aus, als ob sie mit den Tränen kämpfte. Elin überlegte, ob sie jetzt zu ihr gehen und sie in die Arme nehmen sollte, entschied sich dann aber dagegen. Sie sah zu, wie ihre Mutter mit dem Tablett in die Küche ging. Gut war das nicht gelaufen. Sie konnte nur hoffen, dass ihre Mutter die Situation so langsam akzeptieren würde.

Eine Stunde später hielt ihr Vater mit dem Wagen auf dem Parkplatz beim Bahnhof in Uppsala.

Elin beugte sich über die Handbremse und umarmte ihn. „Danke, dass du so verständnisvoll bist."

Er drückte sie fest und gab ihr einen Kuss auf die Wange. „Elin, egal, was du machst, und egal, mit wem du zusammenlebst, du bleibst immer meine Tochter, und ich werde dich immer lieben und unterstützen."

Elin war gerührt, so hatte er ihr das noch nie gesagt, ihr Vater war sonst eher zurückhaltend mit seinen Gefühlsäußerungen. „Ich liebe dich auch, Papa."

Er hielt sie etwas auf Abstand und sah ihr in die Augen. „Deine Mutter muss das noch verarbeiten, sie wird sich schon damit abfinden. Sie liebt dich genauso wie ich und will nur dein Bestes. Sie macht sich Sorgen, dass du es so schwerer haben könntest, als wenn du eine Beziehung mit einem Mann hättest. Du weißt schon, die gesellschaftliche Akzeptanz und so weiter. Naja, und dann ist da noch das Thema Enkelkinder. Da hatte sie natürlich auch auf dich gesetzt ..."

Elin schüttelte den Kopf, damit hatte sie nicht gerechnet. Sie schluckte. Dann sagte sie: „Das ist im Moment noch kein Thema, aber im Prinzip ist das ja heutzutage auch möglich."

Ihr Vater nickte. „Ja, durch eine Samenspende. Das habe ich ihr auch gesagt, aber das entspricht nicht so richtig ihren traditionellen Vorstellungen von Familie."

„Und du, wie siehst du das?"

„Ja ... für mich haben Enkelkinder vielleicht nicht den gleichen Stellenwert wie für deine Mutter, auch wenn ich mich darüber natürlich freuen würde. Dann, ja, komisch ist es für mich auch, mir vorzustellen, dass das Kind dann zwei Mütter hat, aber ich denke, ich werde mich daran gewöhnen können." Er nickte ihr aufmunternd zu.

„Danke, Papa. Ich hoffe, Mama wird das auch. Eben beim Abschied hat sie mich ja behandelt, als wäre ich Luft."

„Das wird schon. Ich werde ihr dabei helfen, wir werden bestimmt noch oft darüber reden."

Elin umarmte ihn noch einmal, dann verabschiedeten sie sich, und sie stieg aus. Sie winkte, als er mit dem Wagen wendete und wegfuhr. Dann ging sie zur Bahnhofshalle. Einerseits war sie erleichtert, dass sie dieses Gespräch hinter sich hatte, andererseits bedrückte es sie, dass ihre Mutter es so schwernahm. Sie konnte nur hoffen, dass sie sich fangen würde, es würde sie sehr traurig machen, wenn das Verhältnis zu ihrer Mutter dauerhaften Schaden genommen hatte. Das war genau das, was sie befürchtet hatte. Aber jetzt gab es kein Zurück mehr.

Wenn sie im Zug saß, würde sie erst einmal Maja anrufen – die zumindest würde glücklich sein, dass Elin diesen Schritt endlich gewagt hatte.

***

Elin schaute auf, als Lars ins Büro kam.

„*God morgon*", sagte er.

„Ja, dir auch einen Guten Morgen. Wie geht es denn jetzt weiter mit Patriks Fall?"

„Wie meinst du das? Der ist abgeschlossen.“

„Es gibt doch aber noch jede Menge offene Fragen. Ich wollte ja eigentlich auch noch mal checken, ob es noch ein weiteres Mobiltelefon in der gemieteten Hütte gegeben hat.“ Elin hatte das schon im Sörbygården in Brunflo versucht, an dem Nachmittag, bevor sie Patriks Leiche gefunden hatten. Sie hatte aber nicht das Netz des Hotels dafür nutzen wollen und deshalb mit ihrem Smartphone einen Hotspot für ihren Laptop generiert. Leider war das Mobilnetz nicht stabil genug gewesen. Nachdem sie zweimal eine Verbindung über mehrere Proxy-Server aufgebaut hatte, um ihre IP-Adresse zu verschleiern, war die Verbindung jeweils kurz abgerissen, sodass sie den Hacker-Versuch abgebrochen hatte. Aber vom Internet-Anschluss der Firma würde ihr das nicht passieren, deshalb hatte sie vorgehabt, es heute noch einmal zu versuchen.

„Das lässt du mal schön bleiben. Da brauchen wir jetzt kein Risiko mehr eingehen, das wird die Polizei übernehmen.“

„Meinst du wirklich, die steigen da so tief ein? Ich hatte nicht den Eindruck, dass die sich für die Telefondaten interessieren würden.“

„Wie auch immer, Elin. Das ist jetzt ein Todesfall, der in die Zuständigkeit der Polizei fällt. Unser Auftrag war, Patrick zu finden. Das haben wir getan, und damit sind wir aus dem Fall raus.“

Das gefiel Elin überhaupt nicht. Sie wollte zu gerne wissen, was da oben passiert war. Und vor allem wollte sie unbedingt mit dieser Natalia sprechen.

„Was ist mit dieser Natalia? Die könnten wir doch versuchen aufzuspüren, oder?“

Lars setzte sich auf den Stuhl neben ihrem Schreibtisch und schaute sie ernst an.

„Elin, bitte. Der Fall ist abgeschlossen. Wir haben keinen Auftrag, diese Natalia zu suchen. Es ging lediglich um Patrik, und das ist erledigt. Wir haben ihn gefunden, er war tot, und das tut mir wirklich leid, aber so ist es eben. Tobias schreibt jetzt die Abschlussrechnung an Christina, und das war es. Wir machen keinen Handschlag mehr. Du auch nicht. Klar?“

Elin nickte widerwillig. Dieser Teil der Detektivarbeit gefiel ihr nach wie vor nicht. Bei ihrem letzten Fall, den sie ja in Eigenregie geführt hatte, war sie auch nicht mit dem Ergebnis zufrieden gewesen und hatte weiter nachgeforscht. Dafür war sie natürlich nicht bezahlt worden, aber es war ihr gelungen, den Fall aufzuklären, und die Verbrecher kamen jetzt hoffentlich für viele Jahre ins Gefängnis. Zugegeben, es wäre beinahe schiefgegangen, weil sie alles im Alleingang gemacht hatte. Trotzdem war sie mit dem Endergebnis richtig zufrieden, ihre kleinen Blessuren nahm sie dafür gern in Kauf. Bei dem Fall mit Patrik lag es etwas anders, dem konnte niemand mehr helfen, und, ja, sie konnte verstehen, dass Christina wohl nicht unbedingt mehr über diese

Natalia wissen wollte, aber irgendwie hatte sie so das Gefühl, dass es da in Norrland nicht mit rechten Dingen zugegangen war. Sie verstand, dass es für die Firma nicht rentabel war, hier noch weiterzuforschen, aber ihre private Neugierde war ganz sicher nicht gestillt.

„Elin, ich sehe es dir an der Nasenspitze an, dass du da am liebsten weitergraben willst, aber das lässt du bitte sein. Wir werden jetzt andere Fälle bearbeiten. Kann ich mich auf dich verlassen?"

Sie nickte wieder, was sollte sie anderes tun?

„Ja ja, schon gut. Hab's kapiert. Was gibt es denn an neuen Fällen?"

„Wir sollen für eine Firma mehrere Mitarbeiter überprüfen, die Firma hat den Verdacht, dass mindestens einer von ihnen Gelder veruntreut hat. Ich schicke dir die Unterlagen per Mail."

„Okay, ich schaue mir das an. Was soll ich dabei machen?"

„Schon mal die Typen überprüfen. Alles, was du auf dem Netz über sie herausfinden kannst."

„Nur den öffentlichen Teil oder auch den nicht so legalen Teil?" Sie lächelte ihn verschmitzt an.

„Erst einmal nur den öffentlichen Teil, bitte. Den gehen wir gemeinsam durch und entscheiden dann, wen wir genauer unter die Lupe nehmen."

Damit war Lars aufgestanden und gegangen. Elin war froh, gleich einen neuen Fall bearbeiten zu können, sie freute sich, dass sie nun wie selbstverständlich als Detektivin einbezogen wurde, das war ein neues Gefühl, und das war gut. Trotzdem war da etwas in ihr, das nicht im Gleichgewicht war – die Sache mit Patrik und Natalia ließ ihr keine Ruhe. Naja, sie würde versuchen, es zu ignorieren und sich auf den neuen Fall zu konzentrieren. Die Betonung lag auf „versuchen“.

17

Eindeutig zwei Linien. Sie starrte auf das kleine Fenster des Stäbchens. Das konnte einfach nicht wahr sein. Auch wenn sie es ja geahnt hatte. Als ihre Regel das erste Mal ausgeblieben war, hatte sie sich nicht viel dabei gedacht, das konnte schon mal passieren, und sie hatte schließlich genug Stress gehabt. Aber nachdem diese Woche auch das zweite Mal die Blutung nicht gekommen war, trotz der eingeleiteten Pillenpause, hatte sie eine schlimme Ahnung befallen. Und als ihr dann heute Morgen auch noch schlecht war, hatte sie sich entschlossen, diesen Test zu kaufen.

Positiv. Wie war das passiert? Es musste der eine Tag gewesen sein, als sie am Vorabend indisch essen gewesen waren und sie davon Durchfall bekommen hatte. Aber so schlimm war der doch gar nicht gewesen, oder? In jedem Fall war Patrik am Nachmittag gekommen, und sie waren miteinander im Bett gewesen. Da musste es passiert sein.

Sie schaute in den Spiegel. Was sollte sie jetzt tun? Eine Abtreibung? Konnte sie das Ganze vor Stanislov verheimlichen? In jedem Fall brauchte sie wohl die Pille nicht weiter zu nehmen. Verdammt, ihr blieb auch nichts erspart. Aber erst einmal musste der Test verschwinden. Den wollte sie Stanislov nicht finden lassen, davon sollte er nichts wissen, wenigstens jetzt nicht. Sie musste sich erst überlegen, was sie wollte. Den Test würde sie gleich mit nach draußen nehmen und in irgendeinen Mülleimer schmeißen.

Oh, was sollte sie nur tun?

TEIL II
OKTOBER 2016

18

Liv schaute Christina fragend an: „Aber was vermutest du denn?“

„Ich glaube, dass er umgebracht wurde.“

Liv runzelte die Stirn. „Aber die Polizei glaubt das nicht?“

„Nein, die haben den Fall abgeschlossen, sie halten es für einen Unfall oder auch Selbstmord.“

„Mm, hast du denn irgendwelche Anhaltspunkte für deinen Verdacht?“

Liv sah Christina gespannt an. Sie saßen im Sturehof, an einem Tisch unter der Markise. Es war wohl einer der letzten Tage, an denen man draußen sitzen konnte, und das auch nur dank der aufgestellten Infrarotstrahler. Auf dem Platz vor dem Restaurant, dem Stureplan, war reger Betrieb. Es war Mittagspause, und viele Leute waren unterwegs, um einen schnellen Lunch einzunehmen oder eine Besorgung zu machen. In der Mitte des Platzes stand ein großer Wetterpilz aus Beton, unter den man sich unterstellen konnte, dort flachste eine Gruppe Jugendlicher miteinander. Liv war für zwei Tage nach Stockholm gekommen, da sie eine Aufsichtsratssitzung mit ihrer Firma hatte. Christina hatte um ein Treffen gebeten, und Liv konnte ihr nur das Mittagessen anbieten, ansonsten war ihre Zeit voll ausgebucht. Da ihre Sitzung im IVA-Konferenz-Zentrum stattfand, das vom Stureplan aus gleich um die Ecke lag, hatten sie sich im Sturehof verabredet.

Christina lehnte sich vor. Sie war heute ganz in Grün gekleidet, auch das Leinentuch, das bei ihr ja fast nie fehlte, war in einem sanften Grünton gehalten mit roten Zweigen darauf. „Es passt einfach nicht zusammen. Patrik hat offensichtlich alles sorgfältig vorbereitet, um sich ein neues Leben aufzubauen. Ich habe ja jetzt Zugang zu seinen Bankunterlagen bekommen. Er hat schon vor seinem Verschwinden seine gesamten Ersparnisse, mehrere Millionen Kronen auf ausländische Konten überwiesen, die Bank kann das Geld weder nachverfolgen noch zurückfordern. Dann hat er sein Handy in der Firma gelassen und sich offenbar ein neues angeschafft.

Reisepass und ID-Karte hatte er mitgenommen. Und wie es aussieht, hatte er schon länger eine Affäre mit einem jungen Mädchen, mit dem er nach Norrland in diese Hütte gefahren ist. In einer solchen Situation bringt man sich doch nicht um – deshalb schließe ich Selbstmord aus. Und ein Unfall? Warum hat das Mädchen ihm dann nicht geholfen? Oder zumindest einen Krankenwagen gerufen? Nein, ich glaube, die hat ihn reingelegt. Und verprasst jetzt all sein Geld."

„Du meinst, das Mädel hat ihn den Hang hinuntergeschubst?"

„Ja, entweder das, oder sie hat ihn im Stich gelassen, als er da unglücklich ausgerutscht ist. In jedem Fall hat es ihr wohl gut in den Kram gepasst."

„Und jetzt willst du das Geld zurück?"

Christina schüttelte den Kopf. „Nein, um das Geld geht es mir nicht. Ich habe genug für mich allein. Aber ich will wissen, was passiert ist. Und dass dieses Mädchen zur Rechenschaft gezogen wird. Auch wenn es mir weh tut, dass Patrik mich verlassen wollte, so glaube ich doch, dass er ganz schön naiv war, diesem Mädchen so zu vertrauen. Und nur weil er nicht mehr mit mir weiterleben wollte – was ich im Übrigen für eine Kurzschlussreaktion halte, die er bestimmt später bereut hätte – ändert das ja nichts an meinen Gefühlen zu ihm. Ich liebe ihn immer noch und vermisse ihn. Ich will wissen, warum es zu seinem Tod gekommen ist. Das bin ich mir schuldig."

Christina starrte Liv beinahe trotzig an. Liv war beeindruckt, Christina zeigte wirklich Rückgrat, die meisten Frauen in ihrer Situation hätten Patrik wohl abgchakt und eher in Selbstmitleid gebadet, als weiter in der Geschichte herumzubohren.

Liv wedelte mit der Hand, am Nachbartisch rauchten zwei Gäste, und der Rauch zog natürlich zu ihnen herüber. In Berlin wurde immer noch sehr viel geraucht, aber in Schweden war das eigentlich eher die Ausnahme. Sie guckte zu den beiden Männern hinüber, ja sehr schwedisch sahen die nicht aus, wohl entweder eingebürgerte Ausländer oder Touristen.

Sie dachte zurück an ihre eigene Situation vor fast einem Jahr. Ihr Mann hatte sie entführen lassen und war dann in einer selbst gebauten Falle umgekommen. Sie hatte ihm nicht nachgeweint, und sie hatte eigentlich auch nicht mehr über die Geschichte wissen wollen, wenn nicht noch die Entführung ihrer Tochter dazugekommen wäre. Das hatte sie mehr angestachelt als ihr eigenes Schicksal.

„Und was willst du jetzt machen? Da ist ja nun schon so einiges an Zeit vergangen. Wie lange liegt der Todesfall zurück? Drei Monate?“

„Ja.“ Christina nickte und nahm einen Schluck von ihrem Mineralwasser. „Naja, ich dachte, ich bitte Lars und Elin, hier noch einmal einzusteigen. Was hältst du davon?“

Liv musste nicht lange überlegen. „Das ist bestimmt eine gute Lösung. Die beiden sind gut, und sie sind ja schon mit dem Fall vertraut. Wenn es etwas herauszufinden gibt, dann werden die beiden es aufdecken. Vor allem Elin ist wie ein Terrier, die lässt nicht locker." Elin war es gewesen, die den Entführer von Livs Tochter identifiziert hatte, sogar ohne einen offiziellen Auftrag dafür zu haben. Liv war über den Alleingang erst etwas sauer gewesen, aber musste dann zugeben, dass Elin richtig gehandelt hatte. Und dabei extrem smart vorgegangen war.

„Gut, dann werde ich mich mit den beiden verabreden. Danke für deinen Rat."

Liv sah sie nachdenklich an. „Ich frage mich nur: Was willst du denn machen, wenn es wirklich Mord war und ihr die Schuldigen findet?"

Christina zuckte mit den Schultern. „Das weiß ich noch nicht. Erst einmal müssen wir überhaupt etwas finden. Dann muss man ja richtig sicher sein und auch handfeste Beweise haben, um es zum Beispiel der Polizei oder der Staatsanwaltschaft zu übergeben. Mir ist das Wichtigste, dass ich mir ein Bild machen kann von dem, was dort oben in Norrland wirklich passiert ist. Es macht mich völlig kirre, mit dieser Ungewissheit zu leben. Ich kann ja nur spekulieren. Wenn sich einwandfrei herausstellt, dass es nur ein unglücklicher Unfall war, werde ich das akzeptieren. Dann kann ich die Geschichte wenigstens ad acta legen. Verstehst du das?"

„Ja, durchaus. Dann mache es so und engagiere Lars und Elin. Vielleicht kannst du mich ja auf dem Laufenden halten über das, was dabei herauskommt? Das interessiert mich nämlich auch."

„Gerne, Liv. Es tut mir immer gut, mit dir zu reden. Und du bist die Einzige, die alle Einzelheiten kennt.

Ich werde mich bei dir melden, sobald es etwas Interessantes zu berichten gibt."

„Super, so machen wir das. Jetzt muss ich mich aber sputen, sonst komme ich zu spät zu meinem Meeting." Liv griff nach ihrer Handtasche, um das Portemonnaie herauszuholen.

Christina machte eine abwehrende Handbewegung. „Lass man, das geht auf mich."

„Oh, wirklich? Vielen Dank." Liv stand auf.

Die beiden Frauen verabschiedeten sich, und Liv verließ das Lokal. Sie hoffte für Christina, dass die Ermittlungen etwas Brauchbares ergeben würden. Es erschien ihr nicht gerade trivial, da weiterzukommen. Sie drehte sich noch einmal um und winkte Christina aufmunternd zu. Dann lief sie schnellen Schrittes Richtung IVA-Konferenz-Zentrum.

19

Elin ging die Treppe des Gerichtsgebäudes hinab. Sie war enttäuscht. Irgendwie lief im Augenblick überhaupt nichts. Warum hatten die Richter und Schöffen dem Staatsanwalt nicht folgen können und allen lebenslänglich verpasst? Für Elin war es glasklar, dass die vier das kleine Mädchen gemeinsam umgebracht hatten. Und dasselbe hätten sie auch mit Ebba gemacht, wenn Elin nicht dazwischengegangen wäre. Dieser Scheiß-Anwalt war einfach zu clever gewesen. Keiner der vier hatte etwas zugegeben, jeder hatte behauptet, dass einer der anderen das kleine Mädchen getötet haben müsse. Nichts wäre gemeinsam besprochen worden, von einem auf den anderen Tag wäre das Mädchen weg gewesen. Der eine hatte doch tatsächlich gesagt, er habe gedacht, es wäre wieder freigelassen worden. Da keinem der vier die Beteiligung an dem Mord nachgewiesen werden konnte, wurde die Mordanklage abgewiesen – für eine Kollektivschuld konnte man in Schweden nicht verurteilt werden, nur für das, was jeder Einzelne getan hatte. Die Mistkerle hatten natürlich auch abgestritten, das sie Elin hatten umbringen wollen – sie hatten sie angeblich nur einschüchtern wollen. Die

Richter und Schöffen hatten sie deshalb nur für Kindesentführung, schwere Sexualverbrechen und Gewalttaten an Minderjährigen verurteilt – das hatte niemand abstreiten können, schließlich gab es das alles auf unzähligen Videos, von denen sogar ein Teil im Gerichtssaal abgespielt worden war. Fünfzehn Jahre hatten drei von ihnen bekommen, der Anführer immerhin achtzehn Jahre. Trotzdem, Elin war nicht zufrieden, lebenslänglich wäre viel besser gewesen, auch wenn sie wusste, dass die meisten lebenslänglichen Strafen nach einer gewissen Zeit in eine Zeitstrafe umgewandelt wurden. Es ging ihr um das Symbolische – diese Verbrecher hatten die Höchststrafe verdient. Der Staatsanwalt hatte noch angedeutet, eventuell in die nächste Instanz zu gehen, aber Elin hatte den Eindruck, dass das eine Standardfloskel war, wahrscheinlich um Ebbas Eltern zu trösten, die ziemlich aufgebracht gewesen waren.

Leider gab es auch sonst keinen Lichtblick im Moment. Am Wochenende war sie mit Maja bei ihren Eltern gewesen. Wirklich kein Erfolg. Erst hatte sie sich über die Einladung gefreut – nachdem ihre Mutter sich vorher wochenlang nicht gemeldet hatte, rief sie plötzlich an und verkündete, dass sie Maja nun in die Familie aufnehmen wollten und dies anlässlich eines Abendessens feiern wollten. Maja hatte nur triumphierend „siehst du?“ gesagt, als wäre Elins Angst vor dem Coming-out übertrieben gewesen. Sie waren frohen Mutes nach Uppsala gefahren, und am Anfang war auch alles ganz nett gewesen, ihre Eltern hatten Maja umarmt, sie hatten angestoßen und Maja als ihre Partnerin willkommen geheißen. Elin war etwas misstrauisch geblieben, da sie den Eindruck hatte, dass ihre Mutter sich ziemlich gekünstelt verhielt. Der Eindruck hatte leider nicht getäuscht – als Elin nach dem Essen den Arm um Maja gelegt und ihr einen Kuss auf die Lippen gegeben hatte, war ihre Mutter erst erstarrt und dann in Tränen ausgebrochen. Sie hatte einen Weinanfall bekommen und sich in die Küche zurückgezogen. Alle Beschwichtigungen ihres Vaters hatten danach nichts mehr geholfen, der Abend war gelaufen. Maja und sie waren geknickt nach Hause gefahren. Maja war zutiefst beleidigt, sie nahm das sehr persönlich.

Jetzt hatte Elin nicht nur ein Problem mit ihrer Mutter, auch Maja war immer noch gekränkt und wollte nicht über das Thema reden. Aber was hätte Elin tun sollen? Sie hatte ja von Anfang an gewusst, dass es mit ihrer Mutter nicht leicht werden würde. Was konnte sie dafür? Der Einzige, mit dem sie vernünftig sprechen konnte, war ihr Vater. Er schien kein Problem mit Maja als ihrer Partnerin zu haben, ja, es kam ihr fast so vor, als freute er sich, eine nette „Schwiegertochter“ zu bekommen. Er versuchte alles, um die Wogen wieder zu glätten, er wirkte ständig auf ihre Mutter ein, und gleich am nächsten Tag hatte er angerufen und vorgeschlagen, allein bei ihnen vorbeizukommen, aber Maja hatte nichts davon wissen wollen. Es war ein Riesendesaster, Elin bereute es gründlich, dass sie diesen Schritt gemacht hatte.

Im Job gab es auch nicht wirklich etwas, was sie aufheitern konnte. Ja, sie war jetzt vollwertige Detektivin, und am Monatsende merkte sie einen deutlichen Unterschied auf dem Lohnzettel, aber im Augenblick gab es nur langweilige Überwachungen, die ihr nicht die richtige Befriedigung gaben. Am liebsten hätte sie einen Fall, der sie herausforderte und der es nötig machte, irgendwohin zu reisen – weg von den Problemen mit ihrer Mutter, weg von dem Gerichtsprozess, der alles wieder aufgewühlt hatte und doch nicht zu befriedigenden Urteilen geführt hatte. Aber leider war so ein Auftrag im Moment nicht in Sicht.

Sie überlegte, was sie jetzt machen sollte. Es war kurz nach drei Uhr nachmittags. In der Firma rechneten sie heute nicht mit ihr, und Maja war jetzt schon im Studio. Also hatte sie einen ganzen Nachmittag für sich. Irgendwie musste sie ihre Laune aufbessern. Ja, genau, sie würde shoppen gehen, sie brauchte sowieso ein paar neue Klamotten, Geld hatte sie jetzt auch – warum nicht? Sie konnte mit der U-Bahn zwei Stationen fahren und dann zu NK oder in die Gallerian gehen, da würde sie schon etwas Nettes finden. Vielleicht konnte sie auch noch einen Termin beim Friseur oder bei der Kosmetik bekommen, das wäre nicht schlecht. So würde sie in jedem Fall auf andere Gedanken kommen. Sie bog nach rechts ab, Richtung U-Bahnstation Rådhuset.

***

Elin saß gerade bei der Maniküre, als ihr Telefon klingelte. Die Kosmetikerin bearbeitete ihre rechte Hand, so griff sie mit der linken nach dem Smartphone und sah Lars' Namen auf dem Display. Sie nahm das Gespräch an.

„Hallo, Lars."

„*Hej*, Elin. Bist du schon aus dem Gericht heraus? Oder störe ich?"

„Nee, alles gut. Schon vorbei."

„Wie lief es?"

„Nicht so, wie ich gehofft hatte. Keiner der Scheißkerle hat lebenslänglich gekriegt. Die Anklage wegen Mord wurde abgewiesen."

„Aber verurteilt wurden sie doch?"

„Ja, fünfzehn Jahre, der Große achtzehn."

„Das ist doch gut."

„Findest du? Ich meine, das ist zu wenig."

„Ich habe den Prozess ja nur aus der Zeitung verfolgt, aber so, wie ich das sehe, gab es doch keine Beweise, wer das Mädchen umgebracht hat. Auch wenn es bestimmt einer der vier gewesen ist."

„Ja, so haben es die Richter auch gesehen. Der Staatsanwalt hatte uns trotzdem Hoffnung gemacht, dass es reichen würde."

„Naja, die Staatsanwälte gehen ja meistens mit einer Maximalforderung in den Ring, da darf man nicht erwarten, dass das hundertprozentig durchgeht."

„Tröstet mich nicht so richtig. Ich finde es nicht gerecht. Meistens sitzen die Verurteilten eh nur zwei Drittel der Strafe ab, da sind drei von ihnen nach zehn Jahren wieder raus und schnappen sich wieder irgendwelche Kinder."

„Ja, vielleicht, aber nicht alle bekommen diese Verkürzung, und dann gibt es da ja so einige Bewährungsauflagen. Aber ich verstehe dich. Bei solchen Verbrechen ist es schwer, nach dem Urteil Genugtuung zu empfinden. Nichts erscheint einem ausreichend hart im Vergleich zu dem, was sie ihren Opfern angetan haben. Wie geht es denn Ebba eigentlich?"

„Immer besser. Man kann sich fast normal mit ihr unterhalten, und sie lacht auch ab und zu. Aber ein fröhliches Mädchen, wie sie es vorher war, ist sie natürlich immer noch nicht. Und sie geht nur mit ihren Eltern oder mir aus dem Haus; allein in die Schule zu gehen kann sie sich überhaupt nicht vorstellen."

„Das hört sich doch aber gut an, sie macht eine gute Entwicklung durch, alles andere wird dann mit der Zeit schon kommen."

„Ich hoffe, ja." Elin sah auf, die Kosmetikerin machte ihr Zeichen.

„Lars, wolltest du noch etwas anderes? Ich sitze gerade bei der Maniküre, und jetzt wird meine andere Hand gebraucht."

„Aha, verstehe. Ja, ich wollte dich fragen, ob du heute Abend Zeit hättest? Christina will uns treffen, es geht um einen Folgeauftrag."

Elin war sofort hellwach, das hörte sich interessant an, sie hatte doch sowieso mehr über Patriks Schicksal herausfinden wollen. Außerdem wäre das endlich wieder richtige Detektivarbeit.

„Ist die Erde rund? Ist doch klar, dass das geht. Was will sie denn?"

„Sei nicht so neugierig. Ich erzähl's dir nachher. Ich hol dich um 18 Uhr ab - okay?"

„Gut, bis dann." Elin legte auf und steckte das Telefon ein. Sie gab der Kosmetikerin ihre linke Hand zur Bearbeitung. Jetzt hatte sie wieder Energie, die Nachricht von einem weiteren Auftrag von Christina gab ihr neuen Auftrieb.

20

Wieder saßen sie auf der Couch in Christinas Wohnzimmer. Auf dem Tisch vor ihnen lagen die Bankunterlagen ausgebreitet.

„Deshalb glaube ich nicht mehr an einen Unfall." Christina sah sie herausfordernd an. Sie schien auf einen Widerspruch eingestellt zu sein.

Lars dachte nicht daran, Gegenargumente aufzuführen. Schließlich wollte er den Auftrag. „Wir waren eigentlich auch von Anfang an skeptisch. Das erschien uns alles zu einfach." Er sah, wie Elin heftig nickte. „Und die Geschichte mit dem verschwundenen Geld macht es noch zwielichtiger."

Christina schien erleichtert. „Dann könnt ihr da also etwas herausfinden?"

„Irgendetwas werden wir sicher herausfinden, aber wir können natürlich keine Garantie abgeben, dass wir diesen Fall aufklären können. Und schon gar nicht, dass es das gewünschte Ergebnis bringt. Vielleicht war es doch ein unglücklicher Unfall, und diese junge Dame hat sich aus anderen Gründen verdrückt."

„Das verstehe ich. Aber - wie gesagt - ich möchte in jedem Fall herausfinden, wer dieses Mädchen ist, von dem ihr glaubt, dass es Natalia heißt."

„Das werden wir versuchen“, warf Elin ein. „Ich bin sicher, wir können ihre Telefonnummer ausfindig machen - genau wie wir Patriks neue Nummer identifiziert haben - und dann haben wir eine Chance, sie zu finden.”

„Ja, ‚sicher‘ sind wir da nicht, aber wir werden alles daran setzen.“ Lars zwinkerte Elin zu. Sie rollte mit den Augen.

„Ich muss allerdings noch mit unserem Chef Rücksprache halten, denn das ist ja eine besondere Aufgabenstellung - eine Morduntersuchung hatten wir meines Wissens noch nie, deshalb brauche ich da schon sein Einverständnis.“

„Natürlich“, sagte Christina verständnisvoll. „Wann kann ich mit eurer Rückmeldung rechnen?“

„Oh, ich spreche sofort mit ihm, wenn wir jetzt ins Büro zurückkommen, vorausgesetzt er ist im Hause. Aber ich bin schon zuversichtlich, dass ich ihn für unser Projekt gewinnen kann. Dann schicken wir dir sofort den Vertrag zu.“ So sicher war Lars sich nicht, Tobias war immer etwas konservativ, wenn es um exotische Aufträge ging, aber was sollte er einer Kundin anderes sagen?

Elin sackte die Unterlagen ein, dann standen sie auf und verabschiedeten sich.

„Endlich wieder ein interessanter Auftrag“, rief Elin fröhlich. „Tobias wird doch keinen Ärger machen?“

„Das weiß man bei ihm nie. Aber ich werde mein Bestes geben, damit wir den Auftrag annehmen können. Versprochen."

Sie gingen zu Lars' Volvo und fuhren auf die Autobahn Richtung Süden, um zum Büro zu gelangen, das im Stadtteil Södermalm lag. Der Verkehr war noch nicht so stark, sodass sie es in vierzig Minuten schaffen sollten.

***

„Mord?" Tobias sah Lars ungläubig an.

Lars nickte.

„Spinnst du jetzt? Du willst einen Mordfall aufklären?"

Lars hielt seinem Blick stand. Er hatte nicht vor, nachzugeben. „Ja. Habe ich bei der Polizei auch gemacht."

„Ach? Wusste gar nicht, dass du bei der Mordkommission warst." Tobias' Ton war sarkastisch.

„Nein. Aber ich war mehrfach mit in dem Team, das Morde aufgeklärt hat."

Tobias schüttelte den Kopf. „Und bei diesem Fall glaubt die Polizei, dass es sich um Selbstmord handelt?"

„Ja, oder einen Unfall."

Tobias sah ihn durchdringend an. „Du glaubst, du kannst das Gegenteil beweisen?“

„Tobias, ich weiß nicht, was dein Problem ist. Die Klientin hatte uns beauftragt, ihren Mann zu finden. Das haben wir getan, nur leider war er tot. Vieles weist auf einen Unfall oder möglicherweise Selbstmord hin, aber die Klientin glaubt es nicht und, ehrlich gesagt, Elin und ich auch nicht. Deshalb will die Klientin, dass wir weitergraben und mehr herausfinden. Wenn wir beweisen können, dass es Mord war und vielleicht sogar Hinweise auf den Täter finden, ist sie super zufrieden. Wenn nicht, haben wir es versucht - sie weiß, dass es keine Erfolgsgarantie gibt.“

„Jaja“, wehrte Tobias ab. „Ist einfach nicht richtig unser Metier: Mord. Ich verstehe nicht, warum du und Elin immer mit diesen Spezialaufträgen kommt. Entführungen, Pädophilie und jetzt Mord.“

Lars lehnte sich vor. „Ehrlich, Tobias. Du hast wirklich keinen Grund, dich zu beklagen. Jeder dieser Fälle hat uns guten Umsatz gebracht, obendrein kam es zu positiver Publizität, die zu weiteren Aufträgen führte. Ich weiß, dass der Laden brummt und wir uns vor Aufträgen kaum retten können.“

„Ja, stimmt schon“, gab Tobias zu.

„Und wenn es Probleme gab, mussten Elin und ich die ausbaden. Oder warst du etwa im Krankenhaus? Oder hast vor Gericht ausgesagt? Ich finde wirklich, dass es an der Zeit ist, über eine Provision zu verhandeln. Schließlich kamen alle diese Aufträge über mich und Elin rein, da hattest du keinerlei Verkaufsaufwand."

Tobias hob die Hände. „Jetzt mach aber mal halblang. Das diskutieren wir ein anderes Mal. Aber okay, wir übernehmen den Auftrag von dieser Christina. Klär in Gottes Namen den Mord auf!"

Lars musste innerlich schmunzeln. Das mit der Provision hatte Tobias gar nicht gefallen. Aber so leicht ließ er ihn nicht vom Haken. „Gut, einverstanden. Wir schließen diesen Auftrag ab, und danach setzen wir uns zusammen und diskutieren eine Provision für zukünftige Aufträge, die ich an Land ziehe."

Tobias wand sich auf seinem Stuhl. „Ja, mal sehen."

„Nein, nicht ‚mal sehen'. Wir diskutieren diese Provision, ansonsten ist das der letzte Auftrag, den ich hier einbringe."

Tobias sah ihn an. Jetzt hatte er offenbar kapiert, dass Lars es ernst meinte. „Einverstanden. Aber nur für dich, nicht für Elin."

„Warum nicht auch für Elin?"

„Naja, komm, Lars. Elin ist nicht so lange dabei wie du, hat nicht dieselbe Erfahrung und hat letzten Sommer ja auch nicht gerade ihre Loyalität bewiesen, als sie diesen Pädophilie-Fall in Eigenregie übernommen hat. Die kann froh sein, dass sie überhaupt weiter hier arbeitet. Und das jetzt sogar als vollwertige Detektivin."

Ja, diese Argumente waren stimmig, dagegen konnte Lars nicht viel sagen. Aber das würde er dann mit ihr direkt lösen, hatte sie einen Fall, konnte Lars den einbringen, die Provision kassieren und Elin daran beteiligen. Das musste Tobias gar nicht wissen.

Er nickte. „Okay, verstehe ich. Dann sind wir uns einig? Aber glaube nicht, dass du mich mit ein paar Prozent abspeisen kannst."

„Nein, wenn wir das machen, dann machen wir das richtig. Zweistellig. Wir sind uns einig." Tobias reichte Lars die Hand, die er ergriff und drückte.

Das war geschafft, er hatte gleich zwei Punkte gemacht, Lars konnte zufrieden sein. Er verließ Tobias' Büro mit einem Schmunzeln auf dem Gesicht. Eigentlich hatte er nicht damit gerechnet, dass er bei Tobias so weit kommen würde. Nach diesem Erfolg konnte er geruhsam den Feierabend einläuten, das wollte er mit Lisa feiern.

***

Der Abend verlief leider überhaupt nicht so, wie Lars sich das vorgestellt hatte. Lisa hatte ziemlich schlechte Laune, als er nach Hause kam. Sie meckerte an allem herum, auch die Kinder bekamen ihren Teil ab, was sonst gar nicht ihre Art war. Lars hatte im Haushalt und beim Essen machen geholfen und ihre bissigen Kommentare so gut es ging ignoriert. Er hatte sie auch vorsichtig gefragt, was denn los sei, und sie hatte gesagt, dass sie Kopfschmerzen hätte.

Nachdem die Kinder im Bett waren, schien Lisa sich etwas zu entspannen, und Lars dachte, jetzt sei der geeignete Moment, seine guten Neuigkeiten anzubringen.

„Ist dein Kopf besser? Ich hatte nämlich vor, eine Flasche Sekt aufzumachen“, sagte er. Lars hatte bereits dafür gesorgt, dass eine Flasche im Kühlschrank stand und die richtige Temperatur aufwies. „Es gibt da was zu feiern.“

Lisa schaute ihn fragend an. „Wieso? Was denn?“

„Ich habe mit Tobias einen Deal gemacht. Wenn ich eigene Aufträge einbringe, bekomme ich eine Provision.“ Lars straffte stolz die Schultern, Lisa schien allerdings nicht besonders beeindruckt.

„Was für Aufträge würdest du denn einbringen?“

„Na, du weißt doch, wie das mit den Aufträgen lief, die von Martin und Liv kamen, und jetzt der von deren Freundin. Die haben ich und Elin der Firma verschafft, aber nie eine Anerkennung dafür bekommen. Das wird in Zukunft anders.“

Lisa nickte und starrte vor sich auf den Tisch. War sie bei etwas anderem mit ihren Gedanken?

„Also, was sagst du? Trinkst du ein Glas mit?“

Sie schwieg und starrte weiter vor sich hin. Als Lars schon unruhig wurde und die Frage wiederholen wollte, drehte sie sich langsam zu ihm um und sah ihn mit eiskalten Augen an. „Ich weiß nicht, was es da zu feiern gibt."

Lars war verdattert. „Wieso nicht? Das bedeutet mehr Geld für uns, und es ist ein erster Schritt in Richtung Partnerschaft in der Firma. Das ist doch etwas Positives."

„Lars, du weißt genau, dass ich diese Aufträge mit Elin hasse. Jedes Mal muss ich um deine Sicherheit zittern. Und wie oft bist du dabei im Krankenhaus gelandet?"

Okay, das war das Problem. Er hatte eigentlich gehofft, dass Lisa sich nach dem Ausflug nach Norrland etwas beruhigt hatte.

„Aber Lisa, bei dem letzten Auftrag ging doch nun wirklich alles glatt. Ich bin mit Elin zwei Tage in Östersund gewesen, und da ist nichts passiert."

„Doch, ihr habt eine verweste Leiche gefunden."

„Ja, das war nicht angenehm, aber es bestand zu keinem Zeitpunkt irgendeine Gefahr für uns. Und wir sind beide unversehrt nach Hause gekommen, es kam nicht mal zu einem kleinen blauen Fleck."

„Das hätte auch anders ausgehen können. Wenn ihr früher da aufgekreuzt wärt, hätte es durchaus gefährlich werden können."

„Lisa, das stimmt nicht. Der Mann war offenbar schon tot, bevor wir den Auftrag von Christina überhaupt bekommen haben."

„Jetzt komm mir nicht mit irgendwelchen Spitzfindigkeiten, du verstehst schon, wie ich das meine."

Lars schüttelte den Kopf. „Nein, ehrlich gesagt, verstehe ich das nicht. Du konstruierst hier eine Gefahrensituation, die es überhaupt nicht gegeben hat."

Lisa stand auf und stemmte die Hände in die Hüften. Sie sah auf ihn herab und fauchte: „Ich konstruiere etwas? Ja, wirklich? Einen Schlüsselbeinbruch? Verbrennungen? Schüsse aus einem Gewehr? Faustkämpfe gegen mit Messer bewaffnete Männer?"

„Ja, das waren die vorhergehenden Fälle."

„Genau, und jetzt willst du es feiern, dass du noch mehr solche gefährlichen Aufträge übernehmen kannst? Immer mit Elin? Lars, ich begreife dich nicht. Du bist von der Polizei weggegangen, weil sie dir da dein Knie zerschossen haben. Warum suchst du nun wieder die Gefahr? Willst du dir noch mehr Verletzungen einfangen?"

„Lisa ..."

„Nein, Lars, nicht mit mir. Ich habe es so satt, mir immer Sorgen machen zu müssen. Wenn du dein Leben so führen willst, bitteschön! Aber ohne mich."

Sie drehte sich um, Richtung Küche. Lars war von der Couch aufgesprungen. Was war nur in sie gefahren? Mit dieser Reaktion hatte er überhaupt nicht gerechnet.

„Was soll denn das heißen, Lisa? Willst du dich von mir trennen?“, rief er hinter ihr her.

„Wenn es sein muss, ja.“ Damit ging sie die Treppe hinauf. Lars sah ihr sprachlos hinterher. Er hörte noch, wie die Schlafzimmertür zugeknallt wurde. Er konnte es nicht glauben. Das konnte sie doch nicht ernst meinen, oder? In jedem Fall war jetzt nicht der Moment, das auszudiskutieren, er würde ihr ein paar Tage Zeit geben sich zu beruhigen. Dann würde er am Wochenende noch mal in Ruhe mit ihr reden.

Lars setzte sich wieder hin. Auf den Sekt hatte er jetzt auch keine Lust mehr, die Freude an seinem Erfolg war ihm gründlich vergangen. Ein Whisky wäre schon eher angebracht. Er holte sich die Flasche und ein Glas. Dann schaltete er den Fernseher ein. Irgendwie musste er auf andere Gedanken kommen.

21

Elin starrte auf den Schirm. Es waren einfach zu viele Daten. Sie musste die Nadel im Heuhaufen finden. Erst hatte sie gedacht, dass sie Natalias Telefonnummer leicht herausfinden könnte. Sie war davon ausgegangen, dass Patrik sie mit seinem Zweithandy oft angerufen hatte. Das war aber nicht der Fall, Patrik hatte fast überhaupt nicht damit telefoniert, und die wenigen Nummern die er gewählt hatte, konnte Elin eindeutig zuordnen, unter anderem die Nummer von Klas, dem Vermieter der Hütte, das war der letzte Anruf von diesem Handy aus gewesen. Wahrscheinlich hatten Patrik und Natalia über ein Chat-Programm miteinander kommuniziert, das nachzuverfolgen wäre allerdings nicht möglich. Bliebe also nur die Identifikation über die Triangulation. Eigentlich hatte sie geglaubt, dass es einfach sein würde, eine zweite Telefonnummer zu finden, die gleichzeitig bei Patrik in der Hütte eingeloggt war und sich zudem in seiner Nähe in Stockholm oder Täby befunden hatte. Aber da hatte sie sich ordentlich geirrt. Dummerweise kam auch eine Triangulation nicht infrage, denn für eine genaue Lokalisierung brauchte man drei Sendemasten, bei denen die

Nummer eingeloggt worden war, und in der Nähe der Hütte in Norrland gab es nur einen einzigen zugänglichen Mast. Ein weiteres Problem war, dass dieser eine Mast eine Reichweite von fast zwanzig Kilometern hatte und deshalb zu Anfang Juli ziemlich viele Telefone in diesem Netz eingeloggt gewesen waren. Damit hatte Elin mehrere hundert Nummern in Norrland, die mit vielen hundert Nummern in Stockholm und Täby verglichen werden mussten. Manuell war das eine mühsame und zeitaufwendige Arbeit, ganz davon abgesehen, dass es absolut langweilig war.

Deshalb entschloss sie sich, Carl anzurufen, sie hoffte, dass ihm eine Abkürzung für dieses Problem einfiele.

Carl meldete sich sofort, und nach kurzer Begrüßung schilderte Elin ihre Situation.

„... da habt ihr doch bestimmt eine Lösung für, oder?"

„Mm ... weiß nicht."

Carl war nicht so hilfsbereit wie sonst. Hatte er einen schlechten Tag? Oder war das wirklich eine neue Problemstellung für ihn?

„Na, hör mal. So etwas muss doch bei euch schon früher mal vorgekommen sein. Wie habt ihr das denn gelöst?"

Schweigen am anderen Ende. Elin wollte schon nachfragen, ob er noch dran war, da sagte er: „Möglich. Du, Elin, kann ich dich in ein paar Minuten zurückrufen?" Und schon war die Leitung tot.

Was war denn mit dem los? Hatte sie zum falschen Zeitpunkt angerufen? Das hätte er ja auch gleich sagen können. Es blieb ihr nichts anderes übrig, als zu warten. Sie checkte ihren Facebook Messenger, sie hatte Maja einen Guten-Morgen-Gruß geschickt, so einen Sticker mit einem kleinen Männchen, das sich riesig über die Sonne freute. Maja hatte das aber offenbar noch nicht gesehen. Heute früh, als Elin die Wohnung verließ, hatte Maja noch geschlafen, aber jetzt gegen elf Uhr müsste sie ja eigentlich schon auf sein. Maja war immer noch verstimmt, und Elin hatte sich fest vorgenommen, am Wochenende mit ihr zu sprechen. Sie sollte doch wenigstens darüber reden, was ihr zu schaffen machte. Und wenn Elin etwas ändern konnte, würde sie es natürlich tun, aber für ihre Mutter konnte sie nichts, wenn das denn immer noch das Problem war.

Das Telefon klingelte. „Ja."

„Hallo, Elin. Ich bin's, Carl." Im Hintergrund waren Fahrgeräusche zu hören, stand Carl auf der Straße?

„Gut, passt es jetzt besser?"

„Ja, weißt du, ich kann dir natürlich helfen, die Nummern zu analysieren."

„Super." Na, also, warum nicht gleich so?

„Es ist nur ..., also ... das ist mein eigenes Programm."

„Okay?" Das war ihr wirklich piepegal, wer das zusammengebastelt hatte, Hauptsache, es funktionierte.

„Ja, das heißt, das läuft dann nicht über die Firma."

Aha, daher wehte also der Wind. „Gut, wie machen wir das dann?"

„Naja, du müsstest mich direkt dafür bezahlen."

„Im Prinzip kein Problem, Carl. Nur wenn du das Geld jetzt schwarz willst, dann habe ich ja keinen Beleg, und es wird schwierig, das bei unserer Buchhaltung unterzubringen."

„Nein, nicht schwarz, ich schreibe dir eine Rechnung. Ich habe jetzt eine eigene Firma."

„Ach so, das geht natürlich. Wie viel willst du denn dafür haben?"

„Fünftausend."

Elin schluckte, das hatte sie nicht erwartet. „Das ist aber üppig. Das kostet dich doch wahrscheinlich bloß zehn Minuten, die Daten einzulesen und zu analysieren?"

„Schon, aber die Entwicklung der Software war sehr viel mehr Arbeit. Das muss ich ja auch irgendwie wieder rauskriegen. Ist so eine Art Lizenzgebühr."

Elin zögerte. Das war kein kleiner Betrag, den Carl da forderte. Und sollte sie nicht lieber erst mit Tobias oder wenigstens mit Lars darüber sprechen? Aber sie brauchte Carls Hilfe, sonst würde sie nicht weiterkommen.

„Okay, das verstehe ich", sagte sie langsam. „Gut ... einverstanden, dann machen wir das so. Aber es muss schnell gehen."

„Kein Problem. Wenn du mir die Daten jetzt zuschickst, kriegst du das Ergebnis nach der

Mittagspause. Ich schicke dir eine Mail von meinem eigenen Konto, da schickst du die Daten hin und bestätigst den Auftrag samt Preis. Okay?"

„Ja, gut. Können wir so machen." Ein wenig mulmig war ihr schon zumute, hier mit Carl so ohne Weiteres Geschäfte abzuschließen. „Was bedeutet das denn für die Zukunft? Wirst du jetzt einen Teil unserer Zusammenarbeit über deinen Laden abwickeln?"

„Weiß noch nicht so richtig. Kann sein, dass ich mich von der Firma hier abnable und nur noch mein Geschäft fahre. Aber das ist noch nicht ausgegoren. Und auch noch nicht offiziell. Kannst du das bitte für dich behalten?"

„Klaro, kein Thema. Ich warte dann auf deine Mail und schicke dir die Datei."

Sie verabschiedeten sich. Elin schüttelte innerlich den Kopf. Dieser Carl war immer wieder für eine Überraschung gut. Wenn er jetzt seinen eigenen Laden aufmachte und sie ihn in Zukunft in seinem Zuhause oder in einem angemieteten Büro besuchen musste, würde es da wohl eher noch schlimmer aussehen als bei der jetzigen Firma. Sie bekam schon das Kribbeln nur bei dem Gedanken daran.

***

Elin zeigte auf die Telefonnummer in den beiden Listen, die sie mit einem gelben Leuchtstift markiert hatte. Lars schaute sie gespannt an.

„Diese Nummer ist jedes Mal im selben Mast eingeloggt wie die Nummer von Patrik. Hier in Stockholm in der Nähe der U-Bahnstation *Huvudsta* sind beide Nummern im selben Segment, das ergibt sich aus der Triangulation. Ich wette, hier irgendwo hat diese Natalia eine Wohnung, in der Patrik sie besucht hat. Ich habe das überprüft, Patrik war mindestens zweimal in der Woche hier, und zwar über einen Zeitraum von mehreren Monaten, während diese Nummer, von der ich glaube, dass sie dieser Natalia gehört, jeden Tag an diesem Ort zu finden ist, vor allem abends und nachts."

„Ist das die einzige Nummer, die parallel mit Patrik an dieser Stelle auftaucht?" Lars guckte zweifelnd.

„Nein, natürlich nicht. Aber diese Nummer taucht auch zusammen mit Patrik in Norrland auf. Dort kann ich keine Triangulation machen, weil von der Hütte, die sie gemietet haben, nur ein Mast erreichbar ist. Deshalb hatte ich dort auch eine lange Liste - halb Östersund ist an diesem Mast eingeloggt. Aber diese Nummer ist die einzige, die sowohl in Stockholm als auch in Norrland zu den richtigen Zeitpunkten gelistet wird. Darüber habe ich sie identifizieren können."

„Puh, wie hast du das denn gemacht? Jede einzelne Nummer gegengecheckt?" Lars sah sie zweifelnd an.

„Naja, ich hab mir Hilfe geholt." Elin tat geheimnisvoll, war sich ihrer Sache aber nicht ganz sicher. „Carl hatte da so ein kleines Programm. Hat allerdings auch ein bisschen gekostet."

„Kein Problem, das läuft unter Spesen."

Elin atmete erleichtert auf.

„Prima", sagte Lars, „und was machen wir jetzt mit der Nummer? Wissen wir, wo sich das Telefon jetzt befindet?"

„Ja und nein. Die Nummer ist seit dem 5. Juli nicht mehr aktiv gewesen. Wahrscheinlich hat Natalia die SIM-Karte weggeschmissen. Das passt zeitlich zu der Woche, in der Patrik die Hütte gemietet hatte, und könnte der Tag seines Unfalls gewesen sein."

„Okay, und wieso sagst du dann ‚Ja und Nein'- ich verstehe nur das ‚Nein'."

„Ja, ich bin noch einen Schritt weitergegangen. Wie du hier in der Liste siehst, bekommt man nämlich noch weitere Informationen über die Nummer. Nicht nur, wo sie sich aufgehalten hat und welche Gespräche geführt wurden, sondern auch in welchem Telefon sich die SIM-Karte befunden hat. Wir sehen hier den Typ des Telefons, in diesem Fall ein Samsung Galaxy S7, und die so genannte IMEI-Nummer, das ist die Identifikationsnummer für dieses Telefon." Elin hielt inne, um zu sehen, ob Lars mitkam. Als er nickte, fuhr sie fort: „Diese Nummer kann ich dann verwenden, um nach neuen Aktivitäten zu suchen. Und siehe da, dieses Telefon wird einige Tage später in Jönköping benutzt, mit einer neuen SIM-Karte." Sie zog zwei neue Listen aus ihrem Stapel hervor und wies auf die markierte Telefonnummer. „Interessanterweise nur einige Wochen lang, von Anfang Juli bis Anfang September. Dann reißen wieder sämtliche Aktivitäten ab, und das Telefon verwendet wieder eine andere SIM-Karte. Diese ist seitdem in Göteborg eingeloggt."

„Die Dame kommt herum", warf Lars ein.

„Kann man sagen, ja", nickte Elin. „Das Gute ist, dass sie sich in Göteborg hauptsächlich an zwei Orten aufhält. Frühmorgens für mehrere Stunden in diesem Firmengebäude im Zentrum und ansonsten hauptsächlich in dieser Wohngegend im Stadtteil Johanneberg. Ich bin ziemlich sicher, dass ich das auf die Adresse Eklandagatan 42 eingrenzen kann. Wahrscheinlich wohnt sie dort."

„Das wäre ja super." Lars war enthusiastisch. „Dann fahren wir da sofort hin."

Elin war froh, dass Lars genauso dachte wie sie. Sie glaubte auch, dass sie keine Zeit zu verlieren hatten. Der nächste Ortswechsel konnte jederzeit kommen. „Ich habe das Haus schon überprüft, dort gibt es sechs Stockwerke mit jeweils zwei bis drei Einheiten. Eine Natalia ist da natürlich nirgendwo gemeldet."

„Das müssen wir vor Ort sehen, vielleicht wohnt sie zur Untermiete."

„Wir könnten die Wohnungen durchtelefonieren und nach ihr fragen."

„Nein, da laufen wir ein großes Risiko, dass die nicht die Wahrheit sagen und die gute Natalia aufgescheucht wird. Dann verschwindet sie sofort. Wir fahren da morgen hin."

„Ja, gut, das finde ich auch. Das Einzige, was wir noch vorher machen könnten, wäre, die Wohnung hier in Stockholm zu suchen. Die befindet sich im Bereich Jungfrudansen 72 bis 76 in Solna, allerdings ist das ein Hochhaus mit acht Stockwerken, das wird also nicht einfach."

„Außerdem ist es ja nun schon über drei Monate her, dass die Frau da gewohnt hat. Das wird mit Sicherheit schwierig. Lass uns das später tun, die Spur in Göteborg ist frisch, da können wir nicht nur Hinweise finden, sondern, wenn wir Glück haben, diese Natalia stellen."

„Ja, vorausgesetzt, das Telefon wird nach wie vor von derselben Person benutzt. Sie könnte es ja verschenkt haben oder weggeworfen. Dann hat es irgendjemand gefunden und hat jetzt seine Freude daran."

„Lass uns hoffen, dass es nicht so ist." Lars schaute verbiestert auf die langen Listen mit den Nummern. „Dann wäre ja deine ganze Arbeit hier für die Katz gewesen. Wir setzen darauf, dass unsere Natalia dort in Göteborg wohnt und sich sicher wähnt. Lass uns morgen hinfahren. Ich hole dich um zehn Uhr ab, bist du dabei?"

„Gibt es Reis in China? Natürlich bin ich dabei. Endlich passiert mal wieder was." Elin hätte am liebsten einen Luftsprung gemacht.

22

Das konnte nicht wahr sein, Natalia erstarrte vor Schreck. Sie war gerade im Begriff aus dem Bus zu steigen, als sie ihn entdeckt hatte. Es war Stanislov, sie war hundertprozentig sicher, seine riesige Gestalt war unverkennbar. Er stand in dem Eingang neben dem kleinen Geschäft „Kiosk“ und rauchte. Schräg gegenüber von ihrer Wohnung. Wenn sie nicht mit diesem Bus gefahren wäre, der auf seiner Seite der Straße hielt, hätte sie ihn wahrscheinlich nicht entdeckt.

Natalia ging zurück zu ihrem Sitzplatz auf der anderen Seite des Busses, zum Glück wollten noch andere Leute an dieser Haltestelle aussteigen, sodass sie nicht direkt an der Tür gestanden hatte, als diese aufging. Sonst hätte er sie womöglich gesehen. Verdammt, was machte der Kerl hier? Sie wollte sich nichts vormachen, er hatte sie aufgespürt. Nur wie?

Nachdem sie den Schwangerschaftstest gemacht hatte, war sie zu dem Entschluss gekommen, Stanislov zu verlassen. Und sie hatte sich gut vorbereitet, sie hatte das eine von Patriks Konten ziemlich leer geräumt, damit Stanislov sie nicht anhand der Abhebungen ausfindig machen konnte, denn zu diesem Konto hatte er auch Zugang. Ihre SIM-Karte im Handy hatte sie auch gewechselt, wieder eine Prepaid Karte. Dann hatte sie ihren Rucksack gepackt und war nach Göteborg gereist, hatte sich dort ein Zimmer gemietet und sogar einen Job als Putzfrau gefunden. Seit fast sechs Wochen war sie hier, und in den ersten zwei Wochen war sie sehr nervös gewesen und hatte sich ständig umgeschaut, aus Angst, dass Stanislov ihr gefolgt sein könnte und plötzlich hinter ihr auftauchte. Doch inzwischen hatte sie sich sicher gefühlt, und nun stand er auf einmal dort, wartete darauf, dass sie nach Hause kam. Was sollte sie tun? All ihre Sachen waren in der Wohnung, auch das meiste ihres Bargelds. Aber wenn Stanislov die Wohnung bewachte, hatte sie keine Chance, daranzukommen.

Der Bus fuhr an, weg von Stanislov. Natalia atmete tief ein und aus. Wie hatte er sie gefunden? Stanislov hatte keine Ahnung von Computern und Hacking, das war nicht seine Welt, er war mehr der Typ für das Handgreifliche und für die Manipulation von Menschen. Doch sie wusste, dass er in Verbindung mit anderen Typen stand, die so etwas konnten. Sie hatte diese Typen nie getroffen, und er hatte immer ein Geheimnis daraus gemacht, aber er bekam von ihnen jede Menge Informationen über potentielle Opfer, an die man normalerweise nicht herankam. Zuerst hatte sie gedacht, dass es Kumpel von ihm waren, die ihm einen Gefallen taten oder ihm für eine Gegenleistung Informationen besorgten. Aber inzwischen glaubte sie, dass es sich um eine Organisation handelte, ein Art Mafia, der Stanislov auch angehörte. Das passte auch zu dem, was sie herausgefunden hatte und was den Ausschlag zu ihrem Entschluss gegeben hatte, Stanislov zu verlassen. Sie hatte ein Gespräch mit angehört, in dem Stanislov neue Anweisungen bekommen hatte. Und es ging dabei um zwei andere Mädchen, Galenka und Anastasia, die Stanislov offenbar ebenfalls „betreute“ und denen er wahrscheinlich genau wie ihr vormachte, dass er sie liebte und mit ihnen eine gemeinsame Zukunft aufbauen wollte. Sie konnte immer noch nicht begreifen, wie sie auf ihn hatte hereinfallen können. Wie dumm sie gewesen war. Aber er konnte so lieb gucken, mit seinen großen dunklen Hundeaugen. Und dann hatte sie es wohl auch glauben wollen.

Natalia überlegte. In Göteborg konnte sie nicht bleiben. Sie musste irgendwie ihre Sachen holen und ihr Geld und dann verschwinden. Sie würde ihre Vermieterin Britta anrufen und sie bitten, ihr die Sachen unauffällig zu bringen. Sie war bestimmt froh, wenn Natalia sich nicht einfach aus dem Staub machte, sondern noch für diesen und den nächsten Monat die Miete zahlte. Außerdem war sie wirklich nett, sie waren gut miteinander ausgekommen, es tat Natalia sogar ein bisschen leid, sich von ihr zu trennen. Aber es half nichts, sie würde sich hier nie vor Stanislov verstecken können, wenn er einmal die Fährte aufgenommen hatte.

Sie hatte auch schon eine Idee, wo sie hinfahren könnte. Sie hatte nämlich eine alte Freundin aus dem Kinderheim wiedergefunden – auf Facebook. Sie hatten in den letzten Wochen regelmäßig über den Messenger kommuniziert. Ihre Freundin hieß Lyudmila, und sie hatte sich in Budapest ein Leben aufgebaut. Sie schien dort ein gutes Auskommen zu haben, auch wenn sie etwas hinter *dem Berg hielt, womit sie ihr Geld verdiente. Wahrscheinlich etwas, womit man nicht prahlte, Natalia konnte sich schon denken, worum es ging. Auf jeden Fall könnte sie bestimmt eine Weile bei Lyudmila unterkommen und sich vor Stanislov verstecken. Es war eine lange Strecke bis Budapest, sie würde einen Teil mit der Bahn zurücklegen und versuchen, den Rest per Anhalter zu fahren. Einen Flug konnte sie nicht riskieren, da würde ihr Name in irgendwelchen Listen auftauchen, und Stanislov wäre bestimmt sofort informiert. Außerdem war ihr Visum für die EU schon lange abgelaufen, eine Kontrolle am Flughafen könnte eine Abschiebung nach Russland bedeuten.*

Immerhin – jetzt hatte sie einen Plan, Natalia wurde langsam ruhiger. Sie nahm ihr Smartphone heraus und schrieb eine Nachricht an Lyudmila, danach wählte sie die Nummer ihrer Vermieterin.

23

Elin öffnete die Beifahrertür und stieg aus. Lars hatte direkt vor dem Haus einen Parkplatz gefunden. Die Fahrt von Stockholm war schnell gegangen, sie hatten nur knapp fünf Stunden nach Göteborg gebraucht.

Zusammen gingen sie zur Eingangstür, die etwas tiefer lag als die Straße, man musste einige Stufen hinuntergehen. Elin studierte die Klingelplatte, auf der es unter der Gegensprechanlage achtzehn Klingeln gab, die Namen standen daneben. Bei dreien stand kein Name, Elin verglich die anderen mit der Liste der Bewohner, die sie ausgedruckt hatte.

„Leider kein Name, der nicht schon gelistet wäre."

Lars nickte. „Damit hatte ich schon gerechnet. Natalia ist wahrscheinlich gar nicht so an Besuch interessiert. Die Briefkästen sind da schon die bessere Chance."

„Ja, aber dafür müssen wir ins Treppenhaus kommen."

„Entweder klingeln wir überall, oder wir warten, bis jemand rein- oder rauskommt."

Elin sah auf ihr Smartphone, es war kurz nach drei Uhr. „Kann ja um diese Zeit nicht so lange dauern, bis jemand kommt, oder?“

„Ist bloß nicht so gut, wenn wir hier vor dem Eingang herumlungern. Zu auffällig.“ Lars sah rechts und links die Straße entlang. „Da links ist eine kleine Pizzeria, da könnten wir uns hinsetzen und einen Kaffee trinken.“

Elin sah sich den Platz an, das kleine Restaurant war nur zwei Hauseingänge weiter. Alle Häuser lagen auf dem gleichen Absatz unterhalb der Straße, aber es befand sich jeweils ein kleines Mäuerchen und eine kleine Rabatte zwischen den Eingängen.

„Wenn dann jemand kommt, schaffen wir es aber nicht rechtzeitig zur Tür. Der Abstand ist zu groß.“

„Ich nicht, mit meinem lädierten Knie. Aber du bist doch ein guter Sprinter.“ Lars lachte ihr aufmunternd zu.

Elin sah sich den Abstand nochmal genau an. Sie schüttelte den Kopf. „Das sind gut fünfzehn Meter plus einmal die Stufen hoch und dann wieder runter. Das schaffe ich nie, bevor die Tür zufällt.“

„Nicht, wenn jemand von drinnen kommt, aber wenn sich hier Leute von der Straße her nähern, kannst du dich ja schon etwas näher in Position bringen.“

„Mm, vielleicht.“ Elin war nach wie vor skeptisch. „Warum setzen wir uns nicht ins Auto? Da sind wir viel näher.“

„Weil es da keinen Kaffee gibt.“ Lars schmunzelte schelmisch. „Und ich brauch jetzt einen Kaffee, bin schließlich die ganze Zeit gefahren.“ Er setzte sich in Bewegung Richtung Pizzeria.

„Ach so, sag’ das doch gleich!“ Elin folgte. „Das ist dann aber nicht meine Schuld, wenn wir die nächste Gelegenheit verpassen.“

„Kein Problem. Ich denke, dass die Tür in den nächsten zwei Stunden mehr als einmal geöffnet wird. Jetzt trinken wir erst einmal Kaffee.“

Vor der Pizzeria standen auf einem Rasenstück drei kleine Tische, die aber bei den herrschenden Oktobertemperaturen nicht benutzt wurden. Trotzdem wählte Lars den ersten Tisch und zog einen der Klappstühle heran. „Ich gehe rein und hole den Kaffee. Was hättest du gern?“

„Einen großen Latte. Und vielleicht gibt’s ja auch eine Zimtschnecke oder ähnliches.“

„Ich frage mal.“ Lars verschwand in der Tür zur Pizzeria.

Elin setzte sich auf die andere Seite des Tisches, mit Blick auf den Eingang zu Nummer 42. Sie beobachtete das Haus, bis Lars wieder kam. Er balancierte ein kleines Tablett mit einer Tasse, einem großen Glas und zwei *Kanelbullar*.

Elin schnappte sich das Glas mit ihrem Latte. „Oh, sie hatten Zimtschnecken. Super.“

Lars setzte sich und nippte an seinem Kaffee. Elin griff gerade nach einem der *Bullar*, als sie sah, wie eine junge Frau aus dem Haus 42 kam. Sie richtete sich schon auf, aber hielt dann inne. „Keine Chance. Die Tür wird zu sein, bevor ich auch nur auf dem Bürgersteig bin. Hoffe nur, das ist nicht Natalia."

Lars drehte sich um. „Blond, Mitte Dreißig. Nicht völlig unmöglich."

Elin hatte sich schon erhoben, den Bulle noch in der Hand. „Soll ich hinterher?"

„Nee, immer langsam. Wir machen alles der Reihe nach. Erst sicherstellen, dass Natalia dort wohnt, dann identifizieren und dann ansprechen."

Elin setzte sich wieder. „Okay, was stellen wir dann eigentlich an mit ihr? Der Polizei übergeben?" Sie biss in den *Bulle* und nahm einen großen Schluck von ihrem Latte.

„Das sehen wir dann. Wir reden erst einmal mit ihr und setzen sie ein bisschen unter Druck. Dann kommt es darauf an, was für eine Geschichte sie uns auftischt und ob wir die glauben. Schließlich müssen wir auch noch Christinas Meinung einholen."

„Sollen wir sie dann gewaltsam mit nach Stockholm nehmen?"

Lars schüttelte den Kopf. „Elin, es läuft bei uns normalerweise nicht so wie in deinen anderen Fällen. Wir sind nicht die Polizei und begehen auch keine strafbaren Handlungen. Deshalb würde ich das nur äußerst ungern machen."

„Gut, wir warten also, bis wir in das Treppenhaus kommen, und dann überprüfe ich die Briefkästen. Wenn ich dort einen Hinweis auf Natalia finde, klingeln wir bei der entsprechenden Wohnung. Aber was machen wir, wenn es bei den Briefkästen genauso ist wie bei der Klingel - kein Name, der hier nicht gemeldet ist? Wollen wir dann den ganzen Abend hier sitzen und warten, dass jemand kommt, der vielleicht Natalia ist?"

„Es gibt da noch einen anderen Weg." Lars kratzte sich am Hinterkopf. „Du hattest doch eine alleinstehende alte Dame auf der Liste mit den Bewohnern, oder?"

Elin ging ihre Liste noch einmal durch, die Geburtsdaten standen neben den Namen. „Warte mal. Ja, genau, hier ist sie. Marta Sjöblom, geboren 1935, also ist sie jetzt 81, hatte Geburtstag im April." Elin schaute Lars fragend an. „Warum?"

„Alte Leute wohnen meist sehr lange in ihren Wohnungen und sind viel zu Hause. Da bekommen sie alles mit, was im Haus so vor sich geht. Manche haben einen Hang zur Beobachtung oder sogar Kontrolle ihrer Nachbarn. Deshalb könnten wir von dieser Dame die Information bekommen, die wir wollen, vorausgesetzt wir sind nett und freundlich und wirken vertrauensvoll. Am besten denken wir uns eine gute Geschichte aus, warum wir diese Natalia suchen."

Elin überlegte. „Ich könnte ja sagen, dass sie eine Freundin von mir ist und ich sie besuchen wollte. Bin extra aus Stockholm angereist und so."

Lars nickte. „Ja, das geht. Nur dann solltest du besser allein bei der Dame klingeln. Ist wahrscheinlich sowieso besser. Wenn wir zu zweit da auftauchen, bekommt sie noch einen Schreck."

„Insbesondere, wenn so ein Riese wie du hinter mir steht. Okay, mache ich."

Beide widmeten sich ihrem Kaffee, Elin ließ den Hauseingang nicht aus den Augen. Lars hatte seinen Stuhl etwas gedreht, sodass er mit dem Rücken zum Restaurant saß und so die Straße im Blick hatte.

Elin hatte gerade ihren *Bulle* aufgegessen, als Lars mit dem Kopf Richtung Bürgersteig deutete und leise flüsterte: „Guck mal, ich glaube, der Mann dort will in unser Haus."

Ja, dort war ein Mann mittleren Alters in dunklem Mantel und Aktentasche. Er blieb vor den Stufen von 42 stehen, kramte in seiner Hosentasche und schien den Eingang im Visier zu haben.

„Ich gehe los." Elin stellte ihr Glas ab, stand auf und stieg die Stufen zum Bürgersteig hoch. Der Mann schien seinen Schlüssel gefunden zu haben, er ging die Stufen hinab zum Eingang. Elin beschleunigte ihren Schritt. Als sie bei der Treppe ankam, hatte der Mann die Tür gerade aufgeschlossen und ging hinein. Elin rannte die Stufen hinunter und sprang zum Eingang, sie erwischte die Tür gerade noch, bevor sie zufiel. Das war knapp.

Elin hielt die Tür einen Spalt offen und wartete, bis der Mann die Treppe hoch verschwunden war. Dann huschte sie hindurch und wandte sich den Briefkästen zu. Es gab drei Reihen übereinander mit jeweils sechs Briefkästen. Sie verglich jeden der Namen mit denen auf ihrer Liste und hakte sie dort ab. Die letzten zwei Kästen waren ohne Namen, genau wie bei den

Klingeln, wahrscheinlich war das eine Reserve. Leider stimmte alles überein, es gab keinen Namen, der nicht auch auf ihrer Liste stand, und schon gar keine Natalia. Das hieß, sie musste mit der alten Dame sprechen. Sie konnte nur hoffen, dass sie auch wirklich das richtige Haus am Wickel hatten, sonst mussten sie das gleiche Prozedere auch bei den Nachbarhäusern durchziehen. Aber eigentlich war Elin sicher, dass sie hier richtig war, die Triangulation war sehr genau gewesen.

Neben dem Fahrstuhl gab es ein Verzeichnis der Mieter in einem kleinen Glaskasten, daraus ging hervor, dass Marta Sjöblom im zweiten Stock wohnte. Elin nahm die Treppe. Martas Wohnung war auf der rechten Seite, der Name Sjöblom stand in großen Buchstaben auf einem Schild in der Mitte der Tür. Sie drückte auf den Klingelknopf, ein schriller Ton ertönte im Innern der Wohnung. Elin wartete und wollte schon ein zweites Mal klingeln, als sie leise Schritte hörte.

Die Tür ging einen Spalt auf, die Sicherheitskette war eingehakt. Ein faltiges Gesicht mit weißen lockigen Haaren herum sah sie misstrauisch an.

„Ja?“

„*Hej*, Marta. Ich hoffe ich störe nicht. Ich will nichts verkaufen oder so etwas. Ich suche meine Freundin Natalia, die in diesem Haus wohnen soll. Leider steht ihr Name nirgendwo und auf dem Handy kann ich sie auch nicht erreichen. Kannst du mir helfen?“

Die alte Frau war ungefähr so groß wie Elin, also eher klein, und musterte sie von oben bis unten. Schließlich sagte sie mit piepsiger Stimme: „Die soll hier bei uns wohnen?"

Elin nickte nachdrücklich. „Ja, sie hat mir diese Adresse gegeben, Eklandagatan 42. Ich bin heute aus Stockholm gekommen und wollte sie für eine Woche besuchen. Ich glaube, sie wohnt hier zur Untermiete."

„Ach so, ist das so ein junges, blondes Ding?"

Elin lächelte. „Ja, das trifft es. Hast du sie gesehen?"

Die Dame bejahte. „Doch, die habe ich öfter im Haus gesehen. Die wohnt aber erst seit ein paar Wochen hier. Wie die heißt, weiß ich nicht. Britta hat mir erzählt, dass sie ein Zimmer an sie vermietet hat."

„Oh, super. Das hilft mir. Britta - in welcher Wohnung wohnt die?"

„Britta wohnt genau über mir, sie heißt Lilja mit Nachnamen."

„Vielen, lieben Dank. Da gehe ich sofort nach oben." Elin verabschiedete sich, die Tür schloss sich. Sollte sie jetzt gleich nach oben gehen und klingeln? Nein, sie würde erst Lars anrufen. Sie drückte seinen Namen und ging langsam die Stufen hinauf.

„Ja."

„Lars, ich hab sie. Die alte Dame hat sie öfters gesehen und beschrieb sie als ‚junges, blondes Ding', sie wusste auch, wo sie wohnt, nämlich zur Untermiete bei einer Britta Lilja, im dritten Stock. Da stehe ich jetzt vor der Tür. Auch hier nur der Name von dieser Britta. Soll ich klingeln?"

„Nein, warte. Lass uns kurz beraten, wie wir vorgehen. Kannst du mir unten die Tür aufmachen?"

Elin ging die Treppen hinunter und öffnete die Tür für Lars. Sie berichtete im Flüsterton, wie es gelaufen war.

„Gut gemacht." Lars nickte ihr anerkennend zu. „Weißt du was? Ich glaube, wir bleiben bei der Story. Du gehst allein hin und klingelst. Aber ich würde gern zuhören, ich bleibe einen Treppenabsatz darunter."

So machten sie es, aber Elin hatte kein Glück. Auch beim dritten Klingeln gab es keine Reaktion. Die Klingel war zu hören, aber es war wohl niemand zu Hause. Sie sah noch einmal auf ihre Liste. Britta war 41 Jahre alt, dann war sie bestimmt berufstätig und jetzt noch nicht von der Arbeit zurück.

Sie entschlossen sich, zur Pizzeria zurückzukehren und noch etwas zu trinken. Lars holte Mineralwasser für sie beide, wieder saßen sie an dem Tisch draußen. Der Himmel hatte sich zugezogen, es wurde langsam kalt. Elin zog den Reißverschluss ihrer Jacke bis oben hin zu.

„Jetzt sind wir dicht dran, oder?" Das war die Art von Arbeit, die ihr Spaß machte, es passierte etwas, und es kam auch etwas dabei heraus. Außerdem musste sie zugeben, dass Lars wirklich gute Tipps hatte, die Sache mit der alten Dame war ein Volltreffer gewesen. So hatte sie wieder etwas gelernt.

„Ich hoffe, ja."

„Wann wollen wir es wieder versuchen?“

„Gegen fünf, denke ich.“

Elin schaute auf ihr Telefon. „Das ist noch eine gute Stunde hin. Wollen wir hier solange sitzen und uns den Hintern abfrieren?“

„Nein, lass uns reingehen. Ich muss auch noch mal telefonieren.“

Sie nahmen ihre Gläser und gingen ins Innere der Pizzeria, hier war es schön warm. Sie setzten sich ans Fenster, auch wenn man den Hauseingang von Nummer 42 nicht richtig von hier einsehen konnte, so war zumindest der Bürgersteig zu sehen. Lars holte sein Handy heraus und wählte eine Nummer, Elin checkte ihren Facebook Messenger. Auch heute keine Antwort von Maja auf ihren Morgengruß. Entweder schaute Maja nicht mehr in ihren Messenger, oder sie ignorierte Elin absichtlich. Dabei war gestern Abend eigentlich alles fast wie immer gewesen. Maja hatte sich für sie gefreut, dass wieder eine Aktion anstand.

Sie bestellten sich schließlich noch eine Pizza, die sie sich teilten, und dann ging Elin zum Auto. Sie setzte sich hinein und musste nicht lange warten, bis eine Frau von der gegenüberliegenden Straßenseite kam und den Hauseingang ansteuerte. Elin stieg aus, und diesmal hatte sie keine Mühe, die Tür abzupassen. Sie ließ der Frau Zeit, im Fahrstuhl zu verschwinden, dann verständigte sie Lars, und sie liefen die drei Treppen hinauf. Lars wartete versteckt auf dem Absatz, und Elin klingelte wieder bei Britta Lilja.

Jetzt war jemand zu Hause, sie hörte sofort Schritte, die zur Tür kamen. Als die Tür aufgezogen wurde, stellte Elin fest, dass es die Frau war, die gerade gekommen war. Sie hatte wohl eben Mantel und Schuhe abgelegt, darunter trug sie einen eleganten Hosenanzug und eine beige Bluse. Sie hatte dunkle, schulterlange Haare und trug eine schwarz umrandete Brille. Sie sah Elin fragend an.

„Hallo. Ich bin Elin. Ich suche Natalia. Die wohnt doch bei dir, oder?"

„Warum suchst du sie?" Britta war offenbar misstrauisch.

„Ich bin eine Freundin aus Stockholm und wollte sie besuchen."

„Da bist du zu spät. Hat sie dir nichts gesagt?"

Elin war verwirrt. „Was meinst du? Ich hatte versucht, sie auf dem Handy zu erreichen, aber sie geht nicht ran."

„Natalia ist gestern ausgezogen."

Das konnte doch nicht wahr sein. „Was? Gestern? Warum das denn?"

Die Frau musterte Elin durchdringlich. Sie schien mit dem Ergebnis zufrieden zu sein, denn sie sagte: „Komm doch einen Moment herein, dann kann ich mehr erzählen." Dabei schaute sie sich im Treppenhaus um.

Das war natürlich dumm für Lars, der so nicht mithören konnte. Aber Elin konnte schlecht Nein sagen, da würde sie vielleicht nichts mehr erfahren; und Lars jetzt dazu zu bitten würde ihre Story auffliegen lassen. Also ging sie in die Wohnung. Sie folgte der Frau bis zum Ende des Korridors, wo sie eine Tür öffnete.

„Hier hat Natalia gewohnt."

Elin schaute in das Zimmer, es war klein, wenig größer als zehn Quadratmeter, ein Bett, ein Nachtschrank, ein Stuhl und ein Kleiderschrank. Es gab keinerlei persönliche Gegenstände, alles sah frisch aufgeräumt aus.

Die Frau sah Elin an. „Ich habe selbst ihre Sachen zusammengepackt, sie hatte ja nicht viel. Alles passte in einen kleinen Koffer und eine Umhängetasche."

Elin verstand nicht. „Warum hast du das gemacht? Konnte Natalia das nicht selbst tun?"

„Ja, das war alles etwas merkwürdig. Sie hat mich gestern Nachmittag angerufen und mich gebeten, ihr die Sachen zum Bahnhof zu bringen. Dort hat sie mir noch eine Monatsmiete bezahlt, und dann verschwand sie."

„Warum hat sie mich dann den ganzen Weg von Stockholm bis hierher fahren lassen, ohne mir Bescheid zu sagen!", rief Elin und setzte eine verzweifelte Miene auf, um ihre Tarnung beizubehalten. „Und sie hat nicht gesagt, warum sie so plötzlich weg musste?"

Wieder musterte die Frau Elin. Schließlich sagte sie: „Sie hat gesagt, dass ein Mann aus ihrer Vergangenheit aufgetaucht wäre und sie deshalb nicht in Göteborg bleiben könne. Sie wirkte sehr ängstlich, als ich sie am Bahnhof traf. Sie hat sich andauernd umgeschaut. Deswegen wollte ich auch nicht im Treppenhaus darüber reden."

Was für ein Mist! Elin konnte es nicht glauben. Sie hatten Natalia um wenige Stunden verpasst.

„Hat sie dir erzählt, wo sie hinwollte?"

Die Frau schüttelte den Kopf. „Nein, keine Ahnung. Ich hatte den Eindruck, dass sie mir nur das Nötigste sagen wollte. Mehr weiß ich nicht. Sie war wirklich sehr verängstigt."

Elin starrte sie an. Gab es wirklich nicht noch mehr Information?

„Sie hat doch nur ein paar Wochen hier gewohnt? Ich verstehe das alles nicht", jammerte Elin.

„Ja, Anfang September ist sie eingezogen. Sie hatte für zwei Monate im Voraus bezahlt und jetzt noch für einen Monat, auch wenn nicht mal der Oktober richtig zu Ende ist. Es ist wirklich schade, wir sind gut miteinander ausgekommen, und sie war eine angenehme Untermieterin. Ruhig und sauber. Nicht so, wie das Mädchen, das ich vorher hatte. Die hatte dauernd Besuch und drehte dann laute Musik auf. Der habe ich nach drei Monaten gekündigt. Natalia hätte ich gerne länger gehabt."

„Puh, wie soll ich sie denn jetzt finden?"

Die Frau zuckte mit den Schultern. „Keine Ahnung, da kann ich leider nicht helfen. Ich habe auch nur ihre Handynummer. Wenn du sie da nicht erreichen kannst, musst du wohl warten, bis sie sich bei dir meldet."

Verflixt und zugenäht, das würde Natalia natürlich nicht tun. Elin bat Britta, die Nummern zu vergleichen, es war genau die Nummer, die sie identifiziert hatte und die sie hierhergeführt hatte. Elin bedankte und verabschiedete sich, dann lief sie die Treppe hinunter zu Lars, der sie fragend anschaute. Elin schüttelte nur den Kopf und ging weiter. Sie war wirklich frustriert, so knapp verpasst – das war ein Riesenpech.

Eine Stunde später waren sie auf dem Weg zur Autobahn, sie fuhren am Eingang zu Liseberg, dem berühmten Vergnügungspark von Göteborg, vorbei. Elin betrachtete das Riesenrad und den Turm Lisebergtornet, der jetzt AtmosFear hieß und der die Attraktion anbot, aus 146 Meter Höhe einen freien Fall zu erleben. Hier war sie vor vielen Jahren auf einer Klassenreise gewesen, vier Tage Göteborg und davon einen auf Liseberg. Damals war sie total heiß auf die Fahrgeschäfte gewesen, den AtmosFear gab es allerdings zu der Zeit noch nicht, der Turm fungierte lediglich als Aussichtsplattform. Doch die Achterbahn war der Hit gewesen.

Für ihren Fall war Göteborg leider eine absolute Nullnummer. Sie hatten beratschlagt und sich schließlich entschieden, Natalias Nummer anzurufen. Eigentlich hatten sie erwartet, dass die Nummer tot sei, dann hätte Elin zurück in Stockholm erneut nach der IMEI-Nummer und damit nach Natalias Telefon suchen können, aber es kam noch schlimmer. Es meldete sich ein Mann, der sehr schwer zu verstehen war, wahrscheinlich betrunken. Sie hatten zu guter Letzt nach einigem Hin und Her und zweimaligem Auflegen durch den Typ am anderen Ende herausbringen können, dass der Mann das Telefon am Tag vorher in einem Papierkorb im Bahnhof gefunden hatte. Er hatte bisher vergeblich versucht, den Code zu knacken, und der Akku war auch fast leer. Immerhin konnte er Anrufe entgegennehmen, und zum Glück war er dazu noch in der Lage. Sie hatten ihm tausend Kronen für das Telefon geboten und sich dann auf tausendundzweihundert geeinigt. Er hatte ihnen das Smartphone am Bahnhof übergeben. Ein obdachloser, älterer und untersetzter Mann mit grauem Rauschebart, Wollmütze und mehreren Lagen abgetragener Kleidung. Er stank nach Alkohol, Zigaretten und Schweiß. In der einen Hand hatte er drei prallvolle Plastiktüten, in der anderen das Telefon. Er dampfte zufrieden mit dem Geld ab - Elin machte sich keine Illusionen, was er davon kaufen würde. Sie hatte das Telefon sofort an ihren Laptop angeschlossen, aber es sah alles ratzeputz sauber aus, Natalia hatte wohl alles gelöscht und das Ding völlig neu aufgesetzt, bevor sie es dann entsorgt hatte. Damit hatten sie jegliche Verbindung zu Natalia verloren. Sie hatte diesmal nicht nur die SIM-Karte gewechselt, sondern das ganze Telefon weggeworfen. Somit war sie auf diesem Wege nicht mehr aufzuspüren. Und wenn sich nichts von dem Inhalt wiederherstellen ließ, gab es auch keinerlei weitere

Information über Natalia oder ihr Verbleiben. Es war ein totaler Reinfall.

Deshalb schwiegen nun beide, und die Aussicht auf die fünfstündige Heimfahrt machte die Stimmung auch nicht besser. Zu allem Überfluss hatte es zu regnen begonnen und schüttete jetzt wie aus Kübeln. Elin wollte nur noch nach Hause und eine Flasche Rotwein trinken, hoffentlich war Maja in guter Stimmung.

NOVEMBER 2016

24

Sie saß in der Straßenbahn und war froh, dass sie einen Sitzplatz bekommen hatte, was um diese Zeit nicht selbstverständlich war – die meisten Leute mussten dicht gedrängt stehen. Natalia war auf dem Weg nach Hause, sie wohnte immer noch bei Lyudmila. Sie hatte großes Glück gehabt: Lyudmila war ein Schatz, sie hatte Natalia wie eine Schwester aufgenommen und ihr sogar geholfen, einen Job zu finden. Seitdem arbeitete Natalia jeden Tag in einem Restaurant nahe der Burg als Bedienung. Es war anstrengend, sie war zehn Stunden ununterbrochen auf den Beinen. Aber es gefiel ihr. Die Ungarn waren generell nett und ihr Chef ganz besonders. Natalia war schon immer gut bei Menschen angekommen, vor allem bei Männern. Sie wusste, dass sie hübsch war, aber noch dazu hatte sie ein entwaffnendes Lächeln, das komischerweise auch bei Frauen wirkte. So lief das mit den Gästen sehr gut, sie war nett und freundlich, und die Gäste gaben das zurück. Das einzige Problem war die Verständigung – Ungarisch war schwer, auch wenn sie schon so einige Brocken aufgeschnappt hatte. Viele der älteren Ungarn hatten zwar Russisch in der Schule gelernt, aber keiner wollte es sprechen – klar, die Russen hatten sich mit der Okkupation hier keine Freunde gemacht. Gut, dass Natalia Englisch konnte, das war oft die einzige Lösung, um sich verständlich zu machen. Auch mit den meisten Gästen sprach sie englisch, denn das Lokal wurde hauptsächlich von Touristen besucht.

Natalia mochte Budapest. Die Stadt wurde durch die Donau in zwei Hälften getrennt, Buda und Pest. Buda war bergig und recht grün, mit den besseren und teuren Wohnlagen, Pest war flach und weit ausgestreckt mit jeder Menge Hochhäusern. Von dem Restaurant, in dem sie arbeitete, hatte man einen schönen Blick auf die Donau und die Pest-Seite, die am Uferrand von dem großen Parlamentsgebäude mit seinen vielen Türmen dominiert wurde. Sie liebte den Ausblick und genoss es, einfach nur dazusitzen und hinunterzuschauen. Das tat sie, wann immer sie einen kleinen Augenblick Muße hatte, leider war das nicht oft der Fall, der Laden brummte, und es gab praktisch den ganzen Tag zu tun. Als sie das Restaurant das erste Mal betreten hatte, um sich vorzustellen, war sie ganz eingeschüchtert gewesen – die Einrichtung und der Ausblick hatten ihr sofort den Eindruck eines noblen Restaurants vermittelt, da konnte sie als Illegale doch nicht arbeiten.

Aber der Chef hatte sie bemerkt und zu sich gewinkt – er hatte sie erwartet, und offenbar war Lyudmila eine gute Referenz, denn er hatte sie nach einigen Fragen sofort eingestellt. Auch die Tatsache, dass sie weder Visum noch Arbeitserlaubnis vorweisen konnte, hatte ihn nicht gestört. Er bezahlte sie schwarz, was offenbar auch für ihn ein Vorteil war. Sie hatte ihn neulich darauf angesprochen, ob es denn in Ungarn keine Strafen gäbe, wenn man illegal Personal beschäftigte. Csaba hatte nur gelacht und gesagt, dass ihn keiner kontrollieren würde, da er überall ausgezeichnete Kontakte habe, sowohl bei der Polizei als auch bei den Finanzbehörden. In Ungarn schien es fast wie daheim in Russland zu sein, alles lief über Kontakte. Und wahrscheinlich mit Schmiergeld, auch wenn keiner darüber sprach.

Sie wunderte sich nur, wie Lyudmila es geschafft hatte, sich in wenigen Jahren so gut in Ungarn zu etablieren. Lyudmila hatte ihr nach und nach ihre Geschichte erzählt, sie war mit einem Visum hergekommen, hatte einen Ungarn geheiratet, von dem sie allerdings inzwischen wieder geschieden war. Doch das hatte ihr eine permanente Aufenthaltserlaubnis verschafft und ihr ermöglicht, eine eigene Firma aufzuziehen. Lyudmila hatte einen exklusiven Eskortservice auf die Beine gestellt, etwas, was sehr gut mit Csabas Business harmonierte, denn Csaba besaß außer dem Restaurant in Buda auch noch ein kleines Hotel auf der Pestseite, das er zusammen mit seiner Schwester betrieb. Die Gäste in diesem Hotel waren offenbar gute Kunden von Lyudmilas Service. Natalia war noch nicht richtig dahintergekommen, ob Lyudmila selbst auch als Eskort arbeitete oder den Service nur leitete und organisierte. Es war ihr auch egal, das war allein Lyudmilas Sache, sie war so froh, dass sie von ihr so liebevoll aufgenommen worden war. Sie wusste, dass Lyudmila ein gutes Dutzend permanente Angestellte hatte, dazu kamen noch einmal so viele Mädchen, die nur sporadisch den Service anboten. Wahrscheinlich lief das meiste inoffiziell ohne Steuern. Das war doch ganz anders als in Schweden, wo alles mit hohen Steuern belegt war und streng kontrolliert wurde. Dort liefen die meisten Geschäfte bargeldlos, was den Steuerbetrug fast unmöglich machte. Natalia hatte geglaubt, dass alle EU-Länder so funktionierten wie Schweden, aber zumindest in Ungarn wurde noch sehr viel mit Bargeld bezahlt, sogar höhere Summen.

Die Straßenbahn klingelte und bremste, Natalia stand auf, sie hatte ihre Station erreicht. Das war der einzige Nachteil der Arbeit im Burgviertel, sie hatte eine längere Fahrt zu Lyudmilas Wohnung. Mit der M2, einer der beiden U-Bahnlinien, die unter der Donau hindurchführten, kam sie zwar gut nach Pest hinüber, musste dann aber bei der Endstation am Örs vezér tere *in die Straßenbahn umsteigen und noch fünf Haltestellen bis zur* Szugló utca *weiterfahren. Gehzeit inbegriffen, dauerte es eine gute Stunde. Deshalb hatte sie schon überlegt, sich ein Zimmer auf der Buda-Seite zu mieten. Aber sie wollte Geld sparen, denn sie wusste nicht, wie viele Monate sie noch würde arbeiten können, bis der Bauch zu dick war. Und wenn das Kind einmal da war, würde sie auch nicht mehr Vollzeit im Job sein können. Ihr war sowieso noch nicht klar, wie sie das alles bewältigen sollte. Aber Lyudmila hatte gesagt, das würde sich schon finden und sie würde ihr helfen. Das gab Natalia Mut.*

Sie hatte das Haus erreicht, sie nahm die paar Stufen zum Eingang und stieß die schwere Haustür auf. Jetzt noch die Treppen in den dritten Stock. Da die Wohnungen alle hohe Wände hatten, mindestens drei Meter hoch, waren es ziemlich viele Stufen. Natalia schnaufte bereits auf dem ersten Absatz und dachte zum wiederholten Mal, dass diese Treppe in einigen Monaten zum Problem werden würde, einen Fahrstuhl gab es leider nicht.

Oben angekommen, steckte sie den Schlüssel ins Schloss und drehte. Das Schloss hakte immer etwas, man musste nach links oben drücken, während man drehte. Der Korridor war etwas düster, aus der Küche hörte Natalia Stimmen. Sie hängte ihre Jacke an die Garderobe, bewunderte zum tausendsten Mal die Stuckverzierung an der Decke und ging um die Ecke.

„Priwétik *Natalia", rief Lyudmila und stürzte auf sie zu. Sie hatte eine Schürze umgebunden und einen Kochlöffel in der rechten Hand, ihr langes blondiertes Haar war zu einem Pferdeschwanz zusammengebunden. Sie umfasste Natalia mit dem linken Arm und gab ihr einen Kuss auf die Wange.*

„Hallo, Lyudmila", lachte Natalia. Dann begrüßte sie die beiden ungarischen Männer:

„Szia *Sándor,* szia *Gábor."*

Sándor war Lyudmilas Freund, mit dem sie schon fast zwei Jahre zusammen war. Er wohnte zwei Stockwerke über ihnen, direkt unter dem Dach. Gábor war sein Bruder, der mit ihm zusammen wohnte und arbeitete, sie hatten einen Online-Webshop, der manchmal gut lief und manchmal nicht. Abhängig davon, waren sie entweder oben sehr beschäftigt oder öfter hier unten zu Besuch. Im Augenblick lief es wohl nicht so gut. Natalia mochte die beiden, sie waren ehrliche Kerle, beide kräftig gebaut, mit so einigen Tattoos, Sándor etwas größer und mit struppigen Haaren, während Gábor sein Haar kurz geschoren trug. Beide lachten viel und waren immer hilfsbereit. Sie hatte Lyudmila schon mehrfach gefragt, warum sie nicht mit Sándor zusammenzog, aber Lyudmila liebte ihre Unabhängigkeit und war offenbar mit der gegenwärtigen Situation sehr zufrieden. Sándor übernachtete meistens bei ihr, und an den Wochenenden unternahmen die beiden oft etwas zusammen, wenn nicht gerade Arbeit anstand. Natalia hatte erst Bedenken gehabt, die beiden zu stören, aber die Wohnung war groß und das Gästezimmer, in dem sie schlief, lag auf der anderen Seite des Wohnzimmers, sie hatte sogar ein eigenes kleines Bad.

„Wir haben das Abendessen fast fertig, du kommst gerade richtig“, sagte Lyudmila. Es war Natalias freier Abend, den sie einmal in der Woche hatte. Deswegen war sie heute früh zu Hause, an den anderen Abenden bekam sie etwas im Restaurant zu essen.

Sie zog einen Umschlag aus ihrer Handtasche. „Hier, das soll ich dir von Csaba geben.“ Sie reichte ihn an Lyudmila. Die nickte und legte ihn auf eine Kommode, die neben der Sitzecke stand. Auch die Küche war großzügig bemessen, man hatte viel Platz zum Kochen, und um den großen Tisch passten acht Personen.

Natalia wusste nicht, was sich in dem Umschlag befand, den sie in der Regel einmal die Woche an Lyudmila übergab. Sie nahm an, dass es Geld war, aber sie war nicht sicher. Es war ihr auch egal, solange sie nicht selbst in irgendwelche kriminellen Geschäfte verwickelt wurde. Ihre Schwangerschaft hatte ihre Sicht auf die Dinge verändert. Früher war sie zu vielem bereit gewesen, Hauptsache, es brachte Geld. Aber jetzt dachte sie immer sofort an das Baby. Sie wollte eine gute Mutter sein, ja, ein Vorbild. Sie hatte genug schlimme Sachen gemacht in der Zeit mit Stanislov, aber das wollte sie hinter sich lassen, und nie wieder wollte sie sich in etwas Ähnliches verwickeln lassen.

Lyudmila wuchtete den großen Kochtopf auf den Tisch. „Heute gibt es Pörkölt *– auf Wunsch der beiden ungarischen Herren."*

Natalia setzte sich, sie spürte erst jetzt, wie hungrig sie war. Das ungarische Kesselgulasch war da genau das Richtige. Sie schaute in die Runde, alle waren fröhlich und hatten Appetit, Gábor füllte ihr auf, Sándor hatte das Brot geschnitten und reichte ihr eine dicke Scheibe. Natalia konnte es gar nicht fassen, wie gut es ihr ging. Endlich konnte sie sich entspannen und sicher fühlen – es war fast wie bei ihrer Babuschka.

25

Lars war etwas spät dran. Er kam raschen Schrittes ins Büro und öffnete die Tür zum Konferenzraum. Christina und Elin saßen schon am Tisch und begrüßten ihn mit einem „Hallo“. Christina war heute ganz in Blau gekleidet mit einem orangefarbenen Seidenschal. Sie hatte einen Termin in der Nähe des Detektivbüros gehabt, daher hatten sie sich hier zu einem Abschlusstreffen verabredet.

Lars setzte sich, sah die Unterlagen auf dem Tisch und fragte Elin: „Habt ihr schon angefangen?“

„Nein, ich wollte auf dich warten. Wir haben nur so über dies und das geredet.“

„Okay.“ Lars seufzte innerlich. Dann musste er die schlechten Nachrichten überbringen, naja, er war ja auch der Projektleiter. Er sah Christina an. „Wir haben leider nicht viel ausrichten können, Christina. Ich wünschte, wir könnten dir jetzt die Auflösung oder zumindest eine Spur zu dieser Natalia präsentieren. Aber wir sind leider nur auf Sackgassen gestoßen. Wir haben in drei verschiedene Richtungen ermittelt: zum Ersten die Bewegungen auf den Bankkonten, dann die Wohnung von Natalia hier in Stockholm und schließlich haben wir versucht sie aufzuspüren. Elin, vielleicht kannst du über den Teil mit den Konten und Natalias Telefon berichten."

Elin nickte und zog einige Papiere aus ihrem Stapel hervor.

„Ja, ich will das gleich vorneweg sagen. Zu den Überweisungen ins Ausland haben wir auch nicht mehr herausfinden können als die Polizei. Die Gelder sind auf Konten in die Schweiz und nach Luxemburg gegangen. Da haben wir noch nicht einmal eine Kontonummer identifizieren können. Wie du weißt, sind diese Überweisungen erst im Monat vor Patriks Verschwinden getätigt worden, aber er hat dazu seine gesamten Ersparnisse, und das waren fast zwei Millionen Kronen, flüssig gemacht. Er hatte das Geld vorher in verschiedenen Fonds angelegt und dort eine ganz gute Wertentwicklung gehabt. Woher hatte er eigentlich so viel Geld?"

„Das ist ganz einfach", antwortete Christina sachlich. „Er hatte eine kleine Wohnung von seiner Tante geerbt, die vor gut zehn Jahren verstorben ist und eine besondere Beziehung zu Patrik hatte. Sie hatte keine eigenen Kinder, und so bekam Patrik die Wohnung, die er dann verkauft hat. Die Wohnung war in der Nähe von Karlstad und brachte ungefähr einundeinhalb Millionen ein. Der Rest müssen Ersparnisse und Zinsen sein."

„Aha, das erklärt es." Elin fuhr fort: „Interessant ist, dass Patrik bereits Anfang des Jahres angefangen hat, regelmäßig Bargeld abzuheben, das hat er im Jahr vorher nicht getan. Zu jedem Monatsende achttausend

Kronen. Das konnte er von seinem Monatsgehalt offenbar nicht decken, deshalb hat er im März das erste Mal etwas von seinen Fonds verkauft, aber nicht viel, lediglich fünfzigtausend Kronen. Das war aber genug, um die Bargeldabhebungen bis Juni auszugleichen. Wir glauben auch zu wissen, was mit dem Geld passiert ist. Patrik hat seit Februar ein kleines Einzimmerappartement in Solna gemietet, das im Monat sechstausend Kronen kostete. Wir gehen davon aus, dass er die Wohnung für Natalia gemietet hat."

„Seit Februar schon?" Christina schüttelte bestürzt den Kopf. „Wie habt ihr diese Wohnung denn gefunden?"

„Über die Triangulationsdaten von seinem zweiten Handy. Er war drei- bis viermal die Woche dort im Jungfrudansen, sodass wir das Haus ganz gut eingrenzen konnten. Es ist ein riesiges Wohnhaus mit hundertern von Parteien. Aber die Wohnungsverwaltung war sehr kooperativ und hat uns geholfen, die Wohnung ausfindig zu machen. Sie wurde zu Ende Juni von Patrik gekündigt. Wir haben noch mit einigen Leuten aus dem Wohnblock gesprochen, aber keiner konnte sich an Patrik erinnern. Einige wussten zwar von einer blonden Frau, die sie mal am Fahrstuhl getroffen hatten. Aber niemand schien Kontakt mit ihr gehabt zu haben."

„Heißt das, er hat diese Frau im Januar kennengelernt und ihr dann gleich eine Wohnung gemietet?"

„Nein, wir glauben, dass sie sich bereits im letzten Jahr getroffen haben. Wahrscheinlich steht die 15 im Passwort „Natalia15“ für das Jahr 2015. In jedem Fall hat Natalia ihre Telefonnummer, die sie auch noch in Norrland benutzt hat, schon seit November letzten Jahres. Und zum selben Zeitpunkt hat Patrik sein Zweithandy erworben, sogar am selben Tag. Deshalb gehen wir davon aus, dass er beide Telefone und SIM-Karten gekauft hat. Unsere Theorie ist, dass die beiden sich im Herbst letzten Jahres erstmals getroffen haben, Patrik sich verliebt hat und dann zuerst eine geheime Kommunikation ermöglicht hat, um schließlich einen geheimen Ort zu arrangieren, nämlich die Wohnung in Solna. Tut mir sehr leid, Christina, aber das sind die Fakten.“

Christina schaute sie traurig, doch gefasst an. „Ja, ich verstehe.“

Lars tat sie wirklich leid, aber er wusste auch nicht, wie er es für sie erträglicher machen konnte. Er konnte sich gut vorstellen, was ihr jetzt durch den Kopf ging. Wie hatte sie von alledem nichts bemerken können? Er versuchte, das Gespräch in eine andere Richtung zu bringen.

„Es ist uns dann gelungen, Natalias Spur nach Göteborg zu verfolgen. Sie hat zwar nach ihrem Aufenthalt ihre SIM-Karte gewechselt, aber nicht ihr Telefon. Darüber konnten wir dann eine Ortung vornehmen. Natalia hatte sich nach Göteborg abgesetzt.“

„Vorher war sie noch fünf Wochen in Jönköping", unterbrach Elin. „Da hat sie dann wieder die SIM-Karte getauscht, bevor sie nach Göteborg weiter ist."

„Ja, richtig, danke, Elin, das hatte ich schon vergessen. In jedem Fall hatten wir gehofft, Natalia dort anzutreffen und waren daher letzte Woche in Göteborg. Wir haben das Haus und dann auch das Zimmer ausfindig gemacht, wo Natalia wohnte, aber wir haben sie um einen Tag verpasst. Sie war am Abend vorher ausgezogen und offenbar aus Göteborg abgereist. Zumindest führt die letzte Spur zum Bahnhof in Göteborg." Lars erzählte von der Geschichte der Vermieterin und Natalias Telefon.

„Wir haben das Telefon sorgfältig analysiert, aber da war nichts mehr zu holen", fügte Elin hinzu. „Alle Daten waren gelöscht. Damit haben wir keine Chance, ihre Spur auf diesem Wege wieder aufzunehmen."

„Gibt es irgendeinen anderen Weg?", fragte Christina.

Lars machte ein skeptisches Gesicht. „Ich fürchte, nein. Wir haben durch einen Anruf bei der Vermieterin noch ihren Nachnamen herausbekommen. Sie heißt Natalia Serimanov, vorausgesetzt das ist ihr richtiger Name und kommt aus Russland." Lars hatte sich bei der Vermieterin als Mitarbeiter vom Finanzamt ausgegeben und sich nach den Einkünften aus der Vermietung erkundigt. Dabei hatte er ganz beiläufig nach Namen und Herkunft der Mieterin gefragt. Das war ein Trick, der oft gut klappte - die Leute hatten Respekt vor dem Finanzamt. „Wir haben natürlich nach diesem Namen im Internet gesucht, auch bei Facebook, aber das hat nichts Brauchbares ergeben. Wenn diese Natalia nicht irgendwo mal erwähnt wird oder von sich aus auftaucht, haben wir, fürchte ich, keine Chance, sie aufzuspüren."

„Ich glaube, sie hat Schweden verlassen", warf Elin ein. „Der Vermieterin hat sie gesagt, dass jemand aus ihrer Vergangenheit aufgetaucht sei. Sie habe sehr verängstigt gewirkt, meinte die Vermieterin. Natalia ist Russin, wahrscheinlich ist sie wieder nach Russland zurück."

„Gut möglich", sagte Lars. „Das macht es noch unwahrscheinlicher, dass wir sie finden." Er breitete die Hände aus. „Wie gesagt, wir hätten dir gerne mitgeteilt, dass wir zumindest eine Spur haben, aber so ist es nicht. Alles endet in einer Sackgasse, und nach sorgfältiger Abwägung aller Fakten empfehlen wir dir, die Arbeit an dem Fall zu beenden. Wir wollen unseren Klienten für ihr Geld ja einen Nutzen bringen, und den sehen wir nicht bei weiterführenden Nachforschungen. Ganz davon abgesehen, dass ich kaum wüsste, wo wir noch ansetzen sollen. Wir hatten ja auch am Anfang deutlich gesagt, dass wir in diesem Fall keine Ergebnisse garantieren können. Trotzdem hatte ich persönlich auch geglaubt, dass wir mehr ausrichten könnten, aber so war es nicht. Sorry."

Christina lehnte sich zurück und seufzte. „Ja, ich hatte mir auch Hoffnungen gemacht. Sonst hätte ich euch ja auch nicht wieder engagiert. Danke trotzdem für eure Arbeit. Ich bin beeindruckt, wie ihr an all diese

Fakten gekommen seid. Einen solchen Einsatz hätte ich mir von der Polizei gewünscht, aber die haben wohl Wichtigeres zu tun. Egal, so habe ich zumindest ein Bild von dem, was bei Patrik passiert ist. Auch wenn mir das Bild nicht gefällt. Ja, ich werde mich wohl damit abfinden müssen, dass ich nie alles wissen werde und dass diese Natalia uns entwischt ist." Sie wirkte gefasst.

„Ich bin auch ziemlich frustriert, dass wir nicht weitergekommen sind." Elin konnte sich offenbar ihren Kommentar nicht verkneifen. Lars wusste, dass dieser Misserfolg sie wurmte. „Und wir waren so nah dran. Wären wir einen Tag früher nach Göteborg gekommen, hätten wir sie erwischt."

„Ja, es hat wohl nicht sollen sein." Christina zuckte resigniert die Achseln. Sie stand auf. Lars schien es, als ob sie abgenommen hätte, das Kostüm hing etwas zu locker um die Hüften. War das der Kummer, der ihr zu schaffen machte?

Sie schüttelten sich die Hände, und Christina verließ das Büro.

„Was machen wir jetzt?", fragte Elin missmutig.

„Wir machen uns an den nächsten Fall, Elin", antwortete Lars. „Du weißt schon, diese Untersuchung der zwei Mitarbeiter von Eriksson. Nimm's nicht so schwer, nicht jeder Fall kann zu einem zufriedenstellenden Ende geführt werden. Eigentlich finde ich, dass wir ganz schön weit gekommen sind. Und du hast einen entscheidenden Teil dazu beigetragen."

Elin schob ihren Papierstapel zusammen und sah ihn skeptisch an. „So wie bei dem Marathonläufer, der nach fünfzehn Kilometer abbricht und wo der Trainer sagt: ‚Super bis hierhin, deine Zeit war ganz prima‘?“

Lars musste lachen. „Komm, Elin, das lag doch nicht an unserer Ausdauer oder unserem Einsatz. Es gab einfach nicht genug Substanz, um diesen Fall weiter aufzurollen.“

Elin schüttelte den Kopf. „Ich weiß nicht. Irgendwie habe ich das Gefühl, dass wir doch etwas übersehen haben. Wenn ich nur wüsste, was.“

„Das hast du schon letzte Woche gesagt, ich habe dir drei Tage zugestanden, etwas zu finden. Da ist nichts, glaub's mir!“

„Ich weiß nicht.“

„Auf jeden Fall ist die Sache jetzt abgeschlossen. Elin, ich bitte dich, lass die Geschichte jetzt ruhen. Wir werden nicht länger bezahlt, da arbeiten wir auch nicht mehr daran. Das verstehst du doch?“

Elin verschwand durch die Türöffnung aus dem Raum. „Ja, ja“ war das Letzte, was Lars hörte. Er verstand ihren Frust, aber er konnte ihr auch nicht helfen. Außerdem hatte er ganz andere Probleme. Das hier war sein kleinstes. Lisa hatte sich nicht beruhigt, statt sich zu versöhnen, hatten sie am Wochenende wieder einen Streit gehabt. Lisa schien ihn zwingen zu wollen, seinen Job hinzuschmeißen, ansonsten drohte sie mit der Scheidung. Lars konnte das nicht begreifen, wieso steigerte sie sich so in die Sache hinein? Abgesehen davon, dass ihm sein Job Spaß machte, was sollte er denn sonst tun? Wachdienst bei der Gebäudebewachung? Das wäre schrecklich langweilig, außerdem oft mit Nachtdienst verbunden, nein, da würde er durchdrehen. Aber die Scheidung wollte er auch nicht. Es musste sich doch irgendein Kompromiss finden lassen. Er brauchte jemanden, mit dem er darüber reden konnte, und hatte schon daran gedacht, mit Elin mal ein Bier trinken zu gehen. Aber sie war vielleicht zu jung, um ihm einen Rat zu geben, außerdem schien sie im Augenblick durch den Ausgang des Falles eh zu frustriert für solch ein Gespräch. Er hatte natürlich ein paar Kumpels, aber die kannten auch Lisa, und er hatte Bedenken, ob sie dicht hielten. Er wollte auf keinen Fall, dass seine und Lisas Beziehung zum Gesprächsthema in ihrem Bekanntenkreis wurde. Vielleicht sollte er Martin mal anrufen? Sie hatten sich immer gut verstanden, und Lars hatte ihm ein paar Tipps gegeben, als Martin an Liv interessiert war. Lars glaubte, dass Martin bestimmt gut zuhören würde und ihm vielleicht sogar einen brauchbaren Rat geben könnte. Und da er in Berlin wohnte, war das Risiko, dass das Thema hierherschwappte, auch geringfügig. Ja, das war eine gute Idee. Er würde es etwas später mal probieren. Am besten, bevor Martin aus seiner Kanzlei nach Hause fuhr.

26

Der Schlüssel drehte sich im Schloss, Maja kam nach Hause. Elin schaute auf die Uhr, es war kurz vor halb neun.

„Hallo, Maja."

Es kam ein leises *„Hej"* zurück. Elin stand auf und ging in den Korridor. Maja stand an der Garderobe und zog sich die langen, schwarzen Stiefel aus. Elin wusste immer noch nicht, was eigentlich los war. Maja verhielt sich in jedem Fall nicht wie immer. Zwar gab es Zeiten, in denen alles fast normal war, zum Beispiel als sie neulich Abend aus Göteborg zurückgekommen war. Da hatten sie eine Flasche Wein geköpft und zusammen leer gemacht. Elin hatte von ihrem Tag erzählt, und Maja hatte sich für alles interessiert und danach mit ihr über den Fall mit Natalia ausgiebig diskutiert. Sie waren schließlich ins Bett gegangen, und auch wenn sie keinen Sex hatten, so waren sie doch Arm in Arm eingeschlafen.

Aber jetzt wirkte Maja wieder sehr abweisend. So ging das die ganze Zeit, einmal fröhlich wie immer und dann wieder so zurückhaltend wie jetzt.

Elin ging auf Maja zu und umarmte sie. Die erwiderte nach kurzem Zögern die Umarmung und gab ihr sogar einen Kuss. Aber ihr Gesicht war nicht fröhlich.

„Stress gehabt?“

Maja sah beiseite. „Nein, alles gut.“

Sie wandte sich ab und ging ins Bad. Die Tür schloss sich hinter ihr.

So lief es in letzter Zeit immer, wenn Elin nachfragte. Alles war gut, aber sie spürte genau, dass etwas nicht stimmte. Sie hatte Maja gefragt, ob sie noch sauer auf ihre Mutter sei, aber das hatte Maja abgestritten.

Elin ging zurück ins Wohnzimmer, dort stand schon das Abendessen, das sie vorbereitet hatte. Vegetarische Lasagne mit Paprikasalat. Einen Rotwein hatte sie auch geöffnet, Elin hoffte, Maja würde sich verführen lassen. Sie setzte sich und wartete. Heute würde sie nicht locker lassen, sie wollte der Sache jetzt auf den Grund gehen. Irgendein Problem gab es, und sie wollte wissen, was es war. Falls es etwas mit ihr selbst zu tun hatte, war es extrem wichtig, dass sie verstand, was es war – nur dann könnte sie etwas ändern. Wenn nicht – prima, dann wollte sie verstehen, ob und wie sie Maja helfen könnte, darüber zu reden war ja oft der erste Schritt, damit es einem besser ging. Das war im Übrigen der Teil, der ihr Sorgen machte. Normalerweise redeten sie über alles, und es war ihr unbegreiflich, warum Maja diesmal damit hinter dem Berg hielt. Das sprach dafür, dass es doch mit ihr, Elin, zu tun hatte, und das beunruhigte sie.

Endlich kam Maja herein. Ihr Gesicht hellte sich auf.

„Oh, du hast Essen gemacht. Toll, das riecht ja lecker."

„Ja, habe extra auf dich gewartet, obwohl mir inzwischen der Magen hängt."

Maja hatte jeden Abend Kurse, sodass sie an den meisten Tagen erst um diese Zeit nach Hause kam. Normalerweise aß Elin früher, weil sie oft einfach zu hungrig war, um noch zu warten.

„Trinkst du ein Glas Wein mit?"

Maja nahm sich gerade von dem Salat. Sie sah auf, hob eine Augenbraue und sagte: „Naja, warum nicht. Ein Glas kann nicht schaden. Passt ja auch gut zur Lasagne."

Elin schenkte ihnen beiden ein, und dann griff auch sie bei ihrem Essen zu. Sie hatte sich vorgenommen, nicht gleich mit ihren Fragen herauszuplatzen, wie es eigentlich ihre Art war, sondern Maja erst einmal ankommen zu lassen. Sie wollte eine entspannte Atmosphäre schaffen, aus der heraus sie dann ein ernstes und aufrichtiges Gespräch würden führen können.

Sie ließ Maja von ihren Kursen erzählen, es gab fast immer lustige Anekdoten darüber, wie ihre Schüler sich anstellten. Da machte sie auch heute keine Ausnahme. Eine ihrer fortgeschrittenen Kursteilnehmerinnen, die sich auf ihr Können eine Menge einbildete, hatte beim Judo versucht, Maja auf die Matte zu legen, und sich dabei schrecklich verschätzt: Ohne dass Maja etwas hätte tun müssen, lag das Mädchen plötzlich selbst auf der Matte und verstand die Welt nicht mehr. Maja hatte ziemlich an sich halten müssen, um nicht vor Lachen zu platzen. Das hatten nämlich die anderen Teilnehmer schon zur Genüge getan.

Als sie mit der Lasagne fertig waren, stellte Elin noch Knäckebrot und Käse auf den Tisch, Maja ließ sich zu einem zweiten Glas Wein überreden, und Elin hielt jetzt den richtigen Zeitpunkt für gekommen, das fällige Gespräch mit Maja zu führen. Es war ihr schon schwer genug gefallen, solange zu warten, und inzwischen war sie ziemlich nervös.

Elin sah Maja an. „Sage mal, Liebling, was ist eigentlich los? Ich merke doch, dass dir irgendetwas auf der Seele liegt."

Maja starrte in ihr Weinglas. „Wieso? Nein, alles gut."

Sie wollte aufstehen, aber Elin legte ihre Hand auf Majas Arm und hielt sie so auf ihrem Stuhl fest.

„Das glaube ich dir nicht. Ich bin doch nicht blöd, ich merke seit Wochen, dass etwas nicht stimmt. Erst dachte ich, das ist wegen dem verunglückten Abend mit meinen Eltern, aber du hast mehrfach gesagt, dass du das abgehakt hast. Also was sonst? Hat es mit mir zu tun? Oder hast du dich in jemand anderen verguckt?"

Maja zuckte zusammen, als wenn sie etwas gestochen hätte. „Nein, nein. Oh, Elin, das tut mir leid.

Ich wollte nicht, dass du so etwas denkst. Bitte, es hat überhaupt nichts mit dir zu tun."

Elin war erleichtert, also nicht so schlimm, wie sie befürchtet hatte. Maja stand auf und nahm sie in den Arm, sie drückte sie fest an sich.

„Wirklich, das war nicht meine Absicht. Ich hatte gedacht, ich kann mich zusammenreißen, sodass es dir nicht auffällt."

„Du hast wohl vergessen, dass deine Freundin Detektivin ist? Natürlich ist es mir aufgefallen."

Elin stemmte Maja ein Stück von sich weg, um ihr ins Gesicht zu sehen.

„Aber, Maja, worum geht es denn? Du kannst mir doch alles erzählen."

Maja nickte, sie schluckte. Es schien ihr schwerzufallen, darüber zu reden. Was konnte denn sein? Alle möglichen Gedanken schossen Elin durch den Kopf. Sie wusste, dass Maja vor ein paar Wochen zu der regelmäßigen Kontrolluntersuchung beim Gynäkologen gewesen war, sie hatte nicht mehr danach gefragt, sondern vorausgesetzt, dass wie immer alles in Ordnung war, Maja war ja erst Anfang Dreißig. War da etwa doch etwas festgestellt worden? Es lief ihr kalt den Rücken herunter.

„Bist du krank? Ist es das?"

Maja schüttelte den Kopf. „Nein, ich bin fit. Wie kommst du denn darauf?"

„Ja, verdammt noch mal, du sagst mir ja nichts. Ich bin halt am Raten." Langsam fand Elin, dass Maja es übertrieb. Warum rückte sie nicht endlich damit heraus?

Maja schluckte erneut, schließlich brachte sie hervor: „Es hat mit meiner Arbeit zu tun."

Das war es. Aber das konnte doch wohl nicht so schlimm sein? Für so etwas ließen sich doch Lösungen finden, warum machte sie so einen Aufstand deswegen?

„Los, jetzt setzen wir uns wieder hin, du trinkst noch einen kräftigen Schluck Wein, und dann erzählst du mir alles der Reihe nach. Ich will jede Kleinigkeit wissen. Schließlich liebe ich dich."

Maja ließ die Schultern sacken, aber sie nickte und setzte sich. Nachdem sie brav einen Schluck Wein getrunken hatte, begann sie endlich zu erzählen:

„Ich fürchte, ich kann nicht in meinem Studio bleiben. Ich habe mich mit der Chefin angelegt, und sie hat mir ein Ultimatum gestellt. Ich habe aber bisher nichts anderes gefunden, und ich will auch nicht zu weit weg umziehen, da ich dann alle meine Kunden verliere. Ich weiß nicht, was ich machen soll."

Elin verstand immer noch nicht, warum Maja das vor ihr geheim gehalten hatte, aber diese Frage wollte sie sich für später aufheben. Erst einmal wollte sie die ganze Geschichte hören.

„Verstehe. Was ist denn zwischen euch passiert?"

„Es war mein Fehler. Ich habe sie beleidigt."

Nachdem Maja nun angefangen hatte, darüber zu reden, sprudelte es nur so aus ihr heraus, Elin musste sich anstrengen, um nicht den Faden zu verlieren.

Angefangen hatte es offenbar mit kleinen Frotzeleien zwischen Maja und Brigitta, der Besitzerin des Studios. Erst hatte Maja das mehr im Spaß betrieben, aber bald war immer mehr Ernst im Spiel, und man konnte über die Bemerkungen nicht mehr lachen. So hatte Brigitta zum Beispiel Maja eine Mitschuld an der Überschwemmung im Studio gegeben, weil sie das Tropfen des Heizungselementes nicht schon während ihrer Trainingsstunde bemerkt hatte. Sie hatte allen Ernstes gefordert, dass Maja die Hälfte der Selbstbeteiligung übernahm, die von der Versicherung nicht ersetzt wurde. Da war Maja dann der Kragen geplatzt, und sie hatte Brigitta eine „klimakterische Zimtzicke" genannt. Dabei hatte wohl insbesondere der erste Teil dieser Beschimpfung Anlass zur Eskalation gegeben, denn Brigitta war mit fast fünfzig in einem Alter, wo das Klimakterium durchaus eingesetzt haben konnte, doch Brigitta versuchte mit allen Mitteln, einen gegenteiligen Eindruck zu erwecken. Wie auch immer, Brigitta hatte mit „Lesben-Schlampe" gekontert, und danach waren beide mit Wut im Bauch ihrer Wege gegangen. Da die Auseinandersetzung im Beisein mehrerer Kollegen stattgefunden hatte, war es schwer, so zu tun, als wenn nichts passiert wäre. Maja hatte einen Versuch unternommen, sich zu entschuldigen, denn es war ihr bewusst, dass sie mit den Beleidigungen angefangen hatte, aber Brigitta hatte ihr die kalte Schulter gezeigt. Schließlich hatte die Chefin ihr zu verstehen gegeben, dass der November Majas letzter Monat im Studio wäre.

Seitdem hatte Maja sich in anderen Studios umgesehen, aber entweder war keine Stelle frei, oder die Ausrichtung hatte nicht zu ihr gepasst, oder es war zu weit weg. Nun bekam sie langsam Panik, da nicht mehr viel Zeit war, etwas Neues zu finden.

„Was sagen denn deine Kollegen dazu?“, fragte Elin.

„Hinter vorgehaltener Hand geben sie mir recht, aber keiner traut sich, mir beizustehen, weil sie Angst haben, dann auch gehen zu müssen.“ Maja sah sie verzweifelt an.

„Aber Maja, es ist doch nicht schlimm, wenn du ein paar Monate aussetzt. Auf Sicht wird sich mit Sicherheit etwas Neues auftun.“

„Ich brauche doch das Geld. Du weißt, ich habe gerade meine Ersparnisse aufgebraucht, um den restlichen Kredit auf die Wohnung abzubezahlen.“

„Ja, ich weiß, aber wir können doch eine Weile von meinem Geld leben, ich verdiene immerhin jetzt endlich ganz vernünftig.“

„Ich will dir aber nicht auf der Tasche liegen.“

„Jetzt hör aber auf. Wenn du dich damit besser fühlst, kannst du es ja hinterher wieder ausgleichen. Aber wir sind doch Lebenspartner, oder nicht? Fast so gut wie verheiratet.“

Maja nickte.

„Da kann ich doch wohl in einer solchen Notsituation für dich einspringen. Mir kann so etwas schließlich auch passieren, denke nur mal an die Situation im Sommer. Tobias hätte mich fast rausgeschmissen, es war mein Glück, dass Lars mir zur Seite gestanden ist, sonst wäre ich schon im Juni in deiner Situation gewesen. Da hättest du mich doch auch nicht hängen gelassen."

„Ja, stimmt", sagte Maja kleinlaut.

„Also, das kriegen wir schon wieder hin. Wenn alle Stricke reißen, kannst du ja ein eigenes Studio aufziehen."

„Dazu brauche ich auch Geld." Maja blickte sie beinahe trotzig an.

„Und? Ein bisschen habe ich, deine Eltern geben dir bestimmt auch was, und zu guter Letzt gibt es noch Banken, die unbedingt Zinsen bekommen wollen."

„Ja, vielleicht. Aber ich glaube, ich suche erst einmal weiter. Vielleicht finde ich ja doch noch etwas."

„Das hört sich schon besser an." Elin holte tief Luft. Das konnte sie ihr nun nicht ersparen, sie musste es fragen: „Aber ehrlich, Maja, warum wolltest du denn nicht mit mir darüber reden? Ich hätte dir doch schon viel früher helfen können. Nach Studios Ausschau halten und mich mal umhören. Stattdessen brütest du vor dich hin und verbreitest Unruhe, weil ich nicht weiß, was los ist. Warum hast du nichts gesagt?"

„Ja, ich glaube auch, das war falsch. Aber du hattest schon so viel anderes zu verarbeiten: der schlimme Fall im Sommer mit den Pädophilen, dann deine Betreuung von Ebba, die auch eine psychische Belastung ist, und dann ist auch noch das

Gerichtsurteil hinter deinen Erwartungen zurückgeblieben; dazu noch der neue Auftrag mit diesem Patrik, der dich erst so in Anspruch genommen hat, aber dann in einer Menge Frust endete, und schließlich die Geschichte mit deiner Mutter, die dich ganz schön getroffen hat und die irgendwie auch meine Schuld ist. Wenn ich dich nicht zu diesem Outing gedrängt hätte, gäbe es dieses Problem gar nicht. Ja, und da fand ich, dass ich dir nicht auch noch mit meinem selbst verschuldeten Scheiß kommen konnte."

Elin starrte sie an. Ja, sie gab zu, diese Aufzählung war nicht übertrieben, all diese Dinge lagen ihr auf der Seele. Sie sprach oft mit Maja darüber, die immer zuhörte und Verständnis zeigte und versuchte, sie wieder aufzubauen. Verdammt, war sie so sehr mit ihren eigenen Themen beschäftigt gewesen, dass sie erst nichts von Majas Problemen bemerkt hatte, und Maja sich danach nicht getraut hatte, sie noch mehr zu beschweren? Elin senkte den Kopf. Mist, sie hatte hier auch einen Bock geschossen.

„Es tut mir leid. Ich wollte wirklich nicht den Eindruck erwecken, dass ich mich nur um meine eigenen Probleme kümmern kann."

„Elin, du kannst doch nichts dafür, keines deiner Probleme ist deine Schuld. Es kam einfach ein bisschen viel zusammen. Deshalb wollte ich dich erst mit diesem Kram verschonen, und als der Konflikt dann immer schlimmer wurde, hatte ich den richtigen Zeitpunkt verpasst und auch schon ein schlechtes

Gewissen, dass ich es dir verschwiegen hatte. Kannst du das verstehen? Ich hatte gehofft, schnell ein neues Studio zu finden, und dann hätte ich dir zusammen mit meiner blöden Geschichte auch gleich eine Lösung präsentiert. Dann wäre es keine zusätzliche Belastung für dich geworden. Ich habe es gut gemeint, aber mein Plan ist total schiefgelaufen. Jetzt bist du auch noch sauer auf mich."

„Nein, bin ich nicht. Ich bin sauer auf mich selbst. Ich will doch, dass es dir auch gut geht. Und du hilfst mir immer bei meinen Problemen. Da will ich schon, dass du das Gefühl hast, jederzeit zu mir kommen zu können – egal, was gerade bei mir am Laufen ist. Ich will nicht geschont werden, ich bin schließlich deine Freundin und nicht deine kleine Schwester."

„Oh, du bist so süß. Ich liebe es, wenn du so zornig dreinschaust."

Maja stand auf und fiel ihr um den Hals. Sie küssten sich und drückten sich. Elin fühlte sich wie befreit, Maja war nicht sauer auf sie, und ihr Problem würde sich lösen lassen. Außerdem war sie überzeugt, dass diese Aussprache ihnen gutgetan hatte. Elin würde in Zukunft sensibler auf Maja achten, um nicht wieder Signale zu verpassen, wenn bei ihr ein Problem auftauchte. Das sollte ihr nicht noch einmal passieren, dass Maja sich nicht traute, mit ihr über ihre Sorgen zu sprechen.

Aber jetzt würde sie erst einmal ihre Versöhnung genießen. Maja streichelte sie gerade an einer Stelle, die ganz andere Gefühle bei ihr hervorrief. Sie hatte den Eindruck, dass sie beide sehr schnell Richtung Schlafzimmer verschwinden müssten, und das nicht, um zu schlafen.

27

Sie sprang aus der Straßenbahn. Wieder ein Arbeitstag vorbei. Es war dunkle Nacht, aber hier auf der Nagy Lajos király útja war alles hell erleuchtet, hier gab es viele Geschäfte. Das änderte sich, wenn sie durch die Seitenstraßen lief, aber sie hatte sich nur am Anfang gefürchtet, inzwischen fühlte sie sich sicher.

Natalia hatte sich richtig gut eingelebt, sie hatte inzwischen sogar ein bisschen Ungarisch gelernt, auch wenn diese Sprache wirklich schwer war. Es ging ihr so gut wie noch nie, seit ihre Babuschka gestorben war. Ihr Bauch war jetzt deutlich zu sehen, aber er störte sie noch nicht. Und Lyudmila hatte schon angefangen, für die Endphase ihrer Schwangerschaft und für die erste Zeit mit dem Baby Pläne zu schmieden. Es schien fast, als wenn Lyudmila sich auch auf das Kind freute. Natalia dachte oft an Patrik und verdammte sich immer wieder dafür, dass sie nicht mehr Rückgrat bewiesen hatte und mit Patrik durchgebrannt war. Sie vermisste ihn. Aber sie musste diese Gedanken hinter sich lassen und nach vorne blicken. Sie würde das, was sie Patrik angetan hatte, versuchen an dem Kind – ihrem gemeinsamen Kind – wiedergutzumachen. Dafür war sie bereit, alles zu geben.

Sie hatte das Haus erreicht und war auf der Treppe. Auf dem Absatz des zweiten Stocks blieb sie kurz stehen, um zu verschnaufen. Sie hörte laute Stimmen, das schien von oben zu kommen. Sie blickte hoch zur Wohnung. Hatte Lyudmila Streit mit Sándor? Sollte sie lieber etwas warten? Sie ging die letzten Stufen bis zum dritten Stock hinauf und horchte an der Tür. Das war Russisch. Nein, noch schlimmer, das hörte sich an wie Stanislov. Sie erstarrte. Hatte er sie doch aufgespürt? Ihr erster Impuls war, umzukehren und das Haus so schnell wie möglich wieder zu verlassen. Aber dann hörte sie, wie es klatschte und Lyudmila aufschrie. Nein, sie konnte Lyudmila nicht im Stich lassen. Aber sie selbst konnte gegen Stanislov nichts ausrichten. Sie musste Hilfe holen, sie konnte nur hoffen, dass Sándor und Gábor zu Hause waren. Sie stieg die Stufen zum fünften Stock hinauf, so leise und so rasch sie konnte. In der Wohnung war Licht, wie man durch die Milchglasscheibe der Tür sehen konnte – das war ein gutes Zeichen. Sie drückte auf den Knopf und klingelte Sturm. Sie hörte Schritte, sie atmete erleichtert aus. Es war Gábor, der die Tür aufriss.

*„*Szia *Natalia. Was ist denn los?“ Er starrte sie verwundert an.*

„Ich … ich … ist Sándor da? Ihr müsst Lyudmila helfen“, brachte sie heraus, sie konnte kaum sprechen vor Aufregung und der Anstrengung vom Treppensteigen.

„Wieso? Was ist denn mit ihr?“

„Schnell, schnell. Mein russischer Ex-Freund ist unten und schlägt sie.“

„Was? Das kann doch nicht …“ Gábor drehte sich um und rief in die Wohnung. „Sándor!“

Sándor guckte aus einer der Türen heraus. Gábor rief ihm etwas auf Ungarisch zu. Daraufhin stürzte er zur Tür.

Natalia sah, wie die beiden die Treppe hinunter wollten. „Er ist gefährlich."

Sándor hielt inne und drehte sich zu ihr um. „Ist er bewaffnet?"

„Ich weiß es nicht, ich war nicht in der Wohnung, ich habe nur seine Stimme erkannt."

Sándor rannte zurück in die Wohnung und kam nach einem kurzen Augenblick wieder. Er hatte zwei Baseballschläger in der Hand, einen davon gab er Gábor. Dann rannten sie die Treppe herunter. Natalia setzte sich auf die oberste Stufe. Sie traute sich nicht hinterher, sie schlug die Hände vor das Gesicht und lauschte, was da unten passierte. Der Schlüssel drehte sich im Schloss, die Tür wurde geöffnet, sie hörte laute Stimmen. Dann war es plötzlich still. Was ging dort vor? Jetzt bewegten sich mehrere Personen im Treppenhaus.

„You never come back!", *hörte sie Sándor schreien. Jemand lief die Treppe hinab. Hatten sie Stanislov vertrieben? Jetzt kam jemand die Treppe hinauf, sie starrte wie gelähmt auf den Treppenabsatz und hielt die Luft an. Es war Gábor, er hatte den Baseballschläger noch in der Hand. Sie stieß erleichtert den Atem aus.*

„Komm!", sagte er und winkte sie herunter.

Sie stand auf. „Ist er weg?"

Gábor nickte und ging weiter nach unten. Natalia folgte zögernd. Langsam ging sie die Treppe herunter, Gábor wartete an Lyudmilas Tür und schaute sie an.

„Was ist passiert?", fragte sie.

„Komm rein." Er wies zur Tür. Sie ging hindurch, dann den Korridor entlang bis zum Wohnzimmer, aus dem sie Stimmen hörte. Lyudmila saß auf der Couch, Sándor hatte den Arm um sie gelegt, sein Baseballschläger lag auf dem Boden. Lyudmila weinte, ihre Wangen hatten rote Striemen. Natalia stürzte zu ihr.

„Was hat er dir getan? Es tut mir so leid, es ist alles meine Schuld."

Lyudmila sah sie aus feuchten Augen an, ihr Mascara war über das ganze Gesicht verschmiert. „Dieses Arschloch hat mich geschlagen. Aber ich habe nichts gesagt."

„Was wollte er?", fragte Natalia, obwohl sie sich die Antwort denken konnte.

„Er wollte wissen, wo du bist."

Natalia schüttelte den Kopf. „Ich verstehe nicht, wie er mich finden konnte. Ich habe sowohl die SIM-Karte als auch mein Handy gewechselt."

„Er hat dein Facebook-Konto gehackt."

„Oh, nein." Natalia konnte es nicht glauben. „Hat er das gesagt?"

Lyudmila nickte. „Ja."

Natalia ließ sich in einen Sessel fallen. Sie hatte ihr Facebook-Konto doch extra nicht unter ihrem Namen laufen. „Babuschkas Liebling" hatte sie sich genannt. Das musste Stanislov in der Zeit, in der sie zusammengelebt hatten, herausgefunden haben.

„Ich werde es sofort löschen."

„Das hilft jetzt auch nichts mehr. Er war ja schon hier", sagte Sándor.

Natalia verzog das Gesicht. „Es tut mir leid. Wirklich."

„Das wissen wir“, sagte Lyudmila souverän. „Du bist bestimmt die Letzte, die ihn hier haben wollte.“

„Aber wir müssen überlegen, was wir jetzt tun“, fügte Sándor hinzu.

Natalia nickte. „Ich werde woandershin gehen.“ Schon wieder auf der Flucht, und sie hatte sich so sicher gefühlt.

„Nein, wir finden eine Lösung“, rief Lyudmila bestimmt.

Sándor schaute skeptisch drein. „Lass es uns besprechen. Wir können nicht riskieren, dass so etwas noch einmal passiert. Das nächste Mal kommt er vielleicht mit Verstärkung und fasst dich um einiges härter an.“

„Ich kann auf keinen Fall hier bleiben.“ Natalia war es bitterernst. „Entweder findet er mich, oder er geht noch mal auf dich los. Das können wir nicht riskieren. Ihr wisst nicht, wie er ist. Er ist zu allem fähig.“

Lyudmila stand auf. „Ich gehe jetzt erst einmal ins Bad, die Schäden begutachten und, soweit es geht, zu restaurieren ...“

Natalia sah ihr nach, Lyudmila war nicht kleinzukriegen. Sie legte die Hand auf die leichte Rundung in ihrer Mitte. Nicht auszudenken, was hätte passieren können, wenn Stanislov sie in die Finger gekriegt hätte. War sie denn nirgends vor ihm sicher? Er machte ihr schon wieder alles kaputt.

DEZEMBER 2016

28

Lars saß in seinem Volvo und beobachtete das gegenüberliegende Gebäude, genauer gesagt die Eingangstür. Dies war wieder eine von diesen langweiligen Überwachungen, bei denen wenig bis gar nichts passierte. Und wahrscheinlich auch nichts dabei herauskam. Die Firma, die den Auftrag vergeben hatte, verdächtigte eine Mitarbeiterin, ihre Arbeitszeit für private Zwecke zu nutzen – das war zumindest die offizielle Version. Lars nahm an, dass sie die Dame loswerden wollten, und nun einen Grund für die Kündigung suchten.

Er saß hier seit dem Arbeitsbeginn um neun Uhr und in den darauf folgenden zwei Stunden war nichts passiert. Aber das konnte sich jetzt zur Mittagszeit ändern. Vielleicht machte die Dame einen Ausflug, der die Mittagspause zu stark in die Länge zog, und damit hätte die Firma dann einen ersten Anklagepunkt.

Die Zeit des Wartens hatte ihm Gelegenheit gegeben, über sein eigenes Problem nachzudenken, seinen Streit mit Lisa. Er hatte vor zehn Tagen mit Martin telefoniert und ihn gefragt, ob er ihn mit einem privaten Problem behelligen könnte. Martin hatte sofort Ja gesagt und aufmerksam zugehört, was Lars ihm berichtete. Lars wiederum hatte mit nichts hinter dem Berg gehalten, es gab ja auch nichts Peinliches an der Geschichte, außer vielleicht dem irrationalen Verhalten von Lisa. Martin hatte einige Fragen gestellt, sie hatten eine Weile diskutiert, und dann hatte Lars einen wirklich guten Rat bekommen.

Martin hatte in seiner Anwaltskanzlei überwiegend Fälle, die nicht vor Gericht gelöst wurden, sondern durch Verhandlung. Dabei gab es sehr oft Situationen, in denen die Fronten dermaßen verhärtet waren, dass ein Gespräch kaum noch möglich war, weil keine der Parteien sich auch nur ein Iota bewegen wollte. Martin wandte in solchen Fällen einen Kniff an: Er schlug erst einmal ein Stillhalteabkommen vor, was bedeutete, dass der Status quo eingefroren wurde und beiden Parteien eine Bedenkzeit eingeräumt wurde. Es wurde eine Frist festgesetzt, bis zu der beide Parteien einen Lösungsvorschlag erarbeiten sollten. Natürlich kamen dann beide Parteien mit sehr einseitigen Vorschlägen, aber das war nicht der Punkt. Der erzielte Fortschritt bestand darin, dass beide Parteien gezwungen wurden, auf die Sachebene zurückzukehren, und dadurch meist ein konstruktives Verhandeln ermöglicht wurde.

Martins Rat fußte genau auf diesem Prinzip, nämlich mit Lisa einen Zeitraum zu vereinbaren, bis zu dem beide Lösungsvorschläge ausdenken sollten, um diese dann gemeinsam oder eventuell zusammen mit einer dritten Person zu diskutieren. Bei der dritten Person hatte Martin einen Eheberater vorgeschlagen, aber das war nur optional und konnte auch in einem späteren Schritt erfolgen. Der Zeitraum, den Martin mit mehreren Wochen angab, sollte Lars etwas Luft verschaffen, helfen die Erregung bei Lisa abzukühlen und die Diskussion zu versachlichen. Schließlich konnte Lisa auch nicht erwarten, dass Lars von heute auf morgen seinen Job kündigte und einen anderen aus dem Hut zauberte. Wichtig war, dass während dieses vereinbarten Zeitraumes wirklich Waffenstillstand herrschte, dass es also keine Diskussionen oder Streit gab wegen des Themas, über das beide nachdenken sollten.

Lars hatte daraufhin am letzten Wochenende einen guten Zeitpunkt abgewartet, als die Kinder nicht da waren und Lisa halbwegs guter Laune war. Er hatte langsam eingeleitet, ihr seine Absicht bekundet, eine gute Lösung für alle zu finden, und ihr dann den Vorschlag mit dieser Auszeit gemacht. Lisa war erst skeptisch gewesen und hatte angeführt, dass sie schon eine Lösung hätte und keine weitere Überlegungen anstellen musste, aber Lars hatte an ihre Fairness appelliert und sie gebeten, ihm etwas Luft zu geben, damit er sich mit den von ihr gestellten Forderungen auseinandersetzen und nach Alternativlösungen suchen könnte. Darauf war sie schließlich eingegangen, und sie hatten sich auf einen Termin Mitte Januar geeinigt, bis zu dem sie beide nachdenken wollten. Dieser relativ späte Termin hatte einen positiven Nebeneffekt, dadurch würde nämlich der Familienfrieden zu Weihnachten und zum Jahreswechsel gewährleistet sein, was in ihrer aller Interesse war, nicht zuletzt dem der Kinder.

Nach dieser Einigung war Lisa wie ausgewechselt, sie hielt sich hundertprozentig an die Abmachung, nicht über Lars' Job zu reden, und daher gab es keinen Streit. Sie hatten eine viel bessere Stimmung zu Hause, und auch die Kinder spürten die Veränderung, sie hatten natürlich mitbekommen, dass der Haussegen schief hing.

Lars wusste, dass er lediglich einen Aufschub erwirkt hatte. Wenn er im Januar nicht mit guten Vorschlägen kam, die er hinterher realisieren konnte, ging das ganze Gezeter wahrscheinlich wieder von vorne los. Und noch einmal würde Lisa sich wohl nicht auf eine Auszeit einlassen.

Und hier lag das Problem: Lars war einer Lösung noch nicht einen Zentimeter nähergekommen. Zwar hatte er darüber nachgedacht, was er ändern könnte, aber er drehte sich dabei im Kreise. Nach wie vor konnte er sich nicht vorstellen, irgendwo Wachdienst zu schieben, die einzige andere Möglichkeit, die seiner

Ausbildung entsprach, war die Polizei. Die suchte im Augenblick händeringend nach Personal und nahm ehemalige Kollegen mit Kusshand wieder auf. Der Haken war nur, dass er dort ja nicht wieder den Job machen konnte, der ihm Spaß machte, nämlich der aktive Außendienst. Das würde wegen seiner Beinverletzung wohl nicht akzeptiert werden, und in Lisas Augen wäre diese Lösung ja auch eine Verschlechterung. Blieb ein Schreibtischjob bei der Polizei, den er eine ganze Weile ausgeübt hatte und der ihn gar nicht befriedigt hatte. Außerdem bezahlte die Polizei deutlich schlechter als Tobias, was ihm überhaupt nicht schmeckte und Lisa wohl auch nicht gefallen würde.

Also blieb nur, den gegenwärtigen Job harmloser zu gestalten, das wiederum hieße, Überwachungen und Schreibtischarbeit zu machen, der Teil, der ihn am wenigsten motivierte. Doch genau die Aufgaben seines Jobs, die ihm am wichtigsten waren - wenn sein Spürsinn gefragt war, wenn etwas passierte und er wirklich jemandem helfen konnte, so wie es in den letzten Fällen mit Elin gewesen war - machten Lisa Probleme. Hier biss sich die Katze in den Schwanz: Was er gerne wollte, konnte Lisa nicht akzeptieren, und was er verabscheute, wäre für sie wunderbar. Es gab irgendwie keinen Kompromiss, sondern nur schwarz oder weiß.

Lars wurde aufmerksam, die Frau, die er überwachen sollte, kam gerade aus dem Eingang, offenbar allein. Sie war leicht auszumachen, sie trug einen knallroten Parka. Lars schoss sofort ein Photo, Datum und Uhrzeit wurden automatisch hinzugefügt. Sie ging nach rechts zum Mitarbeiterparkplatz und strebte auf einen ebenfalls roten Toyota Prius zu, der an eine elektrische Ladestation angeschlossen war. Nachdem sie das Ladekabeferencl abgekoppelt hatte, setzte sie sich ins Auto. Lars startete seinen Volvo und legte den Gang ein. Er folgte ihrem dunkelroten Wagen in sicherem Abstand. Die Firma lag in Bromma, und die Frau fuhr Richtung Osten nach Solna. Dort bog sie auf den Kundenparkplatz vom Solna Centrum ein, einem beliebten Einkaufszentrum. Lars parkte ebenfalls und beeilte sich, damit er sie nicht aus den Augen verlor. Er kam kurz hinter ihr zur Drehtür und folgte ihr hinein, der rote Parka wie eine Laterne vor ihm. Sie ging bis zum Foodmarket, wo sie sich mit einem Mann traf, offenbar zum Essen. Soweit er sehen konnte, holten sie sich ein italienisches Gericht. Lars kaufte sich ein Sandwich, ohne die beiden aus den Augen zu lassen, dann setzte er sich an einen kleinen Tisch ein Stück weiter weg, von wo aus er den roten Parka gut im Blick hatte. Erst einmal passierte nichts Auffälliges: zwei Bekannte, die zusammen beim Mittagessen saßen.

Seine Gedanken kehrten zu seinem Problem zurück. Er verstand nicht, dass Lisa so kompromisslos war, sie war in dieser Sache so angepiekt, dass er nicht mit ihr reden konnte, und das war er von ihr nicht gewohnt. Klar waren sie sich auch schon bei anderen Themen nicht einig gewesen, aber da hatten sie sich miteinander auseinandergesetzt. Allerdings, wenn er länger darüber nachdachte, war wohl eher er derjenige gewesen, der öfter nachgegeben hatte. Als es zum Beispiel um den Hauskauf ging, hätte er lieber im Süden ein Haus gekauft, das wäre näher zu seiner Arbeitsstelle gewesen - nun wohnten sie im Nordwesten, Lisas angestammter Gegend. Oder als es um die Schule für Stina ging, da hatte Lisa sich auch durchgesetzt. Nicht dass die Wahl ein Problem wäre, aber er hatte eine andere Schule favorisiert. Hatte er zu oft nachgegeben? War Lisa zu sehr daran gewohnt, ihren Willen zu bekommen?

Er verstand, dass sie sich Sorgen machte, wenn er mit gefährlichen Aufträgen unterwegs war, doch jetzt machte sie ja schon einen Aufstand, wenn er auch nur mit Elin zusammenarbeitete. Sollte er etwa Elin entlassen, bloß weil seine Frau jedes Mal einen allergischen Schock bekam, wenn sie nur den Namen hörte? Abgesehen davon, dass die Entlassung ja nur von Tobias ausgehen konnte, fand Lars, dass Elin eine richtig gute Detektivin war. Sie hatte Intuition, gute Ideen, eine Menge IT-Kenntnisse und eine ordentliche Portion Energie. Anfangs war sie oft zu eigenständig vorgeprescht, aber er hoffte, ihr diesen Zahn gezogen zu haben, sie verhielt sich jetzt in jedem Fall sehr viel besser in der Zusammenarbeit. Natürlich musste sie noch einiges lernen, aber das ging schnell bei ihr. Noch dazu war sie oft gut drauf, und auch wenn manche ihrer dummen Sprüche ihm auf den Keks gingen, war ihre gute Laune doch ansteckend.

Zusammengefasst hieß das: Er wollte sie wirklich nicht missen.

Also, was sollte er tun? Eines war ihm schon klar geworden, dieses Gespräch nach der Auszeit wollte er nicht allein mit Lisa führen. Auch wenn die nächsten Wochen vielleicht halfen, dass Lisa das Ganze etwas sachlicher anging, erwartete er nicht, dass sie plötzlich zu einem Ausbund an Kompromissbereitschaft würde. Das war insbesondere dann ein Problem, wenn er keine wirklich andere Lösung anbieten konnte. Er wollte ja seinen Job nicht wechseln, das Einzige, was er bereit war, zu ändern, war eine bessere Kommunikation Lisa gegenüber, das hieß, sie zu informieren, was er für Aufträge hatte und wo er sich jeweils aufhielt. Das würde Lisa im Augenblick nicht einmal als Angebot in Erwägung ziehen, und er zweifelte stark, dass sich das bis Januar grundlegend ändern würde. Deshalb brauchte er eine Art Schiedsrichter, der die Wogen glättete und die Argumente sachlich hielt. Nur das könnte Lisa dazu bringen, ein bisschen Verständnis für seine Situation aufzubringen. Im Augenblick sprach sie nur mit ihrer Mutter und ihren Freundinnen darüber, und die schienen sie alle eher zu bestärken, anstatt ihr mit Gegenargumenten zu kommen. Deshalb würde er sich nach geeigneten Eheberatern umschauen, er hoffte nur, dass Lisa diesen Vorschlag auch akzeptieren würde.

Es war eine vertrackte Situation, das alles gefiel ihm gar nicht. Aber er wollte Lisa nicht verlieren, und er würde sehr viel dafür tun, um ihre Ehe zu retten. Sehr viel, aber eben nicht alles. Schließlich hatte sie einen Polizisten geheiratet, da konnte sie nicht erwarten, dass er nun zum Buchhalter wurde.

Lars sah auf die Uhr. Es waren vierzig Minuten vergangen, seit die Mitarbeiterin die Firma verlassen hatte, selbst wenn sie jetzt sofort aufbrechen würde, konnte sie es kaum schaffen, die Dreiviertelstunde einzuhalten, die sie für die Mittagspause hatte. Und im Augenblick sah es nicht nach Aufbruch aus, die beiden waren beim Kaffee angelangt und unterhielten sich weiterhin angeregt. Das würde wohl einen Minuspunkt für die Dame geben. Nicht, dass Lars es eine Befriedigung gab, es war nicht sein Ding, andere in die Pfanne zu hauen, schon gar nicht wegen so einer Lappalie. Womit er wieder beim Thema war - das war leider auch so ein Teil seiner Arbeit, der ihm keinen Spaß machte. Aber in Lisas Augen natürlich akzeptabel, weil ungefährlich.

29

Sie saß in der Metro und war auf dem Weg zum Nyugati Pályaudvar, dem Westbahnhof von Budapest. Lange hatte sie überlegt, was sie tun sollte. Seit zwei Wochen wohnte sie in Csabas Hotel und konnte oft mit ihm zusammen zum Restaurant fahren – Csaba fuhr mit seinem 5er BMW, das war sehr bequem für sie. Aber mit der Metro ging es auch sehr gut, einmal am Deák Ferenc Tere umsteigen, das dauerte auch nicht viel länger als mit dem Auto, mit dem sie immer eine Weile im Stau standen.

Natalia hatte sich auf diese Lösung eingelassen, Lyudmila hatte Csaba überzeugen können, sie für einen kleinen Obolus im Hotel wohnen zu lassen, denn Lyudmila wollte unbedingt, dass Natalia in Budapest blieb. Aber sie konnten sich nur unter großen Vorsichtsmaßnahmen treffen, und dann hatte Natalia die ganze Zeit Angst, dass Stanislov plötzlich irgendwo auftauchte. Allerdings war er tatsächlich wieder aufgetaucht, nicht bei Natalia, sondern bei Lyudmila. Zwar hatte er sie nicht wieder bedroht, aber sie hatte ihn mehrfach vor ihrem Haus gesehen, und einige Male war er ihr gefolgt. Lyudmila hatte offenbar keine Angst und machte sich einen Spaß daraus, Stanislov abzuhängen, aber Natalia war gar nicht wohl bei dieser Geschichte. Sie wusste, dass Stanislov nicht aufgeben *würde, und er würde nicht mehr lange nur zuschauen. Es war nur eine Frage der Zeit, bis er Lyudmilas Verbindung zu Csaba aufdeckte und darüber das Restaurant und das Hotel fand. Und wo sollte sie dann hin? Falls sie ihm überhaupt noch einmal entkommen konnte, sie hatte schon das letzte Mal in Lyudmilas Wohnung großes Glück gehabt.*

Nein, sie war sich darüber im Klaren, dass sie Budapest verlassen musste. Nur wohin? Ihre Optionen waren aufgebraucht, in Russland würde Stanislov sie noch leichter aufspüren, und in Schweden hatte er es auch geschafft. Ihre Schwangerschaft würde ihre Situation langsam aber sicher immer schwieriger machen. Zwar konnte sie mit Patriks Geld eine ganze Weile über die Runden kommen, aber es würde nicht ewig reichen. Wenn das Kind einmal da war, wollte Natalia, dass es ihm an nichts fehlte, und sie wusste nicht, wie sie das allein bewerkstelligen sollte. Mit Lyudmilas Unterstützung hier in Budapest hätte es sicher gut geklappt, aber das ging ja jetzt nicht mehr. Natalia befürchtete auch, dass Stanislov noch einmal versuchen würde, die Information über Natalias Verbleib aus Lyudmila herauszupressen, an einem Ort, wo niemand schnell zu Hilfe kommen konnte. Das könnte übel ausgehen für Lyudmila, und sie würde schließlich Natalias Aufenthaltsort preisgeben. Da war es besser, Natalia verschwand und ließ nicht einmal Lyudmila wissen, wohin.

Also hatte sie lange nachgedacht, was sie tun könnte. Sie hatte eingesehen, dass es nur eine Lösung gab, und auch die war nur eine kleine Chance. In jedem Fall musste sie an das Kind denken, sie wollte nicht, dass es so aufwuchs wie sie selbst. Da war es zweitrangig, was mit ihr passieren würde. Deshalb wollte sie es versuchen.

Die Metro fuhr in die Station ein, Natalia stand auf und hielt sich an einer Stange fest, als die Bahn bremste. Zusammen mit einem Dutzend anderer Leute stieg sie aus. Sie fuhr die lange Rolltreppe nach oben. Sie wusste, dass es hier im Westbahnhof einige öffentliche Telefone gab, was ja heutzutage schon eine Seltenheit war, da jeder ein Mobiltelefon hatte. Zwar konnte man diese Telefone nach Budapest zurückverfolgen, die Nummer wurde sogar mitgesendet, damit man zurückrufen konnte, aber diese Nummer würden nicht zu ihr führen, sondern nur zu diesem Bahnhof. Nach ihren Erfahrungen mit dem Handy, das Stanislov in Göteborg offenbar hatte orten können, wollte sie nicht wieder auf ein Mobiltelefon zurückgreifen, auch wenn sie ein einfaches Handy und eine Prepaid Karte hätte kaufen können. Das würde sie vielleicht auch noch tun – je nachdem wie dieser Anruf jetzt ausgehen würde. Sollte es weitere Telefonate geben, dann brauchte sie eine Lösung, die praktischer war, als jedes Mal zum Westbahnhof zu fahren.

Sie kam oben an, ging nach rechts durch einen Gang und sah die drei blauen Telefone, die frei an der Wand hingen, Schilder mit Instruktionen darüber. Natalia hatte eine Telefonkarte gekauft, die Nummer hatte sie sich im Internet herausgesucht. Das Herz klopfte ihr bis zum Hals, als sie die Zahlen wählte. Es hing so viel von diesem ersten Anruf ab. Sie musste es gut erklären, hoffentlich würde sie überhaupt einen Ton herausbringen.

Es klingelte. Dreimal. Dann hörte sie „Hallo?“.

Natalia schluckte. Sie versuchte etwas zu sagen, aber konnte es nicht. Sie legte auf. Sie musste tief durchatmen. Sollte sie es wirklich wagen? Jetzt kamen ihr Zweifel.

Doch, sie hatte es sich lange und gut überlegt. Sie musste es versuchen. Aus ihrer Handtasche holte sie ihre Wasserflasche und trank einen großen Schluck.

Dann drückte sie auf die Taste mit der Wahlwiederholung. Nach dem ersten Klingeln wurde abgehoben. „Hallo, wer ist denn da?“, fragte die Frau auf Englisch.

„Hallo, mein Name ist Natalia ...“, brachte Natalia schließlich heraus.

Schweigen am anderen Ende. Dann begann Natalia zu erzählen.

30

Liv räumte die Spüle auf, die Kinder bestückten die Spülmaschine. Martin saß vorm Fernseher und schaute die Nachrichten.

„Dürfen wir nach oben?“, fragte Hampus.

Liv sah sich um, der Tisch war abgeräumt, nur der Adventskranz stand in der Mitte. Abwischen würden sie den Tisch lieber selbst, die Kinder machten das sowieso nicht ordentlich.

„Du packst bitte noch das Brot in den Brotkasten, und Saga nimmt ihre Schultasche mit nach oben, die muss nicht hier in der Küche stehen. Ansonsten seid ihr fertig.“

Die beiden taten, was sie sollten, und sprangen dann die Treppe hinauf. Liv schnappte sich einen feuchten Lappen und war gerade dabei, den Tisch zu säubern, als das Telefon klingelte. Es war das Festnetztelefon.

Sie legte den Lappen auf die Spüle, trocknete sich die Hände ab und griff nach dem Hörer.

„Liv Ulldahl.“

„Hallo, Liv, hier ist Christina.“

„Oh, hallo. Wie geht es dir?“ Liv wusste von den Ergebnissen der Nachforschungen, die Lars und Elin betrieben hatten. Christina hatte ihr vor zwei Wochen alles am Telefon erzählt. Gab es jetzt doch etwas Neues? Aber Christina hatte ja gesagt, dass die beiden die Arbeit eingestellt hatten.

„Gut so weit, aber ich bin etwas durcheinander."

„Zu viel Stress auf der Arbeit?"

„Nein, es ist ... wegen Patrik."

„Wieso? Gibt es doch neue Informationen? Ich dachte, Elin und Lars hätten den Fall abgeschlossen."

„Ja. Es kommt nicht von Lars und Elin. Ich ... Liv, ich kann doch auf deine Verschwiegenheit zählen?"

„Aber natürlich." Was kam denn jetzt? Das hörte sich spannend an.

„Gut, danke. Stell dir vor, diese Frau hat bei mir angerufen."

„Welche Frau?"

„Diese Natalia. Mit der Patrik ein Verhältnis hatte."

„Ist nicht wahr. Warum das denn? Da habt ihr ja eine neue Spur, oder?"

„Das brauchen wir nicht. Sie will zu mir kommen."

Liv war verdattert, was war denn das für ein merkwürdiges Verhalten? Erst floh diese Frau, verwischte alle Spuren, und dann meldete sie sich freiwillig? „Das musst du mir erklären. Was will sie denn?"

„Es ist alles sehr kompliziert. Aber ich glaube, dass sie die Wahrheit sagt. Das Problem ist, dass sie verfolgt wird. Von dem Mann, der Patrik umgebracht hat. Er ist tatsächlich ermordet worden! Mein Verdacht war richtig, sie hat es mir bestätigt. Ist das nicht furchtbar! Und Patrik war offenbar nicht das einzige Opfer, das war deren Masche – sie hat mit Männern angebändelt und so viel Geld herausgesaugt, wie nur ging, und dann hat ihr Partner die Männer um die Ecke gebracht."

„Das ist ja schrecklich. Und das hat sie dir einfach so erzählt."

„Ja, sie sagt, sie hatte sich in Patrik verliebt und wollte nicht, dass er stirbt. Sie bereut, was sie getan hat, und will ihr Leben ändern."

„Und ausgerechnet du sollst ihr jetzt dabei helfen? Das verstehe ich nicht. Das ist ja wohl ein bisschen zu viel verlangt."

„Ja, und das ist noch nicht alles, es gibt da noch etwas." Christina machte eine Pause, Liv hörte, wie sie durchatmete. Dann fuhr Christina fort: „Sie ist schwanger. Und das Kind ist von Patrik."

„Oh, nein." Liv setzte sich auf den Stuhl, der neben ihr stand. Das wurde ja immer verrückter.

„Doch, sie sagt, sie ist hundertprozentig sicher, dass es von ihm ist. Und sie will es zur Welt bringen und ihm eine gute Ausgangsposition ermöglichen."

Liv schluckte. „Und diese Ausgangsposition bist du? Jetzt sag' nicht, dass du da mitspielen willst."

„Ja, ich habe viel überlegt. Sie hatte gestern Nachmittag angerufen, und ich habe fast die ganze Nacht nicht geschlafen. Zuerst dachte ich, warum soll ich mich mit ihrem Problem befassen? Aber dann ... es ist ja Patriks Kind ... so hätte ich doch noch etwas von ihm. Und vielleicht gibt mir das eine neue Perspektive. Du weißt, nachdem Patrik tot ist ..."

Liv hörte, wie Christina weinte. „Ja, ich verstehe, dass das schwierig für dich ist. Du bist plötzlich allein, und ich weiß, du vermisst Patrik trotz allem, was er getan hat. Aber was will sie denn von dir? Geld?"

Christina schnäuzte sich. „Nein, sie will mir das Kind geben. Ich soll es adoptieren und aufziehen."

Liv war geschockt. War diese Natalia vollkommen irre? Erst spannte sie Christina den Mann aus und brannte mit ihm durch. Dann war sie letztlich für seinen Tod mitverantwortlich, und nun wollte sie ihr Kind Christina aufdrücken. „Christina, das kannst du doch nicht ernsthaft in Erwägung ziehen? Wie kann diese Frau das von dir erwarten?"

„Sie ist verzweifelt. Sie ist vor ihrem Partner geflohen, nur dieser Mann spürt sie immer wieder auf. Auch jetzt hat er es wieder geschafft, obwohl sie extra nach Budapest geflohen ist, wo sie offenbar eine Freundin hat. Sie hat Angst, dass er sie tötet und damit das Kind auch. Sie will zumindest das Baby retten."

„Was hast du ihr denn gesagt? Hast du etwa schon zugestimmt?"

„Nein, das hat sie auch nicht erwartet. Ich habe gesagt, dass ich darüber nachdenken werde. Sie will wieder anrufen."

„Und du willst da mitmachen? Oder was ist das Resultat deiner Überlegungen?"

„Ja ...", antwortete Christina zögerlich. „Ich kann doch Patriks Kind nicht einer solchen Gefahr aussetzen. Und selbst wenn beide sich diesem Unhold entziehen können, wie wird dieses Kind dann aufwachsen? Ständig auf der Flucht. Mit einer Mutter, die arbeiten muss. Ohne Kindergarten et cetera. Das kann ich doch nicht zulassen."

„Ich hoffe, du weißt, was du dir da aufbürdest. Du bist schließlich auch allein und hast eine Arbeit, mal ganz abgesehen von der emotionalen Belastung, die mit diesem Kind auf dich zukommen würde."

„Ja, aber ich lebe in Schweden, mit all den Vorteilen des Sozialstaates. Ich kann Mutterschaftsurlaub nehmen, es gibt Kindergärten, die das Kind ganztags betreuen können. Notfalls kann ich eine Auszeit nehmen, ich habe genug Geld gespart, um eine Weile nicht zu arbeiten."

„Na, du scheinst ja fest entschlossen." Liv war nach wie vor skeptisch.

„Liv, du kannst mich vielleicht nicht verstehen. Und ja, das Ganze ist ziemlich surreal, aber es ist wahrscheinlich meine einzige Chance zu einem Kind zu kommen. Und das kann meinem Leben einen neuen Sinn geben. Vielleicht komme ich damit über die ganze Geschichte besser hinweg und kann auch mit Patrik abschließen."

„Das ist aber sehr optimistisch, Christina. Es kann ja auch sein, dass das kleine Wesen dich immer wieder an diese Probleme erinnert und die dich dann gar nicht mehr loslassen."

„Vielleicht. Ich glaube das aber nicht. Ich glaube, es wird mir helfen. Liv, du hast zwei Kinder, du weißt wahrscheinlich besser als ich, wie ein Kind das Leben verändert und wie viel Liebe man wiederbekommt."

Liv musste eingestehen, dass das stimmte. Trotzdem war das sicher etwas anderes mit Kindern, die man selbst geboren hatte. Ein Adoptivkind, wenn auch vom Ex-Partner war nicht ganz das Gleiche. Aber es schien, dass sie es Christina nicht ausreden konnte.

„Ja ... da hast du schon recht. Und jetzt?"

„Danke für dein Verständnis. Natalia muss irgendwo unterkommen. Am liebsten hätte ich sie ja bei mir im Haus, aber ich habe Bedenken, dass dieser Kerl sie auch hier aufstöbern könnte. Wir brauchen ein Versteck, das gar nichts mit Natalias Vergangenheit oder mit mir zu tun hat."

Christina hatte doch wohl nicht an Livs und Martins Wohnung in Berlin gedacht? Liv wappnete sich, das wollte sie auf keinen Fall.

„Deshalb wollte ich dich fragen", fuhr Christina fort. „Du hast doch diese Hütte in Småland. Könnte ich die nicht von dir mieten? Für die Zeit von Natalias Schwangerschaft? Die Hütte ist doch winterfest. Oder?"

Liv war erleichtert. Das wäre schon eher denkbar. Diese Hütte hatte sie von ihrer Großmutter geerbt, und sie stand fast die ganze Zeit leer. Vielleicht gar nicht schlecht, wenn sich jemand eine Weile darum kümmerte. Sie hatte sowieso ständig ein schlechtes Gewissen deswegen. Nicht einmal in ihrem Urlaub in Stockholm hatten sie es geschafft, dort vorbeizufahren. Es war einfach zu weit weg, mehr als vier Stunden Autofahrt von Stockholm aus. Doch die Entfernung war nicht der eigentliche Grund, ihr graute davor, die Hütte zu betreten. Trotzdem hatte sie sich nicht entschließen können, sie zu verkaufen, denn es hingen auch wunderbare Erinnerungen an viele schöne Sommer mit ihrer Großmutter an dieser Hütte. Auch wenn die Ereignisse im letzten Jahr das Bild auf schlimme Weise getrübt hatten, denn Liv war in dieser Hütte überfallen und entführt worden. Sie würde sicher nie mehr allein dort hinfahren.

„Wäre das okay für dich? Ansonsten kann ich natürlich auch eine andere Hütte mieten. Du kannst ruhig Nein sagen."

„Das ginge schon, denke ich. Ja, die Hütte ist winterfest, und es gibt sowohl Zentralheizung als auch einen Kamin. Es wird mollig warm da drin."

„Das wäre ja toll. Willst du es dir noch überlegen?"

„Lass mich noch mit Martin darüber sprechen. Aber ich glaube, das geht."

„Danke, Liv. Aber bitte behaltet das Ganze für euch."

„Klar", sagte Liv. „Wie ist es mit Lars und Elin? Willst du die nicht einbeziehen? Sie würden sich bestimmt gern mal mit dieser Natalia unterhalten. Lars mit seinem Polizei-Hintergrund würde bestimmt so einiges aus ihr herauskriegen."

„Nein, ich will erst einmal, dass sie herkommt und ich sie treffen kann. Dann will ich, dass mit der Schwangerschaft alles glatt geht. Das sind meine Prioritäten. Deshalb muss erst einmal alles geheim bleiben. Ich will das Risiko so klein wie möglich halten, dass dieser Mörder Wind von unseren Plänen bekommt."

„Verstehe. Ich hoffe, du tust das Richtige. Du stürzt dich da in ein ganz schönes Abenteuer."

„Ich weiß, Liv. Danke, dass du so ehrlich zu mir bist. Es hat mir gutgetan, mit dir zu reden."

Sie verabschiedeten sich. Liv blieb noch einen Moment sitzen. Was für eine verrückte Geschichte. Sie war gespannt, was Martin dazu sagen würde. Er würde wohl wesentlich weniger Verständnis für Christina haben als sie.

Sie stand auf und ging ins Wohnzimmer, die Tagesschau war fast zu Ende, der Wetterbericht war gerade zu sehen. Regen für die nächsten Tage, typisches Dezemberwetter in Berlin.

Martin blickte zu ihr auf. „Wer war das denn?"

„Christina. Du wirst nicht glauben, was sie mir erzählt hat."

31

Christina wartete am Fährhafen in Trelleborg. Es war sehr früh am Morgen, überall war es stockdunkel, doch der Anleger war hell erleuchtet. Natalia sollte mit dem nächsten Schiff aus Rostock kommen. Sie hatten noch zweimal telefoniert, und Christina hatte den Eindruck gehabt, dass sie beide ähnliche Bedenken hatten. Natalia hatte es sehr klar gemacht: Falls Christina ihr eine Falle stellte, würde sie ihr Kind nicht zur Adoption freigeben und sicherstellen, dass Christina es nie zu Gesicht bekäme. Nun hatte Christina ja nicht die Absicht, die Polizei zu involvieren, aber Martin hatte im Gespräch mit Liv die Befürchtung geäußert, dass es auch umgekehrt sein könnte, nämlich dass Natalia ihr, Christina, eine Falle stellte. Vielleicht war alles erstunken und erlogen, und dieses Pärchen wollte nur noch mehr Geld aus ihr herauspressen. Das glaubte Christina zwar nicht, aber es hatte doch gereicht, um sie zu beunruhigen. Deshalb musterte sie immer wieder die anderen Leute, die hier warteten, aber es war unmöglich, zu sagen, ob jemand von ihnen üble Absichten hegte. In jedem Fall hatte sie nicht den Eindruck, dass irgendeiner ihr besondere Aufmerksamkeit schenkte. Liv hatte ihr empfohlen, Natalia bei der ersten Begegnung nicht allein gegenüberzutreten, aber wen hätte sie mitnehmen sollen? Sie wollte das Ganze geheim halten, und die Einzigen, die die Geschichte kannten, Liv und Martin, hatten keine Möglichkeit gesehen, heute dabei zu sein. Außerdem hatte Natalia betont, dass Christina allein kommen sollte. Sie hatte geäußert, dass sie Christina sonst nicht trauen könne. Es war eine Zwickmühle. Deshalb stand sie jetzt hier, völlig allein, und hatte ein flaues Gefühl im Magen. Aber sie war nicht nur unruhig wegen Martins Bedenken, sondern auch generell, weil sie Natalia nun gegenübertreten sollte. Es war schon eine merkwürdige Situation, sie hätte sich nie träumen lassen, dass ihr so etwas einmal passieren würde. Erst einmal hatte sie nicht damit gerechnet, dass Patrik sie für eine andere Frau verlassen würde. Aber dass sie sich jetzt mit seiner Freundin traf, die zudem noch eine Mitschuld hatte an seinem Tod, um mit dieser Frau gemeinsam eine Lösung zu suchen für das Wohl von Patriks Kind, war schon eine bizarre Konstellation – sie konnte verstehen, dass Liv Zweifel hatte. Sie hatte ja selbst welche, auch wenn sie das vor Liv nicht zugegeben hatte, aber trotzdem glaubte sie, dass sie es versuchen musste. Wahrscheinlich würde sie es ihr ganzes Leben lang bereuen, wenn sie den Vorschlag von Natalia ablehnte.

Natalia hatte gesagt, dass sie leicht zu erkennen sein würde, sie wollte eine knallrote Mütze tragen. Danach hielt Christina jetzt Ausschau. Sie ärgerte sich, dass sie nicht genauer nachgefragt hatte, deshalb hatte sie keine Ahnung, ob es sich um eine Baseballkappe, eine Pudelmütze oder eine andere Kopfbedeckung handelte.

Die Passagiere strömten jetzt die verglaste beleuchtete Gangway herunter, alle trugen oder rollten ihr Gepäck. Eine rote Baseballkappe hatte sie gerade erspäht, und ihr Puls war sofort nach oben geschnellt, nur um dann festzustellen, dass ein kleiner dicklicher Mann sie trug, „Berlin" stand in weißer Aufschrift darauf.

Es dauerte und dauerte, doch Christina erspähte niemanden, der Natalia hätte sein können. Sie sah auf die Uhr, schon seit fünfzehn Minuten verließen die Leute das Schiff. Hatte sie sie verpasst? Oder war irgendetwas schiefgelaufen, und Natalia war gar nicht an Bord? Sie checkte ihr Handy – keine Nachricht, kein verpasster Anruf. Das Blöde war, dass Natalia zwar ihre Nummer hatte, sie aber nicht die von Natalia. Als Christina sie beim letzten Gespräch gefragt hatte, wie sie sie erreichen könne, hatte Natalia erklärt, dass sie sowohl ihr Handy als auch die SIM-Karte in Budapest lassen würde, weil sie sich in Schweden ein neue Prepaid Karte besorgen wolle. Ja, und jetzt stand sie hier, wie bestellt und nicht abgeholt. Die Leute schienen alle von Bord gegangen zu sein, der Strom der Passagiere war abgerissen und schon seit einer Minute war niemand mehr heruntergekommen. Was sollte sie tun? Sie schaute wieder auf die Uhr. Was blieb ihr schon übrig, sie würde warten, bis das Aussteigen endgültig beendet war, spätestens wenn die neuen Passagiere an Bord gingen, konnte sie sicher sein, dass irgendetwas nicht geklappt hatte. Dann könnte sie nur abwarten, bis Natalia sich wieder meldete. Oder eben das Ganze vergessen. Obwohl ihr das nun gar nicht gefallen würde, sie hatte sich so viele Gedanken gemacht, sich zu einer Entscheidung durchgerungen, Natalias Aufenthalt organisiert und war hierher nach Trelleborg gefahren, und ein bisschen hatte sie sich auch auf das Kind gefreut. Sollte das jetzt alles im Sande verlaufen?

Als sie so dastand und grübelte und eigentlich die Hoffnung schon aufgegeben hatte, hörte sie plötzlich das Geräusch sich nähernder Schritte, dem Laut nach waren es hochhackige Schuhe. Und richtig, da kam jemand die Gangway hinunter, sie konnte schon die Beine sehen. Lange, braune Stiefel mit hohen Hacken, daneben ein Rollkoffer. Jetzt kam ein beigefarbener Mantel und ein dunkelbrauner Schal in Sicht, schließlich lange, blonde Haare und eine elegante hellrote Wollmütze. Das musste sie sein. Christina schlug das Herz bis zum Hals. Noch einmal drehte sie sich um, aber sie war völlig allein, und Natalia kam ihr ebenfalls ohne jegliche Begleitung entgegen, das gab ihr schon mal Sicherheit.

Auch Natalia ließ den Blick schweifen, als sie näherkam, sie schien sich dieselben Gedanken zu machen wie Christina. Da hatten sie ja schon mal etwas gemeinsam. Christina musterte das Mädchen. Ja, sie war attraktiv: schlank, aber nicht dünn, soweit man das unter dem Mantel ausmachen konnte, mit einem hübschen kleinen Gesicht, schmal mit Stupsnase, hohen Wangenknochen, vollen Lippen und großen, grünen Augen, die sie jetzt ansahen. Das Mädchen war vor ihr stehen geblieben.

„Hallo“, sagte sie fast schüchtern. „Bist du Christina? Ich bin Natalia.“

Christina wurde von einer Welle von Gefühlen erfasst, sie war völlig verwirrt, ihr wurde heiß, und die Tränen stiegen ihr in die Augen. Die Anspannung war zu groß gewesen, und jetzt war der Moment da, auf den sie gewartet hatte. Sie konnte kaum ein Wort herausbringen, sie suchte nach einem Taschentuch.

„Es tut mir leid … ich bin einfach … ich weiß auch nicht … das ist alles zu viel für mich.“ Sie kramte in der Tasche ihres Mantels.

Da machte Natalia einen Schritt auf sie zu, legte ihr eine Hand auf den Arm und hatte in der anderen schon ein Taschentuch parat, das Christina dankbar annahm.

„Das macht nichts, ich verstehe dich. Mir ist auch ganz komisch.“

Christina schnäuzte sich und sah ihr ins Gesicht. Natalia lächelte sie an und, ja, sie hatte ein wirklich freundliches Lächeln, das sie noch hübscher machte, Männer würden es vermutlich als erotisch bezeichnen.

„Geht’s?“, fragte Natalia aufmunternd, Christina nickte. Gemeinsam gingen sie los, Natalia hatte immer noch die Hand an ihrem Arm, was Christina als sehr angenehm empfand. Was machte dieses Mädchen mit ihr? Einmal lächeln und sie fühlte sich wohl bei ihr? Christina begann zu ahnen, welche Wirkung Natalia auf Patrik gehabt haben musste.

Christina zeigte ihr, wo ihr Auto stand, und sie stiegen ein. Sie schauten sich beide an, Natalia nahm die Mütze ab und schüttelte ihre blonden Haare aus.

„Na, bist du immer noch bereit, meinen Vorschlag anzunehmen? Oder hast du es dir anders überlegt?“, fragte sie.

Christina horchte in sich hinein, aber da war kein Widerstand. „Nein, es ist alles gut. Ich weiß auch nicht, seit ich dich gesehen habe, bin ich erst wirklich sicher, dass ich das Richtige tue. Auch wenn ich dich ja immer noch nicht kenne und eigentlich nur Hass für dich empfinden müsste.“

Natalia senkte den Blick und nickte. Dann schaute sie Christina ins Gesicht, öffnete die großen Augen noch mehr und strahlte sie an. „Danke, das ist lieb. Ich verspreche, dass du es nicht bereuen wirst. Ich werde dir keinen Ärger machen.“

Christina legte ihre Hand auf die Natalias. Die war warm und sehr weich. Hatte das Mädchen eine Art Mutterinstinkt bei ihr ausgelöst? Sie verstand sich selbst nicht, aber das war jetzt auch egal, nun galt es, zu Livs Hütte zu fahren, und dann konnten sie den ganzen Tag reden.

***

Christina schloss die Eingangstür auf und führte Natalia hinein. Die Hütte war warm, denn Christina war bereits am Abend vorher angekommen und hatte hier übernachtet. Ansonsten hätte sie die ganze Nacht durchfahren müssen, um die Fähre in Trelleborg morgens um fünf Uhr vierzig abzupassen. Außerdem hatte sie so schon einmal alles vorbereiten und die Heizung einschalten können. Den Schlüssel hatte sie an der geheimen Stelle im Garten unter einem Stein gefunden, genau wie von Liv beschrieben.

Sie sah, wie Natalia sich umschaute. „Was meinst du, gefällt es dir?"

„Aber natürlich. Das ist ja riesig. Und so schön eingerichtet." Natalia schien begeistert.

„Dann hältst du es hier eine Weile aus?"

„Bestimmt. Ich werde es mir hier sehr gemütlich machen."

„Es ist halt nur ziemlich einsam, aber das wolltest du ja."

„Das ist gut so, da findet mich keiner."

„Bis zur Stadt sind es mehrere Kilometer und ein Bus fährt hier nicht. Wir können heute einen Großeinkauf machen, aber wenn dir etwas fehlt und ich nicht da bin, wirst du ein Taxi nehmen müssen."

„Das geht schon. Ich brauche nicht viel." Natalia schien kein Problem mit der einsamen Lage zu haben.

Christina ging mit ihr die Treppe hoch und zeigte ihr das Schlafzimmer, das sie vorbereitet hatte. Sie selbst hatte in dem anderen übernachtet, das wohl Liv sonst nutzte. Außer den beiden Zimmern gab es im oberen Stockwerk lediglich noch ein Badezimmer. Natalia stellte ihre Tasche aufs Bett und öffnete sie.

„Darf ich meine Sachen in den Kleiderschrank hängen?"

„Natürlich. Du sollst dich wie zu Hause fühlen." Liv hatte zu allem die Erlaubnis erteilt, und sie hatte kaum eigene Sachen hier gelassen, die Schränke waren praktisch leer. Dafür waren das Wohnzimmer und die Küche voll ausgestattet.

Nachdem Natalia ausgepackt hatte, tranken sie gemeinsam einen Kaffee. Christina fragte nach ihren Vorlieben beim Essen und erstellte eine Einkaufsliste. Sie stellte fest, dass Natalia ausgezeichnet Schwedisch sprach, es war selten, dass ihr ein Begriff fehlte, und das sollte schon etwas heißen, wenn es um Lebensmittel ging. Natürlich hatte sie einen harten, russischen Akzent, aber das fand Christina nicht unangenehm.

Sie fuhren dann in das nahe gelegene Städtchen Tensta, wo es einen großen Supermarkt gab. Sie kauften gemeinsam ein und füllten einen ganzen Einkaufswagen. Heute war Samstag und Christina hatte sich am Montag frei genommen, sodass sie fast drei Tage Zeit hatten, einander besser kennenzulernen. Sie würde am Montag früh noch einmal mit Natalia zum Einkaufen fahren, damit sie bis zum nächsten Wochenende versorgt wäre. Christinas Plan war, jeweils am Wochenende herzukommen, damit sie auf der einen Seite sicherstellen konnte, dass mit der Schwangerschaft alles gut lief, und auf der anderen Seite sie mit Natalia vertrauter würde. Sie würde sich auch noch um eine medizinische Versorgung kümmern müssen, denn Natalia war in Schweden nicht offiziell gemeldet und hatte damit keinen Anspruch auf Leistungen des Gesundheitssystems. Christina wusste aber, dass es in Jönköping eine private Gynäkologin gab, die sie demnächst kontaktieren wollte.

Bisher fand sie den Umgang mit Natalia sehr angenehm, das Mädchen stellte keine Ansprüche, war pragmatisch und wirklich sympathisch. Jeder Zweifel an ihrem Vorhaben war von Christina abgefallen, sie würde ihr helfen, das Kind zur Welt zu bringen, und es dann adoptieren. Es wäre für sie auch kein Problem, wenn Natalia an der Betreuung des Kindes würde teilhaben wollen, aber dazu müsste sie ihren Aufenthaltsstatus in Schweden legitimieren, und Christina wusste im Moment noch nicht, wie das gehen sollte. Außerdem musste auch noch Gras über Natalias Vergangenheit wachsen, Christina hatte bisher noch nicht weiter nachgefragt, aber die Bedrohung durch ihren russischen Freund, von dem sie ihr am Telefon erzählt hatte, war offenbar immer noch akut. Christina war aber sicher, dass Natalia hier in der Einöde von Småland gut versteckt war, sie konnte sich nicht vorstellen, dass dieser Mann auch in einem halben Jahr noch weiter suchen würde. Es würde sich schon alles ordnen, sie war heute optimistischer denn je.

32

Natalia wärmte ihre Hände an dem Kaffeebecher. Sie saß auf der Terrasse hinter dem Haus und blickte auf die kleine Rasenfläche, an die sich der Wald anschloss. Es war nur knapp über null Grad, aber hier war es windgeschützt und die Sonne schien, in ihrem dicken Mantel und mit der Mütze auf dem Kopf war es sehr gut auszuhalten. Sie streckte den Hals, um die Sonnenstrahlen zu genießen.

Ihr gefiel es hier, absolute Ruhe, rundherum nichts als Natur, es erinnerte sie an die Hütte von ihrer Babuschka, die hatte auch im Wald gelegen. Andere gruselten sich vielleicht in so einer Situation, sie fühlte sich hier richtig wohl. Das war auch so gewesen, als Patrik diese Hütte in Norrland gemietet hatte. Sie waren völlig für sich gewesen, hatten schöne Spaziergänge gemacht. Nur dass die ganze Zeit dieses Damoklesschwert über ihr geschwebt hatte. Sie hatte ja gewusst, was Stanislov vorhatte, sie hatte versucht, ihn davon abzubringen, aber da hatte es keine Diskussion gegeben, es reichte ihm nicht, das Geld von der Karte zu kassieren, er wollte alles. Sie hatte angeboten, Patriks andere Karten zu stehlen, aber Stanislov hatte gewusst, dass Patrik dann sofort diese Karten gesperrt hätte.

Außerdem wären sie nicht an die Konten in der Schweiz herangekommen, auf die Patrik seine Spargelder überwiesen hatte. So war ihr klar gewesen, was passieren würde. Sie war zu dumm gewesen, um zu erkennen, was für eine Chance sie mit Patrik gehabt hätte, und zu feige, Stanislov zu widersprechen, was immer das auch genutzt hätte. Und was hatte sie Patrik angetan! Hätte sie ihn nicht warnen können? Vielleicht hätte er ihr verziehen, und sie hätten gemeinsam eine Lösung gefunden. Als Patrik den Abhang hinunterfiel, war ihr fast das Herz stehen geblieben. Völlig benebelt war sie neben Stanislov zu seinem Auto getorkelt, es hatte Stunden gedauert, bis sie wieder klar denken konnte. Schließlich hatte er ihr eine kräftige Ohrfeige gegeben, weil sie nicht auf seine Fragen geantwortet hatte. Das hilft bei allem, sagte er immer. In diesem Fall hatte es tatsächlich bewirkt, dass sie wieder in die Realität zurückgekehrt war, eine Wirklichkeit ohne Patrik, die sie nicht gewollt hatte. Aber sie hatte wieder wie vorher funktioniert. Nur der Hass auf Stanislov war neu gewesen, und der war nicht wieder gewichen. Hass und Misstrauen. Letzteres hatte dazu geführt, dass sie genauer aufgepasst hatte und schließlich mitbekommen hatte, dass Stanislov noch andere Mädchen laufen hatte, offenbar in ähnlicher Mission wie sie. Hätte sie das nur vorher gewusst, dann hätte sie sich bestimmt anders verhalten.

Sie hatte Christina alles erzählt, in groben Zügen schon am Telefon, aber nun in den letzten Tagen bis ins kleinste Detail. Christina hatte es wissen wollen, und Natalia konnte das verstehen. Sie hatte Angst gehabt, dass Christina sie anklagen würde. Aber sie hatte erst geweint und war dann sehr gefasst gewesen, hatte ihr sogar gesagt, dass sie ihr verzeihen würde. Damit hatte Natalia nicht gerechnet, und so war sie selbst in Tränen ausgebrochen und hatte geweint, wie sie es seit dem Tod ihrer Großmutter nicht mehr getan hatte. Christina hatte sie in die Arme genommen und getröstet – sie, die Christina den Mann weggenommen hatte. Sie bewunderte Christina für ihre Großmut, so etwas hatte sie noch nicht erlebt. Und ja, sie mochte sie, Christina war sehr warmherzig und hatte viel Verständnis, Natalia konnte gar nicht verstehen, wie Patrik sie so leicht hatte verlassen können. Gut, sie war nicht besonders hübsch, ziemlich mollig, und laut Patrik war da auch nichts mehr im Bett gelaufen, aber sie war in jedem Fall eine wirklich großartige Persönlichkeit.

Eigentlich hatten sich Natalia und Christina von Anfang an gut verstanden, aber nach ihrer Aussprache am ersten Abend waren sie Freundinnen geworden. Sie hatten gemeinsam gekocht, zusammen Wein getrunken und Musik gehört. Sie hatten den Kamin bestückt und angezündet. Das hatte das Gefühl der Geborgenheit noch verstärkt, der Geruch des brennenden Holzes hatte Natalia ebenfalls an die Hütte ihrer Babuschka erinnert; dort hatte nur ein Holzofen in der Küche gestanden und ein Kamin im Wohnzimmer, es war nicht wie hier, wo es sogar Fußbodenheizung gab und der Kamin mehr für die Stimmung als für die Wärme sorgte.

Gestern war Christina wieder gefahren, Natalia war richtig traurig gewesen. Auch wenn es nur für ein paar Tage war, Christina würde Freitagabend wieder kommen. Natalia freute sich schon darauf. Bis dahin würde sie schon zurechtkommen, sie hatte hier einen Fernseher und ein Regal voll mit Büchern, meist Liebesgeschichten, was Natalia durchaus gefiel. Sie las sonst keine Bücher, aber sie hatte sich eines herausgesucht, das sich ganz gut anhörte. „Das Grenzland“ hieß es, von der Autorin Ingrid Tollgerdt-Andersson, und handelte von drei Generationen Frauen, die alle auf der Suche nach dem Glück waren, aber es nur schwer erreichen konnten, kein Wunder, denn im zwanzigsten Jahrhundert, in dem es spielte, waren ja schon die Begleitumstände schwierig genug. Die erste Frau, Christine, will ein neues Leben anfangen, und auch die Tochter will Grenzen sprengen. Darin erkannte Natalia sich wieder, und sie war neugierig, zu sehen, ob ihr das Buch vielleicht sogar weiterhelfen konnte.

Natalia hätte gerne mit Lyudmila gesprochen, sie hoffte, dass sie keine neuen Probleme mit Stanislov bekommen hatte, und sie hätte ihr auch gern erzählt, wie gut sie es hier getroffen hatte. Aber das wagte sie nicht, sie wollte keine Spuren auslegen, man konnte offenbar gar nicht abschätzen, über welche Möglichkeiten Stanislov verfügte. Sie hatte sich in Budapest von Lyudmila verabschiedet, sie hatte ihr nur gesagt, dass sie Ungarn verlassen würde. Sie hatten beschlossen, bis auf Weiteres keinen Kontakt zu halten, weder per Telefon, soziale Medien oder auf irgendeine andere Weise. Natalia hoffte innigst, dass es eine Zeit geben würde, in der sie Lyudmila wiedersehen würde. Aber das musste jetzt erst einmal warten.

Sie hatte ihren Kaffee ausgetrunken, außerdem schob sich gerade eine große Wolke vor die Sonne und nahm ihr die Wärme der Sonnenstrahlen. Natalia fröstelte und entschied sich, wieder hineinzugehen. Sie würde etwas lesen und dann den Kamin anzünden, in zwei Stunden würde es dunkel werden, die Tage waren jetzt sehr kurz hier in Schweden. Aber es war ja erst so richtig gemütlich mit dem Kamin, wenn es draußen dunkel war.

33

Lars saß im Büro und schrieb an einem Bericht. Die ergebnislose Überwachung eines Mitarbeiters. Er hatte von Anfang an den Eindruck gehabt, dass der Mann sich nichts hatte zuschulden kommen lassen, und das hatte auch die Überwachung ergeben. Er schien ein vorbildlicher Mitarbeiter zu sein, der pünktlich, ordentlich und gemäß den Regeln seinen Dienst versah. Lars konnte allerdings nicht ausschließen, dass ihn jemand vor der Überwachung gewarnt hatte. So etwas passierte gelegentlich, insbesondere wenn zu viele Leute vom Auftraggeber eingeweiht worden waren – da konnte dann schon einer darunter sein, dessen Loyalität zum fraglichen Mitarbeiter größer war als zur Firma. Das war praktisch nie zu beweisen, aber führte natürlich zu ergebnislosen Überwachungen. Langweilig für den Detektiv, immerhin – gezahlt wurde genau so viel für einen solchen Einsatz.

Lars schrieb gerade seinen abschließenden Satz, als sein Handy klingelte. Es war eine deutsche Nummer. Vielleicht Martin? Er hob ab.

„Hallo, Lars, hier ist Liv. Ich mache mir Sorgen um Christina." Sie klang aufgeregt.

„Grüß dich, Liv. Was ist denn passiert?"

„Ich kann sie nicht erreichen, und sie ist heute Morgen nicht in der Firma erschienen, ohne Entschuldigung. So etwas gibt es bei ihr sonst nicht."

„Ja, ich weiß, sie ist ein sehr pflichtbewusster Mensch. Aber auch ihr kann mal ein Fehler passieren. Hat vielleicht das Handy zu Hause vergessen und steht im Stau."

„Ich fürchte, so einfach ist es nicht. Da läuft im Augenblick so eine Geschichte ab, deswegen beunruhigt es mich sehr, dass sie nicht erreichbar ist. Wir hatten verabredet, dass wir heute früh telefonieren, bevor sie zur Arbeit fährt. Sie hat aber nicht angerufen und geht weder ans Handy noch an ihr Festnetztelefon. Deshalb habe ich schließlich in der Firma angerufen. Da waren sie auch verwundert, dass sie nicht aufgetaucht ist."

„Verstehe. Aber was meinst du mit der ‚Geschichte, die da gerade läuft'? Das sagt mir jetzt nichts, wir haben ja seit mehreren Wochen keinen Kontakt mehr mit Christina."

„Das … ich … leider … mm … dazu kann ich nichts sagen, ich habe Christina versprochen, darüber Stillschweigen zu bewahren. Aber könntest du bitte mal zu ihr nach Hause fahren und kontrollieren, ob alles in Ordnung ist? Ich zahle auch dafür. Ich weiß keinen anderen, den ich darum bitten könnte."

Das schmeckte Lars überhaupt nicht. Liv wollte ihn über den Hintergrund im Unklaren lassen, aber er sollte trotzdem losfahren und in Täby nach dem Rechten sehen?

„Bitte, Lars. Vertrau mir! Wenn ich könnte, würde ich dir mehr sagen. Glaub mir einfach, dass es da ein Problem geben könnte. Wenn du Christina wohlbehalten vorfindest, werde ich sie bitten, dich einzuweihen. Wenn nicht, rufe mich bitte sofort an."

Dieses „Wohlbehalten" machte Lars noch misstrauischer. „Liv, heißt das, dort könnte eine Gefahr bestehen? Soll ich besser nicht allein dorthin fahren?"

Ein Moment war Stille in der Leitung, Liv schien nachzudenken. Dann sagte sie mit ernster Stimme: „Ich glaube tatsächlich, es wäre besser, wenn du jemanden mitnimmst und sehr vorsichtig vorgehst."

Lars schluckte. Was wurde das denn wieder für eine wilde Sache? Auf der anderen Seite – was sollte schon groß passieren? Er würde Elin mitnehmen und dort klingeln. Das war mitten in einer Reihenhaussiedlung in Täby, das sollte doch kein Problem sein. Oder doch? Wie auch immer, er würde Liv den Gefallen tun, vielleicht entwickelte sich ein neuer Auftrag daraus.

„Okay, Liv. Wir fahren dahin und checken die Lage."

„Vielen Dank, Lars." Liv atmete hörbar aus. „Und bitte, fahrt sofort los!"

„Wird gemacht."

Lars legte auf und rief nach Elin. Die würde sich freuen, sie war mit langweiligen Überprüfungen beschäftigt, er wusste, dass ihr jede Abwechslung mehr als gelegen kam.

Eine knappe Dreiviertelstunde später standen sie vor Christinas Haustür. Elin hatte ihn gelöchert bis zum Abwinken, was denn hinter der Sache steckte, aber er wusste ja nun wirklich nichts, doch er hatte den Eindruck, dass sie ihm das nicht abkaufte. Auch jetzt sah sie ihn skeptisch von der Seite her an.

Lars wollte gerade auf den Klingelknopf drücken, als Elin sagte: „Die Tür ist offen." Sie nahm den Knauf in die Hand und zog die Tür auf – wie in Schweden üblich, nach außen.

„Warte", flüsterte er. „Lass uns vorsichtig sein."

Wieder dieser skeptische Blick. Dabei hatte er ihr alles erzählt, was Liv gesagt hatte, einschließlich des

„Wohlbehalten“ und des „Vorsichtig-vorgehen“. Aber jetzt zog sie immerhin ihren Teleskopstock hervor und brachte ihn auf volle Länge, sie schien begriffen zu haben, dass es ernst war. Lars hatte sein Pfefferspray in der Hand - das war zwar in Schweden für Privatpersonen verboten, aber es war ungeheuer effektiv, wenn man einen Angreifer abwehren wollte; deshalb hatte Lars sich einen kleinen Vorrat angelegt und hielt immer eine Spraydose für gefährliche Einsätze bereit.

Langsam gingen sie durch den Korridor zum Wohnzimmer. Dort bot sich ihnen ein ungewohnter Anblick. Hier war sonst immer alles pikobello aufgeräumt, aber heute stand der Couchtisch schief, ein Glas war umgekippt, und auf dem Boden waren eine ganze Reihe Papiere verstreut. War hier jemand eingebrochen?

Lars machte Elin Handzeichen, und sie gingen gemeinsam und vorsichtig von Raum zu Raum, schließlich auch in die obere Etage. Alles war leer, und Lars konnte ansonsten nichts Auffälliges bemerken. Von Christina keine Spur, und ihr Handy war auch nicht auszumachen.

Schließlich gingen sie ins Wohnzimmer zurück. Lars rief ins Haus hinein, ob jemand zu Hause wäre. Keine Antwort.

Elin schaute ihn fragend an. „Willst du mir nicht endlich verraten, worum es hier geht?“

„Elin, bitte. Wie oft soll ich das noch sagen? Ich habe dir wirklich alles erzählt. Ich weiß auch nicht mehr. Liv sagte, dass sie mir nicht mehr sagen könne, weil sie Christina versprochen habe, das geheim zu halten. Was immer das ist. Ich habe keine Ahnung, was hier abgeht. Ich kann es mir auch nicht erklären, aber vielleicht hat Christina eine riskante Beziehung begonnen oder sich sonstwie mit zwielichtigen Typen eingelassen, was weiß ich? Nur eines ist klar, das hier sieht verdächtig aus. Es passt nicht zu Christina, dass das Wohnzimmer so aussieht, wie es aussieht, und dass die Eingangstür offensteht. Wenn sie noch dazu nicht erreichbar ist und unentschuldigt bei der Arbeit fehlt, dann ist das alles zusammengenommen schon ein Grund, sich Sorgen zu machen."

Er breitete die Arme im Zimmer aus und war unentschlossen, was sie jetzt machen sollten. In dem Moment klingelte das Telefon, das auf einer Kommode neben der Couch stand. Sie sahen sich an.

„Sollen wir rangehen?", fragte Elin.

„Ja, aber melde du dich mal. Vielleicht hält dich jemand für Christina, und wir bekommen einen Hinweis." Lars drückte auf die Lautsprechertaste, womit er das Gespräch annahm, und nickte ihr zu.

„Hallo?", meldete Elin sich mit unsicherer Stimme.

„Christina? Gott sei Dank, dass ich dich endlich erreiche …" Es war eindeutig Livs Stimme.

„Nein, tut mir leid", sagte Lars. „Es sind nur wir – Elin und ich. Wir haben uns gerade im ganzen Haus umgesehen. Christina ist nicht hier und ihr Handy auch nicht. Außerdem ist hier etwas Unordnung im Wohnzimmer." Er beschrieb ihr, wie es aussah.

„Das hört sich nicht gut an.“ Liv klang besorgt. „Aber wie seid ihr denn hineingekommen?“

„Ja, das ist auch merkwürdig, die Tür stand offen, sie war lediglich angelehnt.“

Sie hörten, wie Liv einatmete. „Nein“, gab sie schließlich von sich.

„Liv, es ist offensichtlich, dass hier irgendetwas nicht stimmt. Findest du nicht, dass es langsam an der Zeit ist, uns über die Hintergründe aufzuklären?“

„Ja, du hast recht. Aber ich muss das erst mit Martin besprechen. Ich melde mich gleich wieder bei euch - okay?“

Lars wollte antworten, aber sie hatte schon aufgelegt. Er schüttelte den Kopf, sie hatte ihm keine Option gelassen. Er sah Elin an. „Dann warten wir eben, bis uns weitere Einzelheiten mitgeteilt werden. Wollen wir uns solange einen Kaffee machen?”

Elin grinste und ging in die Küche. Jetzt hatte sie zumindest den Beweis bekommen, dass Lars auch nicht mehr wusste als sie.

***

Lars und Elin hatten den Kaffee fast ausgetrunken, als Lars' Handy klingelte. Es war Martins Nummer. Lars hob ab.

„Hallo, Martin."

„Hallo, Lars, ich habe gerade mit Liv gesprochen, du weißt ja schon, worum es geht." Martin klang ruhig wie immer.

„Ja, sie hat uns zu Christinas Haus geschickt, und hier stimmt irgendetwas nicht. Aber Liv wollte mir nichts über die Hintergründe verraten, da sind wir natürlich gespannt, mehr zu erfahren."

„Deshalb rufe ich an."

„Gut, ich stelle mal auf laut, damit Elin mithören kann. Dann mal los."

„Du musst verstehen, dass Liv sich etwas in einer Zwickmühle befindet. Sie hat Christina hoch und heilig versprochen, diese ganze Geschichte geheim zu halten. Aber nun sieht ja alles danach aus, als ob mit Christina irgendetwas passiert wäre, und ich bin deshalb der Meinung, dass es geboten ist, dieses Versprechen zu brechen."

„Gut, verstehe." Lars hörte, wie der Rechtsanwalt aus Martin sprach, aber das war ihm egal, solange er nun endlich mit der Sprache herausrückte.

„Allerdings macht es nur Sinn, euch in die ganze Angelegenheit einzuweihen, wenn ihr auch bereit seid, einen neuen Auftrag anzunehmen. Es geht darum, Christina zu helfen, und dazu müsstet ihr euch unmittelbar an einen anderen Ort begeben, der einige

Stunden von Stockholm entfernt liegt. Habt ihr heute und morgen Zeit, euch dieser Aufgabe anzunehmen?"

Lars schaute Elin an, die nickte aufgekratzt. Sie schien wild darauf zu sein, einen solchen Auftrag zu übernehmen, Lars ebenso, auch wenn da eine Stimme Einspruch erhob, die ihn an seine Frau erinnerte. Aber die würde er jetzt ignorieren.

„Ja, das funktioniert. Das kann gehen. Es hängt natürlich davon ab, worum es konkret geht. Ich kaufe hier nicht die Katze im Sack."

„Das verstehe ich - prima. Also, es ist eine etwas bizarre Geschichte, und es hat mit Christinas Mann zu tun. Wie ihr ja schon zusammengetragen habt, hatte der ein Verhältnis mit einem jungen Mädchen, soweit wir wissen, einer Russin. Die hat sich nun vor kurzer Zeit bei Christina gemeldet und ihr ein wirklich besonderes Angebot gemacht. Zum einen wird sie von ihrem ehemaligen Partner gesucht und glaubt, dass sie in Lebensgefahr ist. Zum anderen ist sie schwanger, und zwar, wie sie behauptet, von Patrik."

Lars und Elin sahen sich an, Elin verdrehte die Augen. Lars verstand immer noch nicht, wohin das Ganze führen sollte.

„Christina hat sich auf einen Handel eingelassen, sie will das Kind nach der Geburt adoptieren und hat Natalia dafür versprochen, sie während der Schwangerschaft sicher unterzubringen."

„Ich glaube es nicht", platzte Elin heraus. „Wie kann sie denn sicher sein, dass das Kind überhaupt von Patrik ist. Und selbst wenn, warum will sie dieses Kind? Der Typ wollte sie schließlich verlassen."

„Ja, wir hatten die gleichen Bedenken, und Liv hat ihr unsere Zweifel natürlich mitgeteilt. Wir müssen das auch alles jetzt nicht erörtern. Letztlich hat Christina sich entschieden, darauf einzugehen, und sie hat das Mädchen – mit Livs Einverständnis – in der Hütte in Småland untergebracht. Das war am letzten Wochenende. Wenn Christina nun möglicherweise überwältigt und entführt wurde, dann war das mit Sicherheit dieser Russe, und dann ist es nur eine Frage der Zeit, bis der zu dieser Hütte unterwegs ist. Wahrscheinlich schon jetzt. Deshalb wollen wir, dass ihr dorthin fahrt und sicherstellt, dass alles in Ordnung ist."

„Die Hütte, aus der Liv damals entführt wurde?"

„Ja, genau. Die genaue Adresse schicken wir dir."

„Kann man da nicht anrufen?", fragte Elin.

„Leider nicht, Liv hat den Anschluss im Frühjahr gekündigt, und eine Telefonnummer zu dieser Natalia haben wir nicht."

„Okay." Lars schossen alle möglichen Szenarien durch den Kopf. „Warum schickt ihr nicht die Polizei dorthin?"

„Ja, das haben wir natürlich auch in Erwägung gezogen. Aber zum einen wäre das sicher nicht in Christinas Sinn, denn dann kommt der ganze Vorgang ja ans Licht, und zum anderen habe ich kein großes Vertrauen in die Polizei in Tensta – als Liv letztes Jahr dort entführt wurde, habe ich keine guten

Erfahrungen mit denen gemacht. Aber wenn ihr das nicht machen wollt, wäre das wahrscheinlich unsere einzige Alternative. Bitte, Lars, wir wären euch sehr dankbar, wenn ihr unmittelbar losfahren könntet."

„Einen Moment." Lars drückte auf den Mute-Knopf und sah Elin an. „Was meinst du? Bist du dabei?"

„Ja. Hört sich zwar alles total verrückt an, aber Hauptsache es passiert etwas. Und das kann ja wirklich spannend werden. Ich muss nur meinen Ausrüstungskoffer von zu Hause holen, dann bin ich startbereit."

Lars überlegte, er hatte seine Sachen immer für den Notfall im Auto, und es war sicher besser, wenn er Lisa die Details dieses Auftrages ersparte. Er würde ihr eine SMS schicken und nicht mehr zu Hause vorbeifahren.

Er drückte wieder auf den Knopf. „Okay, Martin. Wir fahren los. Du schickst uns die Adresse und was wir sonst noch brauchen. Dann können wir ja während der Fahrt noch mal telefonieren."

„Danke, Lars, vielen Dank." Martin klang richtig erleichtert.

Damit legten sie auf und verließen das Haus.

„Hoffentlich kommen wir nicht zu spät", sagte Elin.

Lars nickte. „Ja, das hängt davon ab, wie viel Widerstand Christina leistet. Denn lange kann es ja noch nicht her sein, dass sie von hier verschwunden ist. Wir werden in jedem Fall ordentlich auf die Tube drücken."

34

Christina lag nackt im Kofferraum des Wagens. Ihre Hände waren auf ihrem Rücken mit Kabelbinder gefesselt, so hart, dass sie bei der kleinsten Bewegung ins Fleisch schnitten. Ihre Fussknöchel waren ebenfalls zusammengebunden, und ein Streifen Klebeband saß quer über ihren Mund. Sie war ein Bündel aus Schmerzen - ihr Gesicht war geschwollen und schmerzte von den Schlägen, die sie hatte einstecken müssen, ihr ganzer Körper war ein dumpfer Schmerz, und der Oberschenkel brannte wie die Hölle. Trotzdem war es das Klebeband, das ihr am meisten zu schaffen machte. Sie hatte leise vor sich hin geweint, als die Klappe des Kofferraums zugeschlagen worden war. Das hatte ihre Nase verstopft, sodass sie verzweifelt nach Luft hatte ringen müssen, erst nach mehreren Minuten Panik war die Nase wieder durchgängig gewesen, doch immer noch hatte sie das Gefühl, hinter dem Klebeband ersticken zu müssen. Der Wagen fuhr, und das Motorengeräusch würde ihre gedämpften Schreie übertönen, die da vorne würden gar nicht mitbekommen, wenn sie hier elendiglich verreckte.

Außerdem war es ihnen wahrscheinlich sowieso ziemlich egal.

Als es morgens an der Tür geklingelt hatte, war sie gerade mit dem Anziehen fertig gewesen. Sie hatte sich zwar gewundert, wer um diese Zeit etwas von ihr wollte, aber sie war nicht argwöhnisch gewesen. Sie hatte durch das Fenster neben der Tür geschaut und gesehen, dass ein großer Mann davor stand, mit einem Stapel Zeitungen im Arm. Sie hatte angenommen, dass der ihr ein Abonnement andrehen wollte, genau das hatte sie wohl auch denken sollen. Als sie die Tür einen kleinen Spalt geöffnet hatte, war sie mit Gewalt aufgerissen worden. Sie hatte sofort losgelassen und war in Panik ins Haus gerannt. Sie kam bis ins Wohnzimmer, wo der Kerl sie einholte und zu Boden riss. Dabei rollte sie gegen den Couchtisch, auf dem ein Glas umkippte und von dem ein Stapel Papiere herunterrutschte. Sie kam nicht dazu, Gegenwehr zu leisten, der Mann war sofort über ihr gewesen, hatte ihre Arme zusammengehalten, sie gefesselt und ihr den Mund mit einem Streifen Klebeband zugeklebt. Dann rannte er einmal durch das Haus und schien alles zu untersuchen, Christina hatte geglaubt, er wolle ihr Geld und ihre Wertsachen stehlen, aber als er zurückkam, konnte sie nicht erkennen, dass er außer ihrem Handy irgendetwas an sich genommen hatte. Aber beinahe wahnsinnig vor Angst wurde sie erst, als er ihr sagte, dass er sie mitnehmen wolle, „um sich ein bisschen zu unterhalten“, und sie den starken osteuropäischen Akzent hörte, denn jetzt war ihr klar, wer dieser Mann war und dass auch Natalia in Gefahr war.

Der Kerl hatte sie gepackt und mit sich gezogen, an der Haustür eine ganze Zeit lang die Straße beobachtet und sie dann zu einem vor dem Haus stehenden Auto gestoßen. Er hatte sie auf die Rückbank geworfen und sich neben sie gesetzt. Am Steuer saß ein anderer Mann, der Motor lief schon. Die Scheiben hinten waren verdunkelt, sodass sie von außen wohl kaum zu sehen war. Dann wurde ihr noch ein Sack über den Kopf gestülpt, und ihr Herz raste vor Angst, zu ersticken. Doch sie riss sich zusammen, es kam jetzt darauf an, zu erkennen, wohin der Wagen fuhr. Anfangs gelang ihr das noch ganz gut, an den Abbiegebewegungen konnte sie nachvollziehen, in welche Richtung die Fahrt ging, aber als der Wagen dann gleichmäßig schnell fuhr und sie annehmen musste, dass sie auf der Autobahn waren, hatte sie keine Anhaltspunkte mehr.

Einmal hatte sie aufgemuckt und mit lautem Weinen hinter dem Klebeband versucht, auf sich aufmerksam zu machen, aber der Kerl neben ihr hatte ihr eine Kopfnuss gegeben und sie angebrüllt, still zu sein. Die Männer redeten nicht viel, nur einige kurze Sätze, alles auf Russisch. Glaubte sie jedenfalls. Alle möglichen Gedanken schossen ihr durch den Kopf. Einer der beiden war wohl der ehemalige Partner von Natalia, und irgendwie musste er herausgefunden haben, dass Christina mit ihr in Kontakt stand. Sie zermarterte sich das Hirn, konnte aber keinen Ansatz finden, wie sie das bewerkstelligt hatten. Sie nahm sich fest vor, alles abzustreiten und die Ahnungslose zu spielen, jetzt hatte sie Zeit, sich schon mal alle möglichen Antworten auszudenken, die zusammenpassten. Da hatte sie aber noch nicht geahnt, was auf sie zukommen würde.

Christina hatte schwer abschätzen können, wie lange sie gefahren waren, es war ihr wie eine Unendlichkeit vorgekommen, aber wahrscheinlich war es nicht viel länger als eine halbe Stunde gewesen. Sie hatte mit angezogenen Beinen neben dem Kerl gelegen, ihr Kopf gegen seine Hüfte gelehnt. Immer wieder hatte er seine große Hand auf ihren Kopf oder ihre Schulter gelegt und jedes Mal hatte die Angst sie geschüttelt. Aber während der Fahrt passierte ihr nichts. Das kam erst danach. Sie hatte erwartet, dass sie sie irgendwo hinbringen würden, wo sie ungestört waren und so war es auch,

Als der Wagen endlich hielt, wurde ihr der Sack vom Kopf genommen. Sie standen vor einer kleinen Hütte, ringsherum nur Wald, sie mussten weit außerhalb von Stockholm sein. Dann hatte sie gedacht, dass man ihr das Klebeband abnehmen würde und die Befragung beginnen würde. Aber so lief es leider nicht. Ihre Hände waren vor ihr gefesselt gewesen und das Klebeband blieb auf ihrem Mund. Kaum waren sie in der Hütte, fielen die Kerle über sie her, erst klatschten sie ihr Ohrfeigen ins Gesicht, dann, als sie versuchte sich dagegen mit den Armen zu schützen, hieben sie ihr Fausthaken in den Bauch, sodass ihr die Luft wegblieb. Schließlich sackte sie zusammen, ließ sich fallen und hielt die Arme vor das Gesicht, während sie die Schläge und Tritte über sich ergehen ließ. Irgendwann war es vorbei, sie krümmte sich wimmernd am Boden. Die beiden Schläger hoben sie hoch und setzten sie auf einen Stuhl, Hände und Füße wurden daran gefesselt. Sie hatte nichts mehr denken können, sie war ein einziger Schmerz. Besonders ein Tritt in die Nieren hatte ihr furchtbar wehgetan, ihre ganze Lende fühlte sich an, als wenn ein Messer darin steckte.

Erst jetzt hatten sie ihr das Klebeband abgenommen, und sie hatte sofort angefangen zu schluchzen. Die beiden warteten tatsächlich, bis sie sich halbwegs beruhigt hatte, aber dann kam sofort die Frage, wo Natalia sei. Sie hatte gesagt, dass sie Natalia gar nicht kenne, was ihr eine Ohrfeige eingehandelt hatte. Diesmal konnte sie ihr Gesicht nicht mehr schützen, da ihre Hände an den Armlehnen festgebunden waren. So ging es eine ganze Zeit hin und her, immer die gleiche Frage mit ähnlichen Antworten, die Schläge waren hart, aber Christina war fest entschlossen gewesen, Natalia nicht zu verraten. Sie hatte auch Angst, dass die Kerle sie umbringen würden, wenn sie ihnen erzählte, was sie wissen wollten, schließlich brauchten sie sie dann nicht mehr – das bestärkte sie in ihrem Widerstand.

Als die Russen gemerkt hatten, dass sie so nicht weiter kamen, folgte ein kurzer Dialog auf Russisch, woraufhin der Fahrer nickte und die Hütte verließ. Der andere verschloss wieder ihren Mund mit Klebeband, und Christina machte sich für einen kurzen Augenblick schon Hoffnung, dass man ihr glaubte und sie nun zurückbringen wollte. Doch der Russe holte eine Schere hervor und begann ihre Kleidung aufzuschneiden, erst die Hose und die Bluse, dann den BH und ihren Schlüpfer. Christina zerrte an den Fesseln, doch wie sollte sie sich wehren? Schließlich war sie völlig nackt, nur ihre Socken hatte sie noch an. Es war demütigend, nackt und völlig ausgeliefert saß sie vor diesem brutalen Kerl, ihr Busen hing in der Luft, sie konnte nicht einmal die Beine schließen, da ihre Füße an die Stuhlbeine gefesselt waren. Christina sah an sich herunter, sie schämte sich für ihren Körper, diese Sitzposition ließ sie noch dicker erscheinen: Der Bauch ragte hervor, ihre großen Brüste lagen fast darauf, an den Hüften quoll ein Fettring heraus und ihre Oberschenkel wellten sich. Aber warum machte sie sich Sorgen, wie sie aussah? Im Augenblick hatte sie wirklich andere Probleme, es schien um Leben und Tod zu gehen.

Was hatten die brutalen Kerle jetzt mit ihr vor, wollten sie sie vergewaltigen? Doch was dann kam, war für Christina viel schlimmer.

Der Russe hatte es sich auf einem Sessel bequem gemacht und beachtete sie nicht weiter, Christina konnte nichts tun, als zu warten, ihre Atmung beruhigte sich langsam, dafür war ihr bald entsetzlich kalt, die Hütte war nicht geheizt, und in der Nacht waren es um die null Grad gewesen. Der Russe zog sich nach einer Weile sogar seine Jacke an, die er vor dem Austeilen der Schläge abgelegt hatte, aber er kümmerte sich nach wie vor nicht um sie, er beschäftigte sich stattdessen mit seinem Smartphone, während Christina anfing zu zittern.

Sie wusste nicht, wie lange es gedauert hatte, aber schließlich kam der Fahrer zurück, er hatte einen Metallkasten mit Handgriff dabei. Christina schauderte bei dem Gedanken, was jetzt kommen würde – hatten die etwa vor, sie richtiggehend zu foltern?

Der Russe stand vom Sessel auf und zog seine Jacke wieder aus. Es ging wieder los. Er baute sich vor ihr auf und sagte: „Wir werden dir jetzt einmal zeigen, was wir mit dir anstellen können, dann wirst du reden."

Der andere Kerl hatte den Kasten auf den Boden gestellt und geöffnet. Nun holte er ein Gerät daraus hervor, es war aus Metall und sah wie eine Kanne aus, mit einem Behälter unten, einem Handgriff hinten und einem offenen geraden Rohr obendrauf. Er drehte an einem Rädchen an dem Rohr, man hörte ein Zischen, dann zündete er ein Feuerzeug an und hielt es an das Rohr. Sofort entflammte ein Feuerstrahl, der aus dem Rohr schoss. Entsetzt riss Christina die Augen auf.

Der Russe vor ihr sprach wieder. „Du kennst das vielleicht nicht, aber das ist eine Lötlampe. Die Flamme hat eine Temperatur von über tausend Grad.

Mein Kumpel zeigt dir mal, was man damit anrichten kann."

Dann sagte er etwas auf Russisch, und der andere nahm eine kleine Platte aus dem Kasten, die sah aus, als wäre sie aus Aluminium, und war nur ein paar Millimeter dick. Er spannte die Platte in eine kleine Haltevorrichtung, die er auf den Boden stellte. Dann richtete er die Flamme auf die Platte und regulierte sie mit dem Rädchen, sodass sie blau wurde. Rasch fing die Platte an zu glühen, und als er die Flamme zurückzog, konnte Christina das Loch in der Platte sehen. Sie schluckte und starrte ihren Peiniger an.

Der sagte nur: „Und jetzt zeigt er dir, wie weh das tut. Und glaub mir, er wird es nur eine Sekunde draufhalten, aber wenn du nicht redest, können wir das gerne ausdehnen."

Daraufhin nickte er seinem Kumpel zu und gab ein Kommando auf Russisch. Der wandte sich mit der Lötlampe in der Hand Christina zu und kam näher. Sie schrie unter dem Klebeband und schüttelte den Kopf. Verdammt, sie mussten ihr doch erst eine Chance geben, zu reden. Aber die Kerle ignorierten ihre Signale, der Mann richtete die Flamme auf ihren rechten Oberschenkel. Christina konnte die Hitze schon spüren, sie wand sich auf dem Stuhl und zerrte verzweifelt an den Fesseln, aber es half ihr nichts, die Flamme erreichte ihre Haut und ein schrecklicher Schmerz breitete sich in ihrem ganzen Bein aus. Sie schrie unter dem Knebel, dann wurde ihr schwarz vor Augen.

Als sie wieder zu sich kam, brannte der Oberschenkel immer noch wie Feuer und sah schrecklich zugerichtet aus; es roch nach verbranntem Fleisch. Sie weinte vor Schmerzen und Verzweiflung. Der Russe hatte ihr das Klebeband abgerissen und nur ein einziges Wort gesagt: „Rede."

Und Christina hatte allen Widerstand aufgegeben und geredet. Erst brachte sie kaum Worte heraus, aber sie bekam ein Glas Wasser zu trinken, und dann hatte sie alles erzählt, von Anfang an. Einmal stockte sie, als sie nach der Adresse der Hütte gefragt wurde, aber ein leichtes Winken mit der Lötlampe genügte, und sie redete weiter. Als sie alles erzählt hatte und auch alle Fragen beantwortet hatte, wurde ihr Oberschenkel notdürftig verbunden, man hatte ihr den Mund wieder zugeklebt, sie zum Auto getragen und in den Kofferraum gelegt.

Sie nahm an, dass sie jetzt zu Livs Hütte unterwegs waren, wahrscheinlich hatten die Kerle sie mitgenommen, damit sie sie noch einmal befragen konnten, falls sich herausstellte, dass sie gelogen hatte. Außerdem konnten sie so sicherstellen, dass sie nicht Alarm schlug. Christina machte sich keine Illusionen, was sie mit ihr machen würden, wenn sie Natalia erst einmal hatten. Dann war sie ein überflüssiger Zeuge, der aus dem Weg geräumt werden musste. Sie hoffte nur, dass es schnell und schmerzlos geschehen würde, so weit war sie schon. Sie wollte nur noch, dass es vorbei war, bloß endlich keine Schmerzen mehr. Sie sah überhaupt keine Chance, die Lage, in die sie hier geraten war, zu überleben. Niemand wusste, dass sie entführt worden war, und nur Liv und Martin kannten die Geschichte mit Natalia und der Hütte. Und die beiden saßen in Berlin, weit weg. Nein, das war das Ende, sie hatte gesehen und am eigenen Leib zu spüren bekommen, wie brutal diese Kerle waren, Natalia hatte weiß Gott nicht übertrieben. Jetzt konnte sie ihre Angst verstehen.

Auch Natalia würde keine Chance haben, zu entkommen, sie ahnte ja nicht einmal, wer jetzt gerade auf dem Weg zu ihr war; wahrscheinlich würde sie beide ein gemeinsames Schicksal ereilen. Allerdings quälte Christina die Befürchtung, dass zumindest Natalia keinen schnellen, schmerzlosen Tod erleiden würde, dieser Russe musste einen furchtbaren Hass auf sie haben. Wenn er ihr quer durch Europa gefolgt war und über mehrere Monate keinen Aufwand gescheut hatte, sie zu finden, dann würde er Natalia sicher einen hohen Preis bezahlen lassen. Christina verfluchte sich innerlich, sie hatte nicht geahnt, worauf sie sich einließ, sie war zu naiv gewesen und hatte sich zu sicher gefühlt. Und dafür sollte sie nun ihr Leben verlieren. Damit würde dieser Kerl wirklich alle ausgelöscht haben, erst Patrik, dann sie und schließlich Natalia und damit auch Patriks Kind.

35

Elin war froh, dass sie ihr Ziel nun fast erreicht hatten, gerade hatten sie Tensta passiert und fuhren jetzt durch den Wald. Sie hatten die Koordinaten direkt ins Navi eingegeben, da es die Adresse nicht gefunden hatte. Elin hatte die Hütte und die Umgebung auf Google Maps mithilfe der Satellitenansicht schon mal ausgekundschaftet. Das Haus stand an einem Weg, der durch einen großen Wald führte, die nächsten Häuser waren eine ganze Ecke weit weg. Hinter der Hütte gab es einen Garten, eine Rasenfläche und ein Gartenhäuschen, vor dem Eingang einen kleinen Parkplatz für zwei Autos. Sowohl Liv als auch Martin hatten während der Fahrt angerufen und ihnen alle möglichen Beschreibungen und Informationen durchgegeben. Am hilfreichsten war noch der Tipp gewesen, einen kleinen Waldweg zu benutzen, der von der Straße ein Stück vor dem Haus direkt durch den Wald zur hinteren Grenze des Grundstücks führte. So konnten sie sich der Hütte unauffällig zu Fuß nähern, ohne mit dem Auto vorzufahren.

Lars hatte ordentlich Gas gegeben, er fuhr hundertfünfzig, wo immer es ging, damit hatten sie wohl fast eine halbe Stunde herausgeholt. Elin hoffte inständig, dass sie nicht zu spät kamen. Sie hatten ja nur Informationen aus dritter Hand - über Liv und Christina war ihnen Natalias Einschätzung dieses Russen übermittelt worden, aber es war wohl offenbar, dass es sich um einen brutalen Kerl handelte. Und wenn er solange nach Natalia gesucht hatte, dann wahrscheinlich nicht, um mit ihr Kaffee zu trinken. Das schlimmste Szenario war, dass sowohl Natalia und Christina schon tot waren, wenn sie endlich ankamen, und der Russe über alle Berge. Dann wäre ihr ganzer Einsatz vergebens gewesen.

Sie waren gerade nach rechts abgebogen, als Lars mit dem Kopf nickte und sagte: „Das muss die Stelle sein."

In der Tat führte auf der anderen Seite ein breiter Pfad, der aber nach einigen Metern enger wurde, in den Wald. Lars wendete den Wagen und bog in den Pfad ein. Direkt hinter den Büschen am Straßenrand fand er eine kleine Parkbucht, in die sein Volvo genau hineinpasste. Hier konnte er stehen bleiben, ohne von der Straße aus gesehen zu werden.

„So, jetzt geht es los." Lars sah Elin ernst an. „Wie gesagt, wir stürmen nicht wie ein Räumkommando ins Haus, wir peilen erst einmal die Lage."

„Schon verstanden." Elin hatte eingesehen, dass er recht hatte, sie konnten ja nicht wissen, was sie erwartete. Sie war davon ausgegangen, dass sie zwei gegen einen sein würden und deshalb gleich zum Angriff übergehen könnten. Lars hatte gekontert, dass sie nicht wissen könnten, ob der Russe allein war und ob er vielleicht bewaffnet war. Außerdem wollte Lars unbedingt eine Situation vermeiden, in der der Russe sich die Frauen als Geisel nehmen und mit ihnen verschwinden konnte, dann hätten sie nichts gewonnen.

„Wir nehmen aber trotzdem unsere Ausrüstung mit, oder?“

„Klaro. Wir müssen ja auf alles vorbereitet sein und können es uns wahrscheinlich nicht leisten, Zeit zu verlieren.“

Lars schnappte sich seinen Rucksack vom Rücksitz. Elin hatte eine kleine Tasche vor sich stehen, aus der sie jetzt den Teleskopschlagstock und ihren Feldstecher holte. Ihr Messer hatte sie bereits am Gürtel. Beide zogen sich ihre Jacken an, die in dunklem Grün gehalten waren und deshalb eine gute Tarnung in diesem Terrain abgaben, zum Glück lag ja kein Schnee.

Sie schlugen den Weg in den Wald ein. Der Pfad war ungefähr einen Meter breit und führte in Schlingen durch die Bäume. Es war an einigen Stellen recht matschig, ansonsten aber kein Problem voranzukommen. Elin lief voran, Lars folgte erst, fiel aber dann in einen langsameren Schritt zurück, wahrscheinlich plagte ihn sein Knie. Daher war es Elin, die zuerst am Ende des Weges ankam, wie Liv gesagt hatte, waren es keine zehn Minuten gewesen bis hierher. Sie platzierte sich hinter einem Baum und schaute sich um. Sie war seitlich des Grundstücks herausgekommen, sodass sie eine gute Sicht auf alles hatte. Sie sah die Hütte von der Seite, und sowohl die Auffahrt als auch der Garten hinter dem Haus waren weitgehend in ihrem Blickfeld, der Gartenschuppen war allerdings zum großen Teil vom Haus verdeckt. Es war alles ruhig, es war auch kein Auto zu sehen. Entweder waren sie dem Russen zuvorgekommen, oder er war schon wieder weg. Sie hoffte natürlich auf Ersteres, dann könnten sie Natalia in Sicherheit bringen. Leider kannte Natalia sie nicht und hatte ja auch keine Ahnung, warum sie hier aufkreuzten, sie würde wahrscheinlich nicht einfach so mit ihnen mitgehen wollen.

Jetzt kam Lars an und stellte sich hinter sie. „Wie ist die Lage?"

„Nichts und niemand zu sehen. Sollen wir zum Haus gehen?"

In dem Moment hörte sie ein Motorengeräusch, ein Auto kam die Straße heraufgefahren.

Lars hatte es auch gehört. „Lass uns noch warten, bis der Wagen vorbei ist."

Doch der Wagen fuhr nicht vorbei, sondern steuerte schnurstracks in die Auffahrt von Livs Hütte. Die Türen wurden aufgerissen, und zwei Männer stürzten heraus, der eine war groß und kräftig, der andere untersetzt und bullig mit Glatze. Der Fahrer war der größere von beiden und rannte um das Haus herum, er hatte einen länglichen Gegenstand in der Hand, Elin nahm an, es müsste ein Brecheisen sein. Der kleine Bulle postierte sich vor dem Eingang.

Lars zog Elin weiter zurück in die Deckung.

„So ein Mist“, flüsterte sie. „Warum konnten die nicht fünf Minuten später kommen?“

„Lässt sich nicht ändern. Kannst du Christina irgendwo sehen?“

Elin setzte den Feldstecher an und richtete ihn auf das Auto. Es war ein großer Audi, wahrscheinlich ein A6 in Sedan Ausführung.

„Ich kann sie nicht sehen, vielleicht liegt sie auf der Rückbank und ist gefesselt.“

Lars legte ihr die Hand auf den Arm. „Egal, wie es jetzt ist, haben wir eine wirklich gefährliche Situation. Es sind zwei Kerle, und die haben nichts Gutes vor. Ich werde die Polizei verständigen.“

„Okay.“

„Ich gehe ein Stück in den Wald zurück, damit die mich nicht hören, du bleibst hier und beobachtest. Verstanden?“

„Ja.“

„Elin, nicht eingreifen, du wartest, bis ich wieder zurück bin.“

Lars kannte sie, es war nicht ihre Sache, einfach nur dazustehen und zu gucken, trotzdem nickte sie. Lars huschte den Pfad zurück.

In dem Moment war ein knirschendes Geräusch von der Rückseite des Hauses zu hören, der große Kerl hatte wohl die Terrassentür aufgebrochen. Elin konnte die Veranda nicht sehen und beobachtete stattdessen den bulligen Kerl im Feldstecher, er sollte wohl den Vordereingang bewachen, falls Natalia versuchte, auf diesem Weg zu fliehen. Dazu kam es aber nicht, es hatte keine Minute gedauert, da rief der Große etwas, das sich russisch anhörte. Der Dicke setzte sich daraufhin in Bewegung und rannte nun ebenfalls um das Haus herum zum Hintereingang.

Verdammt, wo blieb Lars? Elin drehte sich um, konnte ihn aber weder sehen noch hören. Das war doch die perfekte Gelegenheit, zum Audi zu laufen und nachzusehen, ob Christina sich darin befand. Wenn sie sie in Sicherheit bringen könnten, wäre schon viel gewonnen. Immer vorausgesetzt, sie lebte und die Russen hatten sie mitgenommen.

Sie schaute sich noch einmal nach Lars um. Nichts. Warum dauerte das so lange? Das war doch ein einfaches Ding, den Notruf abzusetzen. Sie sah wieder auf den Audi, der dort verlockend mit offenen Türen stand. Die Russen waren im Haus, wahrscheinlich mit Natalia beschäftigt. Elin fasste einen Entschluss, sie würde nach Christina sehen. Vorsichtig ging sie in der Deckung der Büsche und Bäume bis zur Straße und sah noch einmal nach den Russen. Nach wie vor freie Fahrt. Sie huschte geduckt zu der Auffahrt, schlich an der Vorderseite nach vorne und lugte in den Wagen. Alles leer. Auf der Rückbank lagen mehrere Getränkedosen und ein paar Chipstüten, aber keine Christina. Blieb der Kofferraum. Elin schlich zur Hinterseite des Audi, sich ständig versichernd, dass keiner der Russen plötzlich auftauchte. Sie drückte auf den Knopf zum Öffnen, die Klappe schwang noch oben. Elin wich erschreckt zurück, sie erkannte erst gar nicht, was sie sah, es war ein unförmiges weißes Etwas. Erst beim zweiten Blick verstand sie, dass hier eine recht füllige, nackte Frau lag, die Hände auf dem Rücken gefesselt, die Knöchel zusammengebunden, blaue Flecke überall, der Oberschenkel mit einem Verband, der rot durchnässt war. Das Gesicht war rot und geschwollen, quer über dem Mund ein breiter Streifen silbernes Klebeband, die großen Augen starrten sie an. Sie lebte und war bei Bewusstsein. War das Christina? Elin war nicht sicher, aber sie riss mit einer schnellen Bewegung das Klebeband ab und legte gleichzeitig den Finger auf ihren Mund. „Schtt. Leise sein."

Ja, es war Christina. Elin holte ihr Messer heraus und schnitt die Kabelbinder durch. Christinas Haut war furchtbar kalt, und Elin merkte nun, dass sie am ganzen Körper zitterte, kein Wunder bei diesen Temperaturen. Diese Schweine hätten ihr ja wenigstens eine Decke umlegen können. Vorsichtig half sie Christina aus dem Kofferraum heraus, die stand schwankend und unsicher auf den Beinen. Elin zog ihre Jacke aus und legte sie Christina an. Die Jacke war natürlich viel zu klein, aber es gab im Moment nichts Besseres.

„Kannst du laufen? Ich will dich hier wegbringen, in Sicherheit."

Christina krächzte, sie räusperte sich zweimal, dann brachte sie hervor: „Nein, ich bleibe hier. Du musst Natalia helfen, die wollen sie umbringen."

Elin überlegte. War das eine gute Idee? Naja, wenn sie Christina zu Lars' Auto brachte, verlor sie wohl fast eine halbe Stunde, bis dahin konnte Natalia tot sein. Und der Audi war warm, der Motor lief immer noch.

„Gut, du setzt dich auf den Fahrersitz, verriegelst die Türen und fährst weg, falls einer der Russen kommt. Kriegst du das hin?"

Christina nickte und machte den ersten Schritt nach vorne. Elin kontrollierte noch einmal, dass die Luft rein war, dann führte sie Christina langsam zur Fahrertür und half ihr, einzusteigen. Daraufhin schloss sie beide Türen, so vorsichtig und leise es ging, und wartete, bis Christina die Schlösser verriegelt hatte. Sie gab ihr ein Handzeichen, den Daumen nach oben, und machte sich auf den Weg zur Hinterseite des Hauses, sie schaute noch einmal zurück und sah, wie Christina sich eine der Coladosen geschnappt hatte und gierig daraus trank. Prima, das schien eine gute Lösung zu sein. Elin schlich zur rechten Hausecke und schaute herum, da war niemand. Da sie wusste, dass sich auf dieser Seite ein Fenster befand, wollte sie dorthin und erst einmal die Lage peilen. Sie schlich geduckt bis zum Fenster, darunter waren Blumentöpfe gestapelt, sie platzierte ihre Füße in den Zwischenräumen der Stapel. Langsam richtete sie sich auf, es bot sich ihr ein schrecklicher Anblick. Sie konnte das ganze Wohnzimmer einsehen, eine blonde Frau stand, oder besser gesagt, hing in der Mitte, völlig nackt – das musste wohl Natalia sein. Das Wohnzimmer hatte im Bereich zur Terrasse ein hohes

Spitzdach, durch das ein kräftiger Deckenbalken führte. An dem hatten sie Natalia angebunden, mit den Armen nach oben, die Zehenspitzen berührten gerade den Boden. Der große Russe stand vor ihr, er hatte einen Gürtel in der Hand, mit dem er immer wieder auf Natalia einschlug. Bei jedem Schlag schwang ihr Körper ein Stück in die Gegenrichtung, und sie schrie so laut, dass Elin es durch das Fenster hören konnte, obwohl dieses Dreifachverglasung hatte. Verdammt, sie musste etwas tun. Nur, sie allein gegen zwei? Sie musste auf Lars warten. Und wo war der kleine Bulle? Der war nicht im Wohnzimmer zu sehen, saß der in einer Ecke, die sie nicht einsehen konnte, und genoss das Schauspiel?

Wieder drosch der Riese auf Natalia ein, und er musste eine besonders empfindliche Stelle getroffen haben, denn Natalia krümmte sich in der Luft vor Schmerzen. Elin zuckte zurück vor Schreck. Dabei stieß sie gegen einen der Stapel, der fiel um, und zwei der Töpfe zerbrachen mit einem deutlichen Scheppern. Verdammt, hoffentlich hatten die das nicht gehört, sie musste hier weg. Doch es war zu spät, sie hörte einen lauten Ruf, und schon kam der Bulle um die Ecke gerannt, eine Zigarette im Mundwinkel. Er hatte wohl auf der Terrasse gestanden und geraucht, so ein verfluchtes Pech. Es half nichts, Elin machte sich bereit. Der dicke Russe hatte neben dem anderen recht klein gewirkt, aber Elin musste nun feststellen, dass er immer noch größer war als sie selbst.

Der kräftige Kerl kam auf sie zugerannt wie eine Kanonenkugel, Elin wich im letzten Moment aus und ließ ihr linkes Bein stehen. Der Dicke fiel der Länge nach auf die Erde, drehte sich aber sofort auf den Rücken. Elin zögerte nicht und warf sich auf ihn, sie musste ihn unschädlich machen. Sie saß auf ihm und traktierte sein Gesicht mit Faustschlägen, aber damit schien sie ihm gar nichts anhaben zu können, er grinste nur und fing erst ihre eine Hand und dann die andere. Da saß sie nun, ihre Handgelenke in seinen Pranken, die wie ein Schraubstock zugriffen. Der Kerl war stark. Sie starrten sich an, Elin überlegte krampfhaft, wie sie ihre Füße einsetzen könnte, da drehte der Mann sich plötzlich mit aller Macht um und riss sie mit, daraufhin war sie unten und er oben. Und er war schwer. Der Bulle rutschte auf ihre Hüften und presste ihren linken Arm nach außen auf den Boden. Dann ließ er ihr rechtes Handgelenk los und legte seinen linken Unterarm quer über ihren Hals. Er drückte mit seinem Gewicht auf ihre Luftröhre, Elin blieb die Luft weg. Sein Gesicht war direkt über ihrem, er stank nach Zigaretten und hatte einen ekelhaften Mundgeruch. Sie versuchte ihn mit der freien rechten Hand zu schlagen, konnte aber keine empfindlichen Körperteile erreichen, seine Schulter war im Weg. Auch an seine Augen kam sie nicht heran, da er den Kopf zur anderen Seite gedreht hatte. Ihre Beine konnte sie bewegen, aber das half genauso wenig, die Tritte in seinen Rücken störten den Kerl nicht im geringsten. Ihre Hüften waren von seinem Gewicht wie in den Boden gepresst, der linke Arm wie festgenagelt, sie war ihm hilflos ausgeliefert. Langsam geriet sie in Panik, sie brauchte Luft. Sie wusste, ihr blieb nicht viel Zeit, bald würde sie ohnmächtig werden. Es gab nur einen Ausweg, sie tastete nach ihrem Gürtel, fand das Lederfutteral und öffnete die Lasche. Sie zog das Messer heraus, nahm den Griff fest in die Hand und stieß mit aller Kraft zu. Offenbar hatte sie gut gezielt, denn es gab keinen Widerstand, das Messer glitt bis zum Heft in seinen Brustkorb, zwischen zwei Rippen hindurch. Der Kerl zuckte und erstarrte, dann brach er auf ihr zusammen, der Druck auf ihren Hals verschwand endlich. Mühsam wälzte sie den schweren Körper des Russen zur Seite und atmete tief ein, der Hals tat kräftig weh. Das war knapp gewesen.

Sie richtete sich auf, um zu überprüfen, ob der Mann noch lebte. In diesem Moment hörte sie hinter sich schnelle Schritte. Rasch drehte sie sich um, doch der große Russe war schon bei ihr und das Letzte, was sie sah, war sein Stiefel, der sie genau an der Schläfe traf. Dann loggte Elin aus.

36

Lars kochte, so etwas hatte er noch nicht erlebt. Normalerweise war so ein Notruf in zwei Minuten erledigt. Er schaute auf die Uhr, es hatte über zehn Minuten gedauert.

Erst war er in einer Warteschleife gelandet, und das bei einem Notruf! Saßen die alle beim Weihnachtsbüfett und hatten nur eine Notbesetzung am Telefon? Als er dann endlich verbunden wurde, hatte er einen Typ an der Leitung, der alles ganz genau wissen wollte und bei allem dreimal nachfragte. Lars hatte Mühe gehabt, ruhig zu bleiben. Schließlich hatte er ins Telefon gebrüllt, dass das Leben von zwei Frauen in Gefahr sei und jetzt jede Minute zähle. Daraufhin hatte der Polizist in aller Ruhe erklärt, dass er trotzdem jedes Detail wissen müsse, um abzuschätzen, wie viele Einsatzkräfte er schicken müsse. Lars hatte darauf erwidert, dass er ihm das gerne sagen könnte, es bräuchte mindestens vier voll bewaffnete Polizisten und einen Krankenwagen. Das schien der Mann immerhin dankbar anzunehmen, doch dann gab es ein weiteres Problem. Wie überall im Land hatte man begonnen, die Dienststellen zu zentralisieren, und insbesondere im Norden war eine

Polizeistelle oft für viele hundert Quadratkilometer zuständig. Die Station in Tensta war nur dienstags und donnerstags besetzt, und heute war Mittwoch. Wenn sich also nicht zufällig ein Wagen in der Nähe befand, mussten die Polizisten aus Jönköping anrücken, und das würde eine gute halbe Stunde dauern.

Das bedeutete, dass sie erst einmal auf sich allein gestellt waren, deshalb hastete Lars eilig den Waldweg zurück zum Haus. Als er am Waldrand ankam, war Elin nicht mehr dort. Warum nicht? Er hatte ihr aufgetragen, nichts zu unternehmen und hier auf ihn zu warten. Konnte diese Frau nicht einmal tun, was man ihr sagte? Es war immer das Gleiche mit ihr. Er setzte das Fernglas an und schaute hinüber zum Auto. Die Türen waren jetzt geschlossen, es schien, als säße jemand am Steuer. War das der dicke Russe? Elin war nicht zu sehen. Er schwenkte das Glas in die andere Richtung zur Rückseite des Hauses. Halt, da hatte etwas gelegen. Er bewegte das Sichtfeld ein Stück zurück. Richtig, da lag jemand und bewegte sich nicht. Aber das war nicht Elin, die war klein und zierlich, dieser Körper war fast wie eine Kugel. War das der dicke Russe? Und warum lag er da, was war mit ihm passiert? Und wenn es der dicke Russe war, wer saß dann im Auto? Es half nichts, er würde es überprüfen müssen. Aber erst musste er zum Auto, denn falls das einer der Russen war, der darin saß, würde der ihn auf dem Weg über den Rasen sehen können.

Lars schlich am Waldrand Richtung Straße, er versuchte, möglichst kein Geräusch zu machen. Als er an der Straße ankam, konnte er die Person im Auto besser erkennen. Das war keiner der Russen, es war eindeutig eine Frau, war es Christina? Elin auf jeden Fall nicht. Lars näherte sich langsam. Ja, das war Christina, auch wenn sie schrecklich zugerichtet war. Nun hatte sie ihn bemerkt und ließ das Fenster einen Spalt herunter.

„Was ist passiert?“, flüsterte Lars. „Wo ist Elin?“

„Du musst ihr helfen, die wollen Natalia umbringen“, brachte sie mit heiserer Stimme hervor. Sie zeigte auf die rechte Seite des Hauses. „Elin ist dort um die Ecke, seitdem habe ich sie nicht mehr gesehen.“

Also, doch, Elin hatte mal wieder die Initiative ergriffen, natürlich ohne es mit ihm abzusprechen. Das nervte!

„Bist du okay?“

Christina nickte nur und winkte ihn mit der Hand Richtung Haus. Gut, er musste sowieso den Körper untersuchen, der dort lag.

Lars lief geduckt an der Häuserwand entlang zu dem leblosen Körper. Ja, das war der dicke Russe, er lag auf dem Rücken. Lars nahm sein Pfefferspray aus der Brusttasche und machte sich bereit, aber der Kerl bewegte sich nicht, er konnte noch nicht einmal eine Atembewegung wahrnehmen. Was war hier passiert? Lars kniete neben dem leblosen Mann nieder, das Pfefferspray im Anschlag, und fühlte den Puls an der Halsschlagader. Nichts, der Kerl war tot. Nur wie? Lars konnte keine Verletzung erkennen, bis er sich über den Körper beugte und das Messer sah, das seitlich aus seinem Brustkorb ragte. Blut war nur wenig ausgetreten, aber das Messer war wohl direkt ins Herz gegangen. Das musste Elins Werk sein, er glaubte ihr Messer wiederzuerkennen. Nur, warum hatte sie es nicht mitgenommen, sondern hatte es stecken gelassen? Irgendetwas war hier faul.

Lars drehte sich zum Haus um, dort gab es ein Fenster in der Seitenwand, das gab ihm die Chance, zu sehen, was drinnen vorging. Vielleicht hatte Elin den anderen Russen auch schon erledigt und die Lage war unter Kontrolle, zuzutrauen wäre es ihr. Nur die Sache mit dem Messer passte nicht dazu ...

Unter dem Fenster standen einige Stapel mit Blumentöpfen, einer davon war umgekippt und ein paar der Töpfe waren zerbrochen. Lars stellte sich vorsichtig daneben und schaute von der Seite in das Fenster. Er hatte zwar einen vollen Blick auf das Wohnzimmer, aber er hatte Schwierigkeiten alles auf den ersten Blick zu erfassen. Ein junges Mädchen hing in der Mitte, vollständig entkleidet und über und über mit blutigen Striemen auf der Haut. Der Bauch hatte eine starke Wölbung, die Schwangerschaft war deutlich zu sehen. Der Russe schlug mit einem Gürtel auf sie ein, das Mädchen schien nicht zu reagieren, vielleicht war es nicht mehr bei Bewusstsein. Lars sah ein, dass er eingreifen musste, das Mädchen würde diese hemmungslose Brutalität nicht mehr lange aushalten, das ungeborene Kind würde zuerst dran glauben, denn er konnte sehen, dass er auf ihren dicken Bauch keine Rücksicht nahm. Doch wo war Elin? Er sah sich im Wohnzimmer um und entdeckte sie schließlich, sie lag in einer Ecke auf dem Boden, mit dem Rücken zum Zimmer, sie schien gefesselt zu sein. Mist, dann hatte der Große sie doch erwischt. Dieser Russe musste ja einen maßlosen Hass auf das Mädchen haben, der seinen Verstand völlig vernebelte, sonst wäre ihm doch klar geworden, dass er aufgeflogen war, und wäre abgehauen. Oder hatte der Kerl tatsächlich geglaubt, dass Elin hier allein aufgetaucht war? Egal, der kleine Dicke war immerhin erledigt, jetzt hieß es also: Lars gegen den großen Russen. Lars war selbst knapp eins neunzig groß, und er schätzte, dass der Russe wohl ungefähr in derselben Liga spielte. Allerdings war der extrem muskulös, auch wenn Lars recht kräftig in den Schultern war, so hatte der Russe deutlich mehr Masse, der war breit wie ein Schrank mit ausgeprägten Muskeln. Trotzdem war Lars sich sicher, es mit ihm aufnehmen zu können. Er hatte den Überraschungseffekt und seine Kampfutensilien. Er hakte seinen Schlagring vom Gürtel, legte ihn um die Finger seiner rechten Hand und nahm das Pfefferspray in die linke Hand. Er merkte, wie das Adrenalin in seine Adern schoss, jetzt galt es. Er lief zur hinteren Ecke des Hauses und inspizierte die Terrasse. Dort war wie erwartet niemand, er konnte sehen, dass die Tür aufgebrochen worden war, das Brecheisen lag auf dem Boden. Das bedeutete, dass er sich keine Gedanken machen brauchte, wie er hineinkommen konnte, die Tür war nur angelehnt. Durch den Spalt hörte er die Schläge mit dem Gürtel und ein leises Wimmern von dem Mädchen, sie war also doch nicht ohnmächtig. Lars überlegte kurz, ob er das Brecheisen mitnehmen sollte, aber er fand es zu unhandlich für den Nahkampf und fühlte sich wohler mit dem Spray und dem Schlagring.

Noch ein Schlag, gefolgt von einem Aufschrei, es war keine Zeit mehr zu verlieren. Lars ging zügig zur Terrassentür und zog sie auf, der Russe hatte gerade zu einem neuen Schlag ausgeholt, hielt aber inne und drehte sich zu ihm. Lars stürmte auf ihn los, bevor der sich darauf einstellen konnte, und riss das Spray hoch. Doch der Russe war reaktionsschnell und konnte seinen rechten Arm vor die Augen halten, bevor Lars den Sprühknopf drückte. Lars versuchte, einen Schlag mit seiner Rechten anzubringen, aber der Russe war wieder schneller und schlug ihm mit der Faust in den Magen. Lars blieb die Luft weg, und es wurde ihm kurz schwarz vor Augen. Das nutzte der Russe, um ihm das Spray zu entwenden und Lars auf den Boden zu werfen. Bevor Lars sich auch nur bereit machen konnte, war der Riese schon der Länge nach auf ihn gesprungen, Lars spürte einen stechenden Schmerz in seiner Brust, etwas knackte. Schon legte der Russe seine großen Hände um seinen Hals und drückte zu. Verdammt, der Kerl war schnell und kräftig, eine teuflische Kombination. Lars schlug ihm mit seinem Schlagring in die Seite, er versuchte die Nieren zu treffen. Der Kerl zuckte zwar, ließ aber nicht nach in dem Druck auf seinen Hals. Lars überlegte fieberhaft – was waren seine Möglichkeiten in dieser Situation. Er erinnerte sich an das Training bei der Polizei: Augen und Genitalien. Leider saß der Kerl rittlings auf ihm, so dass Letzteres nicht infrage kam, deshalb versuchte er das Gesicht zu erreichen. Aber der Russe drehte das Gesicht hin und her, sodass Lars keine Chance hatte. Der Druck wurde unerträglich, zu atmen war unmöglich. Blieb noch eine weitere Schwachstelle. Die Hände bei einem so kräftigen Mann konnte man nicht wegziehen, auch wenn es das war, was die meisten versuchten. Aber die Hände hatten je einen kleinen Finger, und wenn man die zu fassen bekam und nach außen zog, tat das furchtbar weh und führte meistens dazu, dass der Angreifer losließ. Lars griff sich die beiden kleinen Finger und riss sie mit einem kräftigen Ruck zur Seite. Der Russe schrie auf und zog die Hände weg, um seine kleinen Finger zu befreien. Lars bekam wieder Luft, er atmete tief ein. Doch das Glück währte nicht lange. Der Russe rutschte mit seinen Knien auf Lars' Oberarme, und legte erneut die Hände um seinen Hals. Lars versuchte verzweifelt, die Arme zu befreien, aber der Kerl hielt sie mit seinem ganzen Gewicht fixiert am Boden. Wieder wurde ihm die Luftröhre zugedrückt, doch diesmal gab es kaum Möglichkeiten zur Gegenwehr. Da bemerkte er eine Bewegung schräg hinter dem Russen. War das Natalia? Ja, tatsächlich, sie hatte Schwung geholt und pendelte mit ihrem geschundenen Körper in der Luft hin und her. Wollte sie ihm helfen? Lars sah wie sie nach hinten ausholte und mit viel Energie auf den Russen zugeflogen kam, die Füße voran. Lars bäumte seinen Oberkörper auf, um den Russen in eine gute Position zu bringen, und es gelang – Natalia erwischte den Kerl mit ihren Hacken seitlich am Kopf, der Druck am Hals ließ nach, Lars drehte seinen Körper und konnte den Russen zur Seite schleudern. Schnell richtete er sich auf und verpasste dem Kerl einen Tritt in die Seite. Doch der schüttele sich nur, er stand schon auf Händen und Knien. Als Lars zu einem Schlag mit seinem Knie ansetzen wollte, drehte sich der Kerl und zog Lars mit. Es war unfassbar, Lars lag schon wieder unter ihm, der Kerl war ihm über.

Der Russe schlug ihm ins Gesicht und griff nach dem Gürtel, der ihm bei dem Angriff aus der Hand gefallen war. Er legte ihn mit einer raschen Bewegung um Lars' Hals. Als er begann den Gürtel zuzuziehen, wusste Lars, dass er verloren hatte. Es gab keine Möglichkeit, das Zuziehen zu verhindern, der Russe saß auf ihm und hielt ihn am Boden fest, mit seinen Armen konnte er keine sensiblen Körperstellen erreichen. Langsam verließ ihn die Kraft. Natalia konnte ihm jetzt auch nicht mehr helfen, durch das letzte Rollmanöver auf dem Boden waren sie außerhalb ihrer Reichweite. Lars schlug auf den Russen ein, aber seine Schläge wurden schwächer und schwächer, lange würde er nicht mehr Gegenwehr leisten können. War das jetzt das Ende? Hier in Livs Hütte, im Kampf mit diesem Verbrecher? Allmählich glitt er in einen Nebel aus Watte, seine Wahrnehmung wurde immer schwächer.

Doch plötzlich hörte er einen dumpfen Schlag, und etwas Schweres polterte neben ihm auf den Boden. Der Russe brach über ihm zusammen, der Zug auf den Gürtel verschwand. Mit letzter Kraft lockerte Lars den Gürtel um seinen Hals, Luft strömte zurück in seine Lungen, langsam erwachten seine Sinne wieder. Was war passiert? Er wälzte den Russen von sich herunter, zog den Gürtel vollständig von seinem Hals und rieb seinen Kehlkopf. Neben ihm lag das Brecheisen. Er drehte sich um und hinter ihm stand Christina, in einem kleinen Jäckchen, der eine Ärmel war an der Naht aufgeplatzt, ihr Bauch hing in Ringen herab, unten herum war sie nackt, am Oberschenkel verbunden, Blut lief das Bein herunter. Ihre Hände hingen herab, sie war offenbar am Ende ihrer Kräfte und brach auf die Knie zusammen. Lars richtete sich auf und keuchte. Er wollte Christina zu Hilfe eilen, doch da hörte er Elin, sie hatte sich umgedreht und rief: „Lars, erst den Russen. Du musst ihn fesseln, bevor er wieder aufwacht."

Lars schüttelte sich, er musste erst wieder klar denken können. Sie hatte recht, das war das Wichtigste, sonst ging der Kampf womöglich gleich wieder los, er konnte ja nicht wissen, wie hart Christina zugeschlagen hatte. Er nahm die Kabelbinder aus der Hosentasche und fesselte die Hände des Russen auf dem Rücken, zur Sicherheit mit zwei Kabelbindern. Dann band er die Knöchel zusammen, winkelte die Beine des Russen an und befestigte ein weiteres Plastikband zwischen Händen und Füßen, so konnte der sich nun gar nicht mehr bewegen. Lars schaute sich den Kerl an, er hatte eine ordentliche Wunde am Hinterkopf, aus der viel Blut quoll, wahrscheinlich wäre der in jedem Fall eine Weile kampfunfähig.

Er drehte sich nach Christina um, die war inzwischen zu Natalia gekrochen und streichelte deren Beine. Lars stand auf und wollte zur ihr gehen, als Elin rief: „Lars, mach mich erst los, dann kann ich auch helfen.“

Elin war an Händen und Füßen gefesselt und hatte eine Platzwunde an der linken Schläfe, die ganze Seite des Gesichts war blutverkrustet, ihr Hals war stark gerötet, aber sie schien fit zu sein.

Lars nickte, er torkelte benommen zur Küchenzeile und suchte sich ein scharfes Messer, dann befreite er Elin, die sich die Handgelenke rieb und sofort aufstand.

„Lass uns Natalia befreien“, sagte sie und sprang zu den beiden in die Mitte des Raumes. Lars folgte, jeder Atemzug gab ihm einen Stich im Brustkorb, er befürchtete, dass mindestens eine Rippe gebrochen war.

Elin stellte sich neben Natalia und umfasste sanft ihren Körper, um sie abzustützen.

„Schneide den Strick durch!“

Es war kein Problem für Lars, bei seiner Größe an Natalias Hände heranzukommen, auch wenn die

Rippen schmerzten, als er sich streckte. Er schnitt den Strick durch, Elin fing das Mädchen auf, und gemeinsam trugen sie es zur Couch, Christina folgte kriechend.

Sie setzten Natalia vorsichtig hin, sie wimmerte bei jeder Bewegung, und sie sah schrecklich aus, das Gesicht war geschwollen und blutverschmiert, auch aus dem Mund blutete sie, der Kerl hatte ihr wohl mehrere Zähne ausgeschlagen. Ihr Körper wies überall lange Striemen auf, außerdem waren blutende Wunden an den Stellen, wo die breite Gürtelschnalle sie getroffen hatte, der Dorn war zum Teil tief ins Fleisch eingedrungen. Christina kroch langsam auf die Couch, Elin half ihr, sich neben Natalia zu setzen. Lars bewunderte die Frau, sie sah selbst nicht viel besser aus und hatte doch nur im Sinn, Natalia zu helfen.

Mit heiserer Stimme flüsterte er: „Danke, Christina, ich denke, du hast mir das Leben gerettet."

Sie sah zu ihm auf, mit ihrem verschwollenen Gesicht. „Unsinn", sagte sie mühsam, „wenn ihr nicht gekommen wärt, wären wir jetzt beide tot. Ich bin es, die euch danken muss. Wieso seid ihr eigentlich hier?"

„Liv hat uns geschickt, sie hat sich Sorgen gemacht, weil sie dich nicht erreichen konnte. Aber jetzt müssen wir euch erst einmal verarzten und etwas zum Anziehen besorgen."" Das Sprechen fiel ihm sehr schwer, und der Brustkorb schmerzte bei jedem Atemzug.

„Unsere Sachen sind oben", sagte Christina und legte den Arm um Natalia.

Elin kam mit Verbandszeug aus dem Flur. „Es gab einen Medizinschrank im Bad, ich habe Pflaster und Binden. Sollen wir die verwenden oder lieber auf den Krankenwagen warten? Wann kommt der denn?“ Sie hatte sich das Blut aus dem Gesicht gewaschen und ein feuchtes Handtuch um den Kopf gebunden.

„Was macht deine Verletzung?“, fragte Lars.

„Mir brummt der Schädel ein bisschen, das ist aber nicht weiter schlimm.“ Sie lächelte fröhlich. „Wie ist das mit dem Krankenwagen?“

Lars schaute auf seine Uhr. Seit seinem Anruf waren zwanzig Minuten vergangen. „Ich hoffe, der ist in zehn Minuten hier. Ich denke, wir machen Pflaster auf die Fleischwunden, den Rest sollen die Ärzte sich vornehmen. Aber wir brauchen etwas Bequemes zum Anziehen. Kannst du mal nach oben laufen?“

„Klar.“ Elin strahlte ihn an, sie schien irgendwie euphorisch. Sie gab ihm das Verbandszeug und rannte Richtung Treppe. Lars riss einige der Verpackungen auf und bedeckte die schlimmsten Wunden an Natalias Körper mit Mullbinden, die er dann mit Pflaster befestigte. Er wollte die Pflaster nicht direkt auf die Wunden setzen, da die Ärzte sie sicher wieder entfernen würden, und das könnte dann wehtun. Als er eine Wunde am Bauch versorgte, spürte er eine Bewegung unter der Haut, das Kind hatte sich gedreht.

„Dein Kind lebt“, sagte er zu Natalia.

Sie nickte und lächelte gequält, sie hatte es natürlich auch gespürt.

„Gott sei Dank", hauchte Christina, sie hatte Tränen in den Augen.

Elin kam mit Kleidung auf dem Arm zurück. „Ich habe einen Jogginganzug und einen Bademantel. Außerdem Unterhosen und dicke Socken." Sie verteilte die Sachen und half beiden beim Anziehen. Lars beobachtete sie, Elin strahlte immer noch. Wusste sie eigentlich, dass der dicke Russe tot war? Warum war sie so extrem guter Laune? Lars holte zwei Gläser Wasser aus der Küche.

Als die beiden Frauen angekleidet waren und sich wieder auf der Couch niedergelassen hatten, mit dem Wasser in der Hand, nahm Lars Elin beiseite.

„Bist du auf Drogen? Oder warum freust du dich so?"

Sie schüttelte lächelnd den Kopf. „Nein, aber ich fühle mich wie neugeboren. Wir leben alle, und ich bin so glücklich, dass wir noch rechtzeitig gekommen sind und die beiden retten konnten. Oder vielmehr die drei."

„Naja, das war aber ganz schön knapp, das hätte auch schiefgehen können. Warum hast du denn nicht auf mich gewartet, wie wir es verabredet hatten?" Er schaute sie vorwurfsvoll an.

„Na, du hast ja Ewigkeiten gebraucht, was hast du so lange gemacht?"

„Der Typ in der Notrufzentrale war eine Katastrophe, der hat mich zehn Minuten hingehalten."

„Ich konnte nicht warten, Lars. Der dicke Russe war auch im Haus verschwunden, und da musste ich einfach nach Christina sehen. Apropos – was ist eigentlich mit dem Kerl?“

„Der liegt da draußen, der ist tot. Du hast ihn mitten ins Herz gestochen.“

„Oh.“ Elin schluckte. „Das wollte ich nicht, aber es war Notwehr, der hätte mich sonst erwürgt.“

Sie sah ihn um Zustimmung heischend aus ihren grünen Augen an.

„Das glaube ich dir. Aber du wirst dich einer ausgiebigen polizeilichen Untersuchung stellen müssen. Nur dass du schon mal vorbereitet bist.“

„Toll. Freue ich mich jetzt schon drauf.“ Elin grinste ihn an, ihre gute Laune war offenbar durch nichts zu erschüttern. „Wie geht es dir? Hast du was abbekommen? Der Riese hat dich ja ziemlich in der Mangel gehabt ...“

„Ich glaube, er hat mir ein paar Rippen gebrochen. Sonst aber nur blaue Flecke.“

In der Ferne waren jetzt Sirenen zu hören.

„Hört sich so an, als wenn die Offiziellen endlich kommen. Typisch, jetzt wo alles unter Kontrolle ist. Elin, es wäre besser, wenn du dich vor dem Eingang oder noch besser auf der Straße postierst und die Polizisten dort abfängst. Hebe die Arme hoch, lass sie dich deutlich sehen und erkläre ihnen, dass sie hier nicht in Rambo-Manier reinstürmen müssen, da die Gangster ausgeschaltet sind. Was wir jetzt brauchen, ist ärztliche Versorgung.“

Sie nickte. „Wird gemacht.“ Schon rannte sie Richtung Haustür.

Lars sah sich um, auf dem Boden lagen Natalias Kleider, die der Russe ihr vom Leib gerissen hatte. Außerdem das Brecheisen, der Russe daneben, er war nach wie vor bewusstlos. Lars nahm das Brecheisen hoch und legte es beiseite, er wollte nicht, dass die Polizisten es als potentielle Waffe auffassten und womöglich Panik bekamen. Das wäre jetzt noch der Höhepunkt: Sie hatten zwar den Kampf gewonnen und würden am Ende durch einen schießwütigen Polizisten umgebracht.

Auf der Couch hatten sich die beiden Frauen zusammengekuschelt und hielten die Augen geschlossen, für sie konnte er im Moment nicht mehr tun. Er setzte sich ächzend auf einen Sessel, alles tat ihm weh, besonders seine Rippen. Wie sollte er das nur Lisa erklären? Die würde wahrscheinlich gleich die Scheidung einreichen. Das Stillhalteabkommen war hiermit geplatzt, und den Termin beim Eheberater konnte er wohl sofort stornieren. Lars seufzte.

37

Martin war gerade nach Hause gekommen. Die Kinder spielten oben und waren offenbar zu beschäftigt, um herunterzukommen. Sie hatten nur „hallo" die Treppe heruntergerufen. Dafür war Liv ihm sofort entgegen gekommen, er sah gleich, dass sie geweint hatte.

„Es gibt Neuigkeiten aus Schweden." Sie sah ihn ernst an.

„Was Schlimmes?", fragte er beunruhigt. Nach den Telefonaten mit Lars am Vormittag hatte er sich immer wieder gefragt, was dort wohl vor sich ging, aber der restliche Tag war mit Terminen vollgepackt gewesen, er war nicht dazu gekommen, bei Liv oder Lars anzurufen. Am Nachmittag war er bei Gericht gewesen, und da waren Telefone nicht zugelassen. Auf dem Nachhauseweg hatte er noch über die Verhandlung nachgedacht und völlig vergessen, was heute in Schweden passierte. Erst jetzt fiel es ihm wieder ein.

„Ja und nein. Setze dich erst einmal."

Das hörte sich nicht gut an. Martin stellte seine Tasche ab und zog den Mantel aus. Er setzte sich an den Küchentisch.

„Erzähle. Was ist passiert?“

Liv zog den Stuhl neben ihm unter dem Tisch vor, setzte sich und wandte ihm das Gesicht zu.

„Sie leben alle, das ist die gute Nachricht.“

„Gut.“ Martin schluckte und wartete auf mehr.

„Aber sie sind alle im Krankenhaus ...“ Liv fing an zu schluchzen. Martin legte den Arm um sie und streichelte ihre Schulter.

„Liebling, wie schlimm ist es?“

Liv zog ein Taschentuch aus ihrem Ärmel, das schon ziemlich benutzt aussah. Martin kramte in seiner Jackettasche und holte eine frische Packung Papiertaschentücher hervor.

Liv schnäuzte sich.

„Natalia haben sie fast totgeschlagen, aber sie wird durchkommen und das Kind wohl auch.“ Sie schniefte und holte tief Luft. „Christina ist gefoltert worden, die Schweine haben sie mit einer Lötlampe bearbeitet – kannst du dir das vorstellen?“

„Was? Das ist ja schrecklich. Wie geht es ihr denn jetzt?“

„Sie war es, die mich angerufen hat. Sie war sehr schwach und hat mir nur in aller Kürze das Wichtigste berichtet. Sie hat Verbrennungen dritten Grades am Oberschenkel, das tut aber offenbar nicht mehr weh. Schlimmer ist ihr Gesicht, sie haben sie auch geschlagen. Aber sie meint, es wird wieder.“

Wieder begann Liv zu weinen. „Wie können Menschen so etwas tun?“, brachte sie unter Schniefen hervor.

„Was ist mit Lars und Elin?“

„Christina sagte, sie seien nur leicht verletzt, aber sie haben kämpfen müssen wie die Löwen und mussten einiges einstecken.“

Martin schluckte wieder, das hörte sich wirklich dramatisch an.

„Lars bittet dich, ihn anzurufen, sobald du kannst.“

„Klar, das mache ich sofort. Gibt es noch mehr?“

„Nein.“ Liv schüttelte den Kopf. Martin wollte sie in den Arm nehmen, aber sie wehrte ab. „Schon gut, lass mal. Ruf bitte Lars an, ich will mehr wissen.“

„Gut, wie du willst.“

Martin holte sein Handy aus der Tasche und schaltete es ein. Er hatte es nach der Verhandlung noch nicht wieder eingeschaltet. Er hatte drei verpasste Anrufe, alle von Lars. Martin drückte auf die Nummer und stellte auf laut. Lars meldete sich sofort.

„Hallo, Martin.“

„Hallo, Lars, ich bin gerade erst nach Hause gekommen, war bei Gericht. Liv hat mir grob erzählt, was passiert ist, sie hört mit. Wie geht es dir? Bist du verletzt?“

„Es geht so, der Kerl hat mir drei Rippen gebrochen, außerdem habe ich jede Menge blaue Flecken und eines meiner Augen ist blau.“

„Und Elin?“

„Elin hat nur eine Platzwunde an der Schläfe, die ist genäht worden. Sonst geht es ihr gut, sie ist sehr guter Stimmung, auch wenn sie heute einen Mann getötet hat, in Notwehr natürlich.“

„Puh, das war also wirklich ein gefährlicher Auftrag?“

„Das kannst du laut sagen, Mann. Wir wären beinahe alle dabei draufgegangen. Es waren zwei Russen, der eine hatte Elin überwältigt und gefesselt, diese Natalia war ihm hilflos ausgeliefert und wurde von ihm brutalst zugerichtet. Als ich ihn dann angegriffen habe, ging es eine Weile hin und her, aber er war sehr viel stärker als ich und hatte schließlich die Oberhand gewonnen. Wenn Christina nicht eingegriffen hätte, wäre ich jetzt tot. Sie ist für mich die Heldin des Tages, sie ist selbst gefoltert worden, hat stundenlang nackt und gefesselt bei fünf Grad in einem Kofferraum zugebracht und hat sich trotzdem aufgerafft und den Kampf entschieden. Sie hat dem Russen eins mit einem Brecheisen übergebraten, der liegt jetzt im Koma und hat einen Schädelbasisbruch.“

„Au Mann, Lars, was habt ihr da bloß durchgemacht? Wie geht es Christina und dem Mädchen?“

„Wie sagt man so schön, den Umständen entsprechend. Christina scheint eine gute Konstitution zu haben, ich denke, sie wird sich bald wieder aufrappeln. Sie hat zwar eine schlimme Verbrennung, aber die Stelle ist zum Glück nicht groß. Das Gesicht sieht furchtbar aus, aber die Ärzte sagen, das wird wieder, auch ohne weitere Behandlung. Bei Natalia ist es schlimmer, er hat ihr den Kiefer gebrochen und mehrere Zähne ausgeschlagen. Sie wurde heute Nachmittag operiert, und das ist wohl gut gelaufen. Ansonsten hat sie jede Menge Wunden, die aber nicht lebensgefährlich sind und wieder verheilen werden. Einige Narben wird sie wohl davontragen. Zum Glück ist dem Kind nichts passiert, die Ärzte sagen, dass es dem Baby gut geht. Die beiden Frauen, Christina und Natalia, sind ein Herz und eine Seele. Schwer zu verstehen bei dem, was vorher passiert ist. Doch die Ereignisse heute haben die beiden sicher noch mehr zusammengeschweißt. Ja, psychisch werden wohl alle an dem heutigen Tag zu knabbern haben, das war hardcore, was hier abgelaufen ist. Auch bei Elin wird der Katzenjammer noch kommen, das steckt man nicht so einfach weg, wenn man jemanden getötet hat. Und die polizeiliche Ermittlung wird das nicht leichter machen, die werden uns übrigens deshalb noch eine Weile hier behalten, bis der Fall in ihren Augen aufgeklärt ist. Ich fürchte auch, wir werden zu der Geschichte mit Patrik und Natalia aussagen müssen, die würden uns ja nicht glauben, wenn wir behaupten, die Russen hätten das hier alles nur aus Jux und Tollerei angestellt. Ob Christina das nun gefällt oder nicht, aber das wird sich nicht unter dem Deckel halten lassen."

„Das verstehe ich. Ich kann nur empfehlen, dass ihr euch alle einen guten Anwalt nehmt."

„Schon in Arbeit, Christina kennt da eine, die sie schon angerufen hat."

„Gut. Aber Lars, das bedeutet ja, dass es doch richtig war, euch dorthin zu schicken. Oder hätten wir es irgendwie anders machen können? Ich meine, es tut uns natürlich aufrichtig leid, dass ihr in solcher Gefahr wart und sogar verletzt wurdet."

Lars räusperte sich. „Nee, war schon gut so. Ist halt Berufsrisiko. Elin fand es toll, die ist total dankbar, dass sie sich mal wieder austoben konnte. Ich ... ja, ich hätte mir gewünscht, dass ich diesem Kerl besser hätte Paroli bieten können, aber dank Christina ist das ja gut ausgegangen. Das Einzige, was mir wirklich Sorgen macht, ist meine Frau Lisa. Ich meine, deine Idee mit der Auszeit hat bisher so gut funktioniert, aber nach der Story hier wird sie mich kreuzigen. Ich habe mich noch nicht mal getraut, sie anzurufen. Was soll ich ihr sagen? Sie wird ausflippen."

Martin wusste auch nicht, was er da raten sollte. Es war ja verständlich, dass Lisa das nicht lustig finden würde.

Liv mischte sich ein, sie hatte sich wieder gefasst.

„Hallo, Lars, hier ist Liv. Martin hat mir von eurem Problem erzählt, ansonsten haben wir aber mit niemandem darüber geredet - Ehrenwort. Wenn ich etwas dazu sagen darf, ich denke, du musst sie anrufen, und zwar sofort. Erzähle ihr die Wahrheit, ungeschönt. Und sage ihr, wie wichtig dir dieser Job ist und dass du nicht bereit bist, ihn aufzugeben, auch die gefährlichen Aufträge nicht. Sie wird sich entscheiden müssen - wenn sie dich liebt, wird sie damit leben müssen, wenn nicht, dann ist sowieso alles egal, dann kannst du sie nicht halten."

Es war Stille in der Leitung, schließlich sagte Lars: „Meinst du das auch, Martin?"

„Ja, Lars, ich denke, Liv hat recht. Das ist der einzige Weg, Angriff ist die beste Verteidigung."

„Okay, ich danke euch. Ich glaube, ich werde es tun. Ich bräuchte allerdings jetzt einen Schnaps, um mir Mut anzutrinken, aber so etwas gibt es in diesem verdammten Krankenhaus natürlich nicht."

„Viel Glück, Lars. Wir drücken die Daumen."

Sie verabschiedeten sich.

Liv sah Martin an. „Was haben wir da nur angerichtet? Wie konnten wir Lars und Elin da hineinziehen?"

Martin schüttelte den Kopf. „Liebling, das war richtig, wir hatten keine andere Wahl. Sonst wären Christina und Natalia jetzt tot. Da würden wir uns erst recht Vorwürfe machen. Und Lars und Elin haben es schließlich wieder mal geschafft. Zum Glück ist keiner der beiden ernsthaft verletzt, das wird schon wieder."

„Ja, das stimmt. Nur ... das alles ist ja noch schlimmer als unsere Erlebnisse im letzten Jahr. Folter, brutale Schläge und ein Kampf auf Leben und Tod - warum musste es so weit kommen?"

„Ich denke, diese Natalia hat sich mit den falschen Leuten eingelassen, und davor muss man sich vorsehen. Wenn man einmal mit denen in Kontakt ist, ist es sehr schwer, sie wieder loszuwerden. Immer vorausgesetzt, dass diese Natalia wirklich so ein liebes Mädchen ist, wie Christina meint. Ich hoffe es für sie."

„Da vertraue ich Christina, ich glaube nicht, dass sie sich so in einem Menschen täuscht."

„Naja, ehrlich, bei Patrik hat sie ja auch so einiges nicht mitbekommen ..."

„Das ist etwas anderes, Ehemänner sind schwierig." Sie lächelte ihn geheimnisvoll an.

Martin musste lachen. „Ich gebe mich geschlagen, gegen so viel weibliche Logik komme ich nicht an. Komm her."

Er stand auf und zog sie zu sich hoch, um sie in den Arm zu nehmen. Sie schmiegte sich an ihn und lehnte ihren Kopf gegen seine Schulter. Martin wusste, was jetzt in ihr vorging. Wieder war etwas Schlimmes in der Hütte in Småland passiert, die Hütte, die Liv mit ihrer Großmutter verband. Letztes Jahr Livs Entführung, heute ein ein Kampf auf Leben und Tod – diese Bilder würde sie so leicht nicht mehr aus dem Kopf kriegen können. Liv hatte sich schon vor dem heutigen Tag gesträubt, dorthin zu fahren, er glaubte, dass es jetzt ganz damit vorbei war. Wahrscheinlich wäre es das Beste, die Hütte zu verkaufen, Großmutter hin oder her. Das war natürlich allein Livs Entscheidung, doch er würde ihr das nahelegen. Aber nicht heute, sie brauchte erst etwas Zeit, alles zu verdauen.

Er drückte sie fest an sich, dann fragte er: „Gibt es denn jetzt noch etwas zu essen? Ich habe einen Bärenhunger."

EPILOG
MÄRZ 2017

Sie hielt der Frau bei der Essensausgabe ihren Teller hin und bekam wieder eine Extra-Kelle. Die Frau zwinkerte ihr zu, sie wusste, dass Natalia es brauchen konnte. Heute war Donnerstag, es gab das typisch schwedische Gericht für diesen Tag, Erbsensuppe mit Speck und zum Nachtisch Pfannkuchen mit Marmelade.

Natalia trug ihr Tablett vorsichtig von der Theke zu ihrem Tisch, sie setzte sich langsam hin, es war inzwischen schwierig mit ihrem dicken Bauch. Wie immer saß sie mit Melly und Kicki zusammen, mit denen sie sich angefreundet hatte. Freunde brauchte man hier, und die beiden waren etwas Besonderes. Melly war klein und kräftig, ihr ganzer Körper war tätowiert, auch das Gesicht, in bunten Farben und mit allen möglichen Motiven. Alle hier waren „eigentlich unschuldig“ eingesperrt, nur Melly machte kein Hehl daraus, dass sie ihren Freund mit dem Messer umgebracht hatte, und zwar vorsätzlich. Das verschaffte ihr

Respekt bei den Insassen, keiner traute sich, gegen sie aufzumucken. Kicki dagegen war groß und schlank, mit nur einem kleinen Tattoo am Oberarm, sie war im Augenblick die einzige Frau hier, die ihr Kind dabeihatte, vor drei Monaten hatte sie es geboren, seit sechs Monaten war sie hier im Gefängnis in Färingsö, der Frauenbesserungsanstalt westlich von Stockholm. Damit war sie eine gute Quelle der Erfahrung für Natalia, ihr Geburtstermin war in zwei Wochen. Wenn es so weit war, würde man sie sofort in ein Krankenhaus in der Nähe fahren, ihr Freigangsschein lag schon ausgefüllt und unterschrieben bereit. Danach würde sie mit dem Baby nach Färingsö in ihre Zelle zurückkehren, das Baby würde unter den gleichen Bedingungen leben wie sie. In Schweden gibt es keine separaten Abteilungen für Mütter mit Kind, wie ihr ihre Anwältin erklärt hatte. Die Kinder konnten solange bei der Mutter bleiben, wie die Mutter es wünschte, und solange das Sozialamt und das Gefängnis zu der Bewertung kamen, dass es die beste Lösung für das Kind war. Meist blieben die Kinder nur einige Monate, maximal bis zu zwei Jahre. Natalia hatte sich schon mit Christina geeinigt, dass sie das Baby nach dem Abstillen zu sich nehmen solle. Christina würde dann als Pflegemutter fungieren. Die Adoption wollten sie auf einen späteren Zeitpunkt verschieben, denn das Kind war von Patrik und damit automatisch schwedischer Staatsbürger – das konnte Natalia ausnutzen, sie konnte als die Mutter ebenfalls die Staatsbürgerschaft beantragen und damit der Abschiebung nach der Haft entkommen.

„Scheiß-Donnerstags-Fraß.“ Melly schob den Teller von sich weg.

Melly mäkelte oft am Essen herum, Natalia dagegen schmeckte es, in Russland gab es viel Eintopf, das war deftig und gut für sie. Aber im Moment schmeckte ihr sowieso alles, und sie konnte fast dauernd essen.

„Kann ich den Rest haben?", fragte sie.

„Klaro", antwortete Melly. „Aber die Pfannkuchen esse ich." Sie grinste.

Kickis kleines Mädchen muckerte.

„Was hat sie?", fragte Natalia.

Kicki hob die Kleine hoch und schnupperte am Hintern.

„Ich muss die Windel wechseln, schon wieder voll."

„Kannst du noch warten, bis ich fertig bin? Ich will es gerne machen."

Natalia nutzte jede Gelegenheit, sich um Kickis Baby zu kümmern, so lernte sie schon mal, wie man das machte, und brauchte dann nicht bei Null anfangen, wenn ihr eigenes da war. Sie würde einen Jungen bekommen, Christina und sie waren sich schnell einig gewesen, wie er heißen sollte: Patrik natürlich. Sie freute sich ganz furchtbar darauf.

Inzwischen war sie auch prima wiederhergestellt, der Kiefer war gut verheilt, das Gesicht hatte alle Farben von blau nach grün und gelb durchwandert und hatte jetzt wieder eine normale Tönung, die Narbe an der Wange konnte man einfach mit Schminke überdecken. Die Wunden an ihrem Körper waren verheilt, einige Narben würden bleiben, aber damit konnte sie leben. Nur die fünf Zähne fehlten noch, der Zahnarzt hatte ihr empfohlen, damit bis nach der Geburt zu warten, es würden mehrere Sitzungen nötig sein, um die Lücken zu füllen.

Natalia war mit der Erbsensuppe fertig, auch mit dem Teller von Melly, jetzt nahm sie sich ihren Pfannkuchen vor. Sie liebte die Kombination mit Marmelade und schmierte den Pfannkuchen ordentlich damit ein. Dann noch ein Klecks Sahne obendrauf und das Dessert war perfekt.

Acht Jahre hatte sie bekommen, wegen Beihilfe zum Mord und Betrug in drei Fällen. Die Anwältin hatte ihr empfohlen, nur zum Fall Patrik auszusagen, aber Natalia hatte reinen Tisch machen wollen, sie wollte ihr altes Leben richtig abschließen und hinter sich lassen, da konnte sie nicht die Hälfte verschweigen. Der Staatsanwalt und die Richter hatten das anerkannt und beim Strafmaß berücksichtigt, bei guter Führung würde die Haftzeit halbiert, und schon nach zwei Jahren würde sie in den offenen Vollzug wechseln können. Dann würden Melly und Kicki immer noch hier sitzen, die hatten beide lebenslang bekommen, allerdings wurde das meistens später in eine Zeitstrafe umgewandelt.

Kicki stand auf. „Kommst du?“

„Ja, sofort.“

Natalia folgte Kicki zu ihrer Zelle, dort wechselten sie gemeinsam die Windel. Kicki gab ihr Anweisungen und zeigte ihr den Kniff, wie man erreichte, dass praktisch alles von der braunen Masse in der Windel blieb. Die Kleine war sofort besser drauf und schäkerte mit ihnen.

Danach ging Natalia in ihre eigene Zelle, die war klein und einfach möbliert, was sollte man schon in einem Gefängnis erwarten. Für Natalia war das okay. Sie war Luxus schließlich nicht gewohnt.

Am Samstag wollte Christina sie wieder besuchen, sie kam mindestens einmal die Woche, und Natalia freute sich jedes Mal darauf wie ein Kind auf Weihnachten. Christina war für sie wie ihre Babuschka, natürlich nicht so alt, aber mit der gleichen Wärme und Herzensgüte. Sie hatte das Gefühl, dass ihr Leben im Kreis gelaufen war und sie jetzt wieder in der Heimat angekommen war. Christina war ihr neues Zuhause, und sie hatten verabredet, miteinander zu leben, sobald Natalia hier herausgekommen sein würde, natürlich mit dem kleinen Patrik. Sie konnte sich nichts Schöneres wünschen.

Sie war so froh, dass Christina sich so rasch erholt hatte, sie sah inzwischen wieder richtig gut aus. Trotzdem wusste Natalia, dass die Geschehnisse von diesem Tag im Dezember nicht ohne Folgen für Christina geblieben waren. Christina wollte nicht darüber reden und spielte es immer herunter, aber sie hatte ihr doch erzählt, dass sie jede Woche zu einem Psychologen ging, um die Erlebnisse zu verarbeiten.

Natalias Freundin Lyudmila hatte sie vor einigen Wochen besucht, sie war extra aus Budapest angereist, um sie zu sehen, sie hatten beide geweint, als sie sich in die Arme fielen. Lyudmila hatte alles genau wissen wollen, und gemeinsam hatten sie dann das Puzzle zusammengelegt, wie Stanislov ihr wohl auf die Spur gekommen war. Zusammen mit seinem Kumpel hatte Stanislov Gábor, dem Bruder von Lyudmilas Freund, aufgelauert und ihn zum Reden gebracht. Gábor konnte ja nur das erzählen, was er wusste, also sagte er ihnen, dass Natalia die Stadt verlassen habe, dass sie von Patrik schwanger sei und das Kind zur

Welt bringen wolle. Gábor war sehr zerknirscht gewesen, aber sie hatten gedroht, ihm die Hoden abzuschneiden, wenn er nicht redete. Zum Glück hatten sie sich mit dieser Information zufriedengegeben und ihn dann laufen lassen. Danach musste Stanislov eins und eins zusammengezählt haben, er wusste, dass Natalia ihre Kontakte erschöpft hatte, und kapierte sofort, dass sie auf Hilfe angewiesen war, wenn sie das Kind bekäme. Daraufhin hatte er oder einer seiner Kumpel aus seinem Netzwerk Christinas Telefondaten gehackt – eine entsprechende Liste hatte die Polizei in seinem Audi gefunden. Als er dort wiederholte Anrufe aus Budapest sah, war die Sache für ihn klar gewesen, und er hatte sich auf Christina gestürzt.

Stanislov lag noch immer im Koma; Natalia hoffte, dass er nie wieder aufwachen würde. Christina hatte wirklich ordentlich zugeschlagen, auch dafür war sie ihr dankbar. Falls Stanislov aufwachen sollte, würde man ihm den Prozess machen, wegen dreifachen Mordes, Entführung, tätlichem Angriff und versuchtem Mord. Er würde sicher lebenslänglich bekommen, aber das wurde nach den ersten zehn Jahren meist in eine achtzehnjährige Zeitstrafe umgewandelt, sodass Natalia sich dann wieder Sorgen machen müsste. Stanislov würde sich auch nach so langer Zeit rächen wollen, da war sie sich sicher. Deshalb war es besser, er würde im Koma bleiben, sie hoffte es inständig.

Natalia war die Einzige gewesen, die verurteilt worden war, die Verfahren wegen tätlichen Angriffs gegen Christina und wegen Totschlags gegen die Privatdetektivin wurden nie aufgenommen, die Notwehrsituation war schließlich von der Polizei und dem Staatsanwalt akzeptiert worden, auch wenn es dazu einer Reihe von Verhören bedurft hatte. Das war richtig so, und Natalia war froh darüber, sie hätte ein furchtbar schlechtes Gewissen gehabt, wenn einer von denen, die ihr zu Hilfe geeilt waren, deswegen Probleme bekommen hätte.

Natalia nahm das Buch vom Nachttisch, Christina hatte es ihr letzte Woche mitgebracht. Die Hütte in Småland war lange ein Tatort und deshalb von der Polizei gesperrt gewesen. Als die Sperrung aufgehoben worden war, hatte die Besitzerin sich entschieden, das Haus zu verkaufen, und alles ausgeräumt. Das Buch, das Natalia damals begonnen hatte, war so in Christinas Hände gelangt, und jetzt konnte Natalia es weiterlesen. Sie war nun bei der dritten Generation der starken Frauen aus dem „Grenzland" angekommen, und das Buch machte ihr Mut. Auch sie würde nicht aufgeben und alles dafür tun, dass ihr Neuanfang gelang. Und sie war nicht allein, sie hatte Christina.

Dank an den Leser

Es freut mich, dass Sie mein Buch ausgewählt haben.

Es freut mich noch mehr, dass Sie es bis zum Ende durchgelesen haben. Ich hoffe sehr, es hat Ihnen gefallen! Wenn dem so ist, möchte ich Sie um einen kleinen Gefallen bitten: Nehmen Sie sich einen Augenblick Zeit und bewerten Sie mein Buch bei Amazon!

Falls Ihnen etwas nicht so richtig gefallen hat, bitte ich Sie, es mir direkt zu sagen! Ihre Rückmeldung ist extrem wichtig für mich – so kann ich auf die Wünsche meiner Leser eingehen.

contact@christertholin.one
www.christertholin.one

Herzlichen Dank
Christer Tholin

Über den Autor

Der Autor kommt ursprünglich aus Schleswig-Holstein und lebt jetzt mit seiner Familie seit vielen Jahren in Stockholm, wo er als Unternehmensberater arbeitet.

Er ist ein großer Fan der schwedischen Krimiliteratur und hatte schon lange vor, in diesem Genre einen eigenen Beitrag zu liefern. Dieser liegt bereits vor mit seinem ersten Buch VERSCHWUNDEN?. Dies ist das erste Buch der Serie *Die Stockholm Detektive*, in dem Elin und Lars eingeführt werden. GEHEIMNISSE? ist der zweite Fall, MORD? der dritte Fall der beiden. SCHULDIG? Ist der vierte.

VERSCHWUNDEN?

Die Stockholm Detektive, Buch 1

Von Christer Tholin
2016, Stockholm

„Er konnte nur hoffen, dass er hier heil wieder herauskam."

Martin braucht eine Auszeit und ein ruhiger Urlaub in einem schwedischen Sommerhaus erscheint da gerade richtig. Dort trifft er auf Liv, eine attraktive schwedische Frau aus der Nachbarschaft, und fühlt sich von ihr angezogen. Doch bevor er sie besser kennenlernen kann, verschwindet sie unter mysteriösen Umständen. Mit Hilfe der Privatdetektive Lars und Elin macht Martin sich auf die Suche und gerät so in die Verwicklungen eines spannenden Kriminalfalles. Die Jagd geht quer durch Schweden, Martin kommt selbst in Gefahr und schließlich gibt es sogar Tote. Werden sie Liv retten können?

https://www.amazon.de/dp/B01CBF07UY

GEHEIMNISSE?

Die Stockholm Detektive, Buch 2

Von Christer Tholin
2017, Stockholm

"Verdammt, sie hatte einen großen Fehler gemacht, hier würde sie nicht wieder rauskommen, die wollten sie umbringen."

In diesem Kurz-Krimi nimmt die Privatdetektivin Elin einen Auftrag an, der sich erst ganz einfach anhört: sie soll den Freund der Auftraggeberin überwachen, um herauszufinden, ob dieser ein Verhältnis mit einer anderen Frau hat. Elin folgt dem Mann zu einer abgelegenen Hütte, und merkt bald, dass dort seltsame Dinge vorgehen. Zu spät erkennt Elin, in was für ein Wespennest sie gestochen hat – sie hat sich zu weit vorgewagt und damit ihr eigenes Leben aufs Spiel gesetzt. Sie steht allein gegen eine Bande von brutalen Pädophilen – kann sie diesen ungleichen Kampf gewinnen?

https://www.amazon.de/dp/B074VV8NQ5/

SCHULDIG?

Die Stockholm Detektive, Buch 4

Von Christer Tholin
2020, Stockholm

Stockholm: Von einem Tag auf den anderen verschwindet die 16-jährige Hanna spurlos. Ihre besorgten Eltern beauftragen die Detektive Lars und Elin, ihre Tochter aufzuspüren. Dies gelingt den beiden in kürzester Zeit. Doch Hannas Probleme sind längst nicht gelöst – sie ist in die Fänge eines „Loverboys" geraten. Einige Monate später werden die beiden Privatdetektive erneut engagiert: Hanna steckt in ernsten Schwierigkeiten. Dieser Auftrag bringt alle Beteiligten an ihre Grenzen ...

https://www.amazon.de/gp/product/B0848LVNYX/

Printed in Poland
by Amazon Fulfillment
Poland Sp. z o.o., Wrocław

71588909R00207